조선
여형사

봉
생

조선
여형사

봉
생

이수광 장편소설

네오
픽션

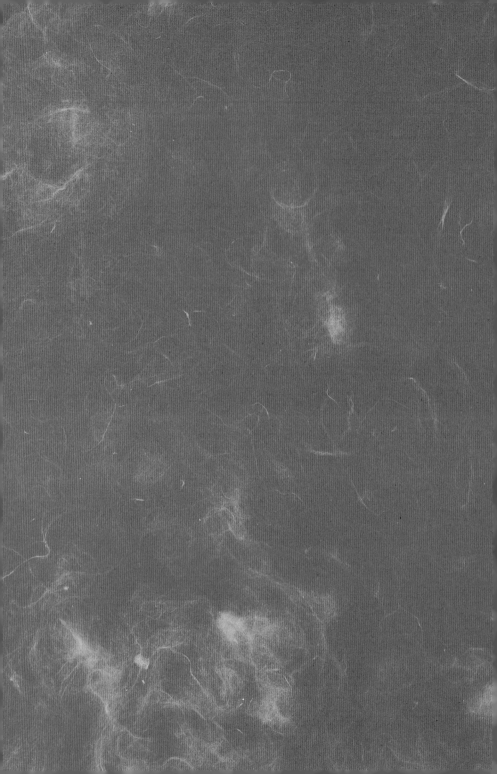

## 차례

제1부
꽃구름 피어날 때

고요한 대숲에는 미풍이 지나가고
향기로운 꽃은 보슬비에 젖는다.

잡초가 무성한 풀숲에서 눅눅한 냄새가 풍겼다. 수구문水口門, 광희문 밖 비구니들이 모여 사는 수운사로 올라가는 오솔길이었다. 길섶의 밤나무에서 밤꽃이 자욱하게 떨어져 있었다. 여자는 온몸이 피투성 이였고 두 손이 뒤로 묶여 있었다. 그 상태에서 목이 반쯤 베여 죽어 있었다. 눈은 부릅뜨여 있고 입이 벌어져 있었다. 풀숲이 온통 피로 흥건했다.

아아, 누가 이렇게 잔인한 짓을 저지른 것일까. 봉생은 시체 앞에 이르자 속이 매슥거리고 가슴이 울렁거렸다. 좌포도청 다모로 있으 면서 시체를 수없이 보았는데도 여전히 시체의 모습에 익숙할 수가 없었다. 햇살이 눈이 시리게 밝고, 숲은 초록 물감을 풀어놓은 것처럼 푸른빛으로 선연했다. 이토록 밝은 햇살과 선연한 녹색의 숲에서 살인 사건이라니. 봉생은 죽어 있는 여자의 시체와 숲에서 이질감을 느꼈다.

숲은 수구문에서 수운사로 올라가는 골짜기 옆에 있었다. 좌포도청 최귀열 종사관 휘하의 포졸들 사이에서 봄날이 가기 전에 하루 날을 잡아서 천렵을 가자는 말이 나온 지 여러 날 되었는데 초여름이 되어서야 겨우 수운사 골짜기로 나왔다. 그런데 하필이면 살인 사건을 목격하게 된 것이다. 명색이 좌포도청 포졸들 천렵이라 육의전이며 시전에서 장사를 하는 이들이 돈을 거둬 백 냥을 보내고, 포도대장은 돼지 한 마리를, 한성부에서는 술을 두 말이나 보냈다. 포교와 포졸 들이 희희낙락하여 포도청 관노에게 술과 음식을 지게에 지우고 도착하여 물가에 자리를 잡았다. 점심때에 맞춰 와달라고 용호영 악대樂隊며 기생들까지 불러서 진종일 거방지게 유희를 즐길 참이었다.

날씨는 좋았다. 청잣빛으로 매끄러운 하늘은 구름 한 점 없이 푸르렀고, 골짜기에는 냇물이 콸콸대며 장쾌하게 흘러내리고 있었다. 스무 명 남짓의 패거리가 한 패는 솥을 걸고, 한 패는 돗자리를 깔아 자리를 마련하고, 한 패는 돼지를 잡고, 한 패는 나무를 하러 숲으로 들어갔다가 비명 소리를 들었다.

"강도다! 강도가 사람을 죽이고 있다."

포도청 관노인 덕보가 가장 먼저 살인하는 장면을 발견하고 소리를 질렀다. 덕보의 목청이 원체 커서 골짜기에 있는 사람들에게까지 들렸다. 대낮에 살인 사건이라니. 사람들은 반신반의했다. 그러나 덕보의 소리가 계속되자 웅성거리면서 숲으로 달려갔다. 봉생도 포졸들을 따라 빠르게 숲으로 달려갔다. 숲에는 소복을 입은 여자가 피투성이로 쓰러져 있고 덕보가 미친 듯이 소리를 질러대고 있었다. 나무를 하러 간 사람들을 뒤따라갔던 김애격도 놀랐는지 얼굴이 하얗게 변해 넋을 잃고 서 있었다.

"살인이다. 살인이야!"

덕보는 제정신이 아닌 것같았다. 눈이 휘둥그레져 악을 쓰듯이 소리를 질러댔다.

"이놈아, 그만 소리 질러. 다들 어디 갔어?"

포교부장 신여철이 덕보의 등을 철썩 때리고 물었다.

"살, 살인자를 쫓아갔습니다."

덕보가 몸을 떨면서 대답했다. 봉생은 풀숲을 헤치고 신여철을 따라 바짝 다가가서 여자를 살폈다. 여자의 목에서 아직도 피가 흘러내리는 것으로 보아 목이 베인 지 일각도 되지 않는 것 같았다.

"죽었나?"

신여철이 낯빛을 흐리면서 봉생에게 물었다.

"죽었어요. 눈동자가 움직이지 않습니다."

봉생은 코 아래에 손가락을 갖다 대고 맥을 짚어보았다. 맥이 전혀 뛰지 않았다. 눈을 까뒤집어보아도 숨이 끊어진 것이 확실했다.

"검험을 해야지."

"부장님, 여기는 중부中部 관할입니다. 중부 관령이 책임지고 검험을 해야 됩니다. 중부에 사람을 보내고 부장님이 지휘하여 살인자를 잡으십시오."

"그래. 덕보는 빨리 중부 관령에게 달려가 살인 사건이 일어났다고 알리고 자네는…… 에이, 포교가 사람 죽은 거 처음 보나?"

신여철이 애격에게 무엇인가 지시하려다가 혀를 찼다. 애격이 풀숲에 털썩 주저앉아 넋을 놓고 있었다. 신여철은 애격을 버려두고 포졸들을 지휘하여 숲을 수색하고 덕보는 중부로 달려갔다. 애격은 살인 사건 현장에 접근조차 하지 않았다.

"괜찮아요?"

봉생은 눈살을 찌푸리면서 애격에게 다가가서 물었다. 애격은 애써 시체를 외면하고 있었으나 얼굴이 백지장처럼 하얗게 변해 있었다.

"목을 베는 것을 보았어."

애격이 몸을 떨면서 말했다. 애격은 크게 충격을 받은 것 같았다. 하기야 사람의 목을 베는 것을 직접 보았으니 끔찍했을 것이다.

"놈의 얼굴을 봤어. 나하고 눈이 마주쳤는데 어찌나 섬뜩한지."

애격은 포교를 할 사람이 아니었다. 봉생은 애격을 위로하고 여자의 시체를 좀 더 자세하게 살폈다. 나이는 얼추 십 대 후반이거나 이십 대 초반인 듯하고 소복을 입은 것으로 보아 상喪을 당한 여자 같았다. 목을 살피자 반이나 갈라져 있었다. 참혹하게 죽음을 당한 것이다. 어쩌다가 이런 변을 당한 것일까. 살인자가 목을 베는 상상을 하자 소름이 쫙 돋았다. 봉생은 현장을 훼손하지 않기 위해 천렵하는 장소에 가서 새끼줄을 가져다가 쳤다. 살인자를 잡으러 간 포졸들이 돌아오면 현장을 훼손할 수도 있었다. 멀리서 포졸들이 웅성대는 소리가 들렸다. 봉생은 애격의 옆에 앉아서 기다렸다. 갑자기 숲이 적막할 정도로 조용해지더니 뻐꾸기가 울기 시작했다.

뻐꾹.

뻐뻐국.

뻐꾸기 울음소리가 조용한 숲을 울렸다. 그 소리는 메아리가 되어 숲의 공기를 흔들면서 사람의 마음까지 심란하게 했다. 애격이 계속 몸을 떨자 봉생은 그의 머리를 감싸 안았다. 애격은 사람을 죽이는 것을 처음 본 것이다.

"젠장. 일이 이렇게 되었으니 천렵을 어떻게 해?"

포졸들이 돌아오면서 투덜거렸다. 허리에 찬 육모방망이를 꺼내 풀숲을 때리는 포졸들도 있었다. 그들은 살인자를 뒤쫓아 갔으나 허탕을 치고 돌아온 것이다.

"중부에 연락을 했으니 관령이 나졸들을 데리고 올 거야. 여기는 중부 관할이야."

신여철이 포교와 포졸 들을 살피면서 말했다. 포졸들은 새끼줄 밖에서 여자의 시체를 살피면서 웅성거렸다. 모처럼 천렵을 나왔는데 재수가 없다고 투덜대는 사람도 있었다.

"우리는 오늘 번이 아니니 음식을 끓입시다. 죽은 자는 죽은 자고 우리는 우리지. 형님, 갑시다. 살인자는 중부에서 잡겠지."

봉생의 동생 선합의 남편인 이지휼이 애격을 데리고 숲을 나갔다. 다른 포졸들도 하나둘씩 물가로 내려갔다. 중부 관령이 중부 나졸들을 데리고 현장으로 달려온 것은 한 시진이 지났을 때였다. 봉생은 중부 관령 이학수에게 자세한 사정을 설명했다.

"좌포청에서 모처럼 천렵을 나왔는데 날벼락을 맞은 꼴이군."

이학수가 새끼줄을 걷고 안으로 들어갔다. 그는 몸이 비대하고 살이 뒤룩뒤룩 쪄서 걸을 때마다 뒤뚱거렸다.

"나리, 오작인은 오지 않았습니까?"

봉생은 전에도 몇 번 그를 보았기 때문에 낯이 익었다.

"포청에서 오작인이 왔다고 하여 데리고 오지 않았네. 중부에는 여자 오작인도 없고……."

봉생은 이학수를 따라 시체에 가까이 다가갔다. 중부에서 오작인을 데리고 오지 않았으니 포도청 오작인인 그녀가 검험을 해야 한다.

"어떤 놈이 대낮에 사람을 죽인 거야?"

중부 나졸인 영달이 여자의 시체를 살피면서 혀를 찼다. 그는 한때 좌포도청에서 근무를 했었다. 영달의 눈빛이 여자의 가슴께를 더듬다가 야릇하게 번들거렸다. 시체의 얼굴은 앳되어 보였다. 눈가에 눈물 자국이 말라붙어 있어서 봉생은 착잡했다.

"검험을 하지."

이학수가 영달과 봉생에게 영을 내렸다.

"시장屍帳을 기록하세요. 내가 검험을 할 테니……."

봉생은 영달에게 눈을 흘겼다. 영달이 고개를 끄덕거리고 종이를 펼치고 붓과 먹통을 꺼냈다. 신여철은 다른 나졸들에게 시친屍親을 찾게 했다.

"끔찍하다. 사람을 짐승 죽이듯 살해하다니……."

영달이 시체를 살피면서 절레절레 고개를 흔들었다. 영달은 삼십 대의 무골호인 같은 인물이지만 노총각이었고 수염이 텁수룩했다. 눈빛이 항상 게슴츠레했다. 위인이 사나운 구석이 없어서 사람이 모자란다는 소리를 듣고 있었다. 봉생은 허리에 차고 있던 황종척黃鐘尺*을 꺼내 상처의 크기를 재기 시작했다.

"목이 갈라져 있는데 길이는 다섯 치…… 폭은 삼 푼…… 양손이 뒤로 묶여 있다."

봉생이 시신을 살피면서 중얼거렸다. 영달이 재빨리 기록하기 시작했다.

"왼쪽 허벅지에 자창刺創 세 점…… 오른쪽 허벅지에 자창 두 점…… 위의 자창은 아래로 찢어져 있다."

봉생은 치마를 걷어 상처를 살핀 뒤에 눈살을 찌푸렸다. 여자가 고통을 못 이겨 처절하게 비명을 지르는 소리가 들리는 것 같았다.

---

\* 검험에 사용하던 자

"작은 상처는 열세 개에 이르고……."

여자의 허벅지를 비롯하여 하복부에 무수하게 찔린 상처가 있었다.

"상처는 좌우 모두 유엽상柳葉傷……."

상처가 버드나무 잎사귀 모양으로 벌어져 있다는 말로 살아 있을 때 찌르면 유엽상이 생긴다. 봉생은 시신의 모습을 여기저기 살핀 뒤에 조심스럽게 여자의 저고리 옷고름을 풀었다. 그러자 여자의 하얀 젖가슴이 드러나고 유두가 보였다.

"유두이대…… 유위이홍……."

유두이대는 젖꼭지가 크다는 말이고 유위이홍은 젖꼭지 주변이 붉다는 말이다. 이는 여자가 남자와 사랑을 활발하게 하고 임신을 하여 몸에 변화가 일어났다는 뜻이다. 봉생은 손으로 더듬어 여자의 하복부를 살폈다. 역시 하복부가 봉긋하게 부풀어 올라 있었다. 역시 아이를 잉태한 여자가 틀림없었다.

"어떠냐? 도적을 만난 것이냐?"

중부 관령 이학수가 시체를 살피는 봉생에게 다가와서 물었다. 봉생은 재빨리 여자의 저고리 앞섶을 여몄다. 시신이라고 해도 여자의 나신을 남자들이 보게 할 수 없었다. 그때 사람들이 모인 곳이 왁자하더니 청수한 옷차림의 한 중년 선비가 종들을 거느리고 허겁지겁 달려왔다. 그가 새끼줄을 넘으려고 하자 중부 나졸들이 가로막았다.

"가까이 오지 마시오."

이학수가 새끼줄을 친 곳으로 달려가 선비에게 소리를 질렀다.

"우리 며느리가 아침에 절에 갔는데 사람이 죽었다고 하여 달려온 것이오. 우리 며느리가 맞는지 확인하게 해주시오."

선비가 이학수에게 소리를 질렀다. 시체의 신원을 확인하려면 어쩔 수 없는 일이다. 이학수가 고개를 끄덕이자 선비가 새끼줄을 넘어 시체 가까이 왔다. 봉생은 중년 선비에게 자리를 비켜주었다.

"어느 도적놈이 우리 아가를……."

선비는 비통한 표정을 지으면서 고개를 돌려 외면했다. 여자의 시체가 선비의 며느리가 맞는 모양이었다. 며느리이기 때문에 여자를 끌어안고 통곡을 할 수 없었다. 그저 창백한 표정으로 비통해하고 있을 뿐이었다.

"어떻소? 선비의 며느리요?"

"그렇소. 내 며느리가 맞소."

선비의 눈시울이 붉어졌다.

"그럼 아래에 내려가 계시오. 지금은 수사를 해야 하오."

"도적을 꼭 잡아서 상명償命의 법을 시행하게 해주시오."

선비가 비통한 목소리로 외쳤다. 상명의 법은 살인을 한 자는 반드시 목숨으로 보상을 해야 한다는 뜻이다. 이학수가 선비를 데리고 내려가면서 그의 신분과 죽은 여인의 신분을 묻기 시작했다. 살인 사건이 일어나면 해당 지역 수령은 반드시 현장에 달려가 검험을 하고 보고를 해야 한다. 검험은 초검과 재검을 하고 그래도 의혹이 있으면 삼검까지 한다. 검험을 마치면 시친을 불러 신원을 확인하고 행적 수사를 한다.

봉생은 다시 시신을 살피기 시작했다.

'시체는 고문을 당한 것이다.'

봉생은 그렇게 결론을 내렸다. 허벅지의 유엽상과 무수한 상처는 살인자가 무엇인가 캐물으면서 찌른 것이다. 봉생이 검험을 하고 있는데 이학수가 다시 올라왔다.

"어떤가? 도적에게 살해당한 것이 맞는가?"

"시신을 중부로 옮겨야 하겠습니다."

"선비가 장사를 지내게 돌려달라고 하는데 중부로 옮기라고?"

"시신은 도적에게 살해당한 것이 아닙니다. 고문을 당한 것입니다."

"고문?"

"중부에 옮겨 철저하게 검시를 한 뒤에 고문한 자를 잡아들여야 합니다."

"고문한 자라고? 그자가 대체 누구란 말인가?"

"그것은 관령께서 밝히셔야 합니다."

"내가 어찌 밝히겠나?"

이학수가 난처한 표정을 지었다. 살인 사건이 벌어지면 상을 받는 것보다 벌을 받는 일이 더 많기 때문에 수령들은 으레 사건을 맡지 않으려고 한다. 검험을 잘못해도 파직을 당하고 범인을 잡지 못해도 파직을 당한다.

"그럼 시친을 조사하여 발사跋辭를 포도청으로 보내주십시오. 포도청에서 수사를 하겠습니다. 이 여자의 이름이 어떻게 된다고 합니까?"

"왕십리에 사는 김조일의 며느리로 김소사라고 하는군. 혼례는 이 년 전에 올렸고 남정네가 지난해에 죽었다네. 나이는 열아홉이라고 하는군."

봉생은 이학수의 말에 가슴이 타는 것 같았다. 열아홉 살이라면 그녀와 같은 나이인 것이다. 그런데 남편이 죽었는데 잉태를 하고 있다. 청상과부인 그녀가 누군가와 정을 통하여 아이를 잉태한 것이다. 그렇다면 수절하지 않은 며느리에 대한 분노로 시가의 누군가가 고문하고 살해했다는 말인가. 그렇지 않으면 그녀에게 눈독을 들이던 다른 남자가 살해한 것인가. 시가가 왕십리라면 현장에서 얼마 떨어지지 않은 곳이다.

"도적에게 당한 것이 분명하니 가족에게 시체를 내주시오. 양반가의 여인을 어찌 검험을 하겠다는 것이오?"

선비는 시체를 집으로 옮겨 장례를 치르겠다고 펄펄 뛰었다. 그는 한때 사헌부 장령을 지냈기 때문에 요로에 자신의 동료들이 많다고 큰소리를 쳤다. 그러나 이학수는 시체를 좌포도청으로 옮겨야 한다고 맞섰다.

"선비는 들으시오. 시체를 검험하는 것은 수령의 본분이오. 이를 방해한 자는 살인자와 다름없이 처벌하라는 전하의 엄명이 계셨소."

이학수가 선비에게 호통을 치고 나졸들에게 시체를 좌포도청으로 옮기라는 영을 내렸다. 나졸들이 여자의 시신을 들것에 싣고 좌포도청으로 떠나기 시작했다. 봉생은 시체가 떠나는 것을 우두커니 바라보다가 현장에서 살인자의 족적을 찾기 시작했다.

김애격은 몸을 부르르 떨었다. 최광률에게 기어이 부대시 참수형이 떨어진 것이다. 살인 사건이 아닌데 사형을 판결한 것은 조선의 국시인 예를 위반하여 천민이 양가의 여인을 희롱했기 때문이다. 경상도 의성에 살고 있는 천민 최광률은 우연히 길에서 양반가의 과부인 조 여인을 보았다. 쓰개치마를 뒤집어쓰고 있었으나 얌전하고 기품이 있는 여인이었다. 최광률은 비록 천민이었으나 조 여인의 얌전한 자태를 보자 넋을 잃었다. 자신도 모르게 조 여인에게 다가가서 희롱하기 시작하면서 팔을 잡았다.

"네 이놈! 네놈이 어찌 양가의 여자를 희롱하느냐?"

조 여인이 깜짝 놀라 호통을 쳤다.

"아따, 과부라는 것을 다 알고 있는데 우리 잘 해봅시다. 좋은 게 좋은 거 아니오?"

최광률이 수작을 계속하자 조 여인이 마을을 향해 소리를 질렀다. 그러자 사람들이 우르르 달려 나와 최광률을 때리려고 했다. 최광률은 혼비백산하여 달아났다. 사건은 그것으로 흐지부지되는 것 같았다. 그러나 조 여인이 집으로 돌아와 외간 남자에게 팔을 잡혀 정조를 유린당했다고 주장하면서 자신의 왼팔을 잘라버리자 경상도 의

성이 발칵 뒤집혔다.

"조 여인은 절부節婦다. 절부의 복수를 해야 한다."

의성을 비롯하여 경상도 여러 고을에서 여인의 지조가 대단하다면서 조 여인을 높이 떠받들고 최광률을 잡아들여 사형에 처해야 한다는 여론이 일어났다. 최광률은 공포에 질려 한양으로 달아났는데 애격이 그를 체포하여 경상도 감영으로 압송한 것이다. 결국 초복初覆인 감영에서도 사형, 재복인 형조에서도 사형, 임금이 판부判付를 내리는 삼복에서도 사형 판결, 그것도 시간을 기다리지 않고 집행하는 부대시 참수형이 떨어진 것이다. 사형은 농사철이 아닌 봄가을에 집행하는데 이 시간을 기다리지 않고 즉시 사형에 처하는 것을 부대시 사형이라고 부른다.

'팔 한 번 잡았다고 사형이라니……'

최광률을 검거하여 경상도 의성으로 압송한 애격은 마음이 좋지 않았다.

"그러게 내가 뭐라고 그랬소? 대수롭지 않은 일이니 잡아들이지 말라고 하지 않았소?"

이지흌이 국밥을 뜨면서 애격을 비난했다. 이지흌은 애격과 달리 몸이 단단하고 눈이 부리부리했다. 그가 눈만 부라려도 잡범들은 벌벌 떨면서 죄를 토설했다. 그러나 애격은 계집애처럼 체구가 빈약하고 눈도 작았다. 그는 대명률을 줄줄 외워 모르는 글이 없고 율관의 일까지 겸하고 있었다. 때문에 글줄이나 읽었다는 선비들도 그에게 한 수 접고 들어간다. 이지흉은 애격과 짝패가 되어 도적들을 잡으러 다닌다. 도둑놈, 사기꾼, 강간범, 방화범 등 온갖 잡범을 잡으러 다니지만 둘은 성격이 맞지 않았다. 게다가 이지흉은 간간이 뇌물까지 받아 악명을 떨치고 있었다.

"팔 한 번 잡았다고 참수형을 시키는 것이 말이 돼?"

이지흉이 탁주잔을 비우면서 말했다. 애격은 대접에 반쯤 남아 있던 탁주를 벌컥벌컥 마셨다.

애격은 틈이 나면 이 집에 와서 국밥을 먹고는 했다.

"위에서 명이 내렸는데 어찌 못 본 체하나?"

최광률을 잡으라는 명이 형조에서 내려왔었다.

"그런데 이 집 장사가 너무 잘되지 않아?"

이지흉이 국밥집을 돌아보면서 물었다. 그는 최광률의 죽음 따위에는 관심도 없었다. 남대문의 순화동에 있는 국밥집이었다. 넓은 마당에 손님이 바글바글하여 주문을 받는 사람, 음식을 나르는 사람 등 일을 하는 사람들이 일고여덟 명이나 되어 보였다.

"맛이 좋다고 소문이 났으니 사람들이 몰려오는 거지."

"한양의 돈을 모두 벌어들이는 것 같아. 가마니로 돈을 긁어모으고 있어. 우린 언제 이렇게 돈을 많이 벌어보나?"

이지흉이 눈알을 빛내면서 내뱉었다. 이지흉의 사나운 성질에 돈을 잘 버는 국밥집이 마음에 들 까닭이 없었다.

"남이 돈 버는데 왜 시샘을 해? 배가 아프면 포교 그만두고 국밥

집을 하든지……."

애격은 웃음이 나왔다. 이지흉은 좌포도청 포교라는 신분을 절대로 버리려고 하지 않을 것이다. 포교이기 때문에 상민이나 천민 들에게 군림하면서 거드름을 피우는 재미가 쏠쏠하다. 이지흉은 포교 자리를 벼슬자리만치나 중요하게 생각한다.

"이렇게 돈을 많이 벌면 금방 부자가 될 거야."

"부자가 된다고 상민이 양반 되나?"

상민常民은 양민良民이 아닌 보통 사람을 말한다. 조선은 사대부, 양민, 상민, 천민으로 신분이 구별되고 있다. 상민은 천민보다 한 단계 높은 신분일 뿐이어서 하층민에 속한다. 그래서 상놈이니 상년이니 하는 욕설이 유래되었다.

"돈만 많으면 양반이 문제야? 그런데 이 사람은 국밥을 어떻게 이렇게 맛있게 끓이는 거야? 깍두기 맛도 기가 막히고……."

"어떤 상주喪主한테 비서秘書를 얻었대."

"비서?"

"비밀의 책."

애격은 국밥을 먹으면서 탁주도 한 사발을 마셨다. 남대문 국밥집으로 유명한 이 집은 순박하게 생긴 사십 대 사내가 주인이었다. 그는 양반이었으나 과거에 번번이 낙제하고, 가산까지 탕진하게 되자 남대문 순화동에 국밥집을 열었다. 그는 국밥을 맛있게 끓이고 손님들에게 친절했으나 이상하게 손님이 없었다. 사람은 성실하고 부지

런했다. 게다가 모난 데가 없어서 항상 웃는 얼굴이었다. 그는 새벽부터 밤늦게까지 열심히 일을 했다. 하루는 아침 일찍 문을 열었는데 허름한 베옷을 입은 상주가 찾아왔다. 그는 평상에 앉아 국밥과 탁주를 주문했다. 주인은 국밥을 뜨겁게 말아서 가져다주었다. 그는 상가에서 일을 하느라고 시장했는지 국밥을 맛있게 먹었다. 국밥집 주인은 그가 국밥 한 그릇을 게 눈 감추듯 먹어치우자 한 그릇을 더 주었다. 상주는 맛있게 국밥을 먹은 뒤에 소매를 뒤적이더니 깜박 잊고 돈을 가져오지 않았다고 낭패한 표정을 지었다.

"괜찮습니다. 나중에 지나가시다가 주셔도 됩니다."

국밥집 주인은 미소를 잃지 않고 친절하게 말했다. 장사를 하는 사람들은 아침에 상주를 만나면 재수 없다고 침을 뱉고 외상은 더욱 싫어한다. 그런데도 국밥 주인은 손님에게 친절하게 대해 주었던 것이다. 그날 이후 기이하게 손님들이 하나둘씩 늘어나더니 가게가 미어터질 정도로 밀려들었다는 것이다.

"오늘도 유회酉會가 있지."

이지흠이 깍두기를 아삭아삭 씹으면서 말했다. 유회는 포도청의 관리들이 퇴청하기 전에 종례를 하는 것이다. 묘시卯時*에 하는 조회는 포도대장이나 판관이 하지만 유시酉時**에 하는 유회는 종사관들이 주재한다.

---

* 오전 다섯 시부터 일곱 시
** 오후 다섯 시부터 일곱 시

"유회가 있지. 은도銀盜를 잡으라고 성화를 부릴 거야. 대궐에서 도 망친 궁녀도 잡으라고 재촉을 할 것이고……."

은도는 납덩어리를 은덩어리라고 속여서 시골 사람에게 사기 치 는 도적을 말한다. 벌써 여러 차례 사건이 발생하여 포도청에 비상 이 걸려 있었다.

"밤에 술이나 마시러 와."

이지흌이 자리에서 일어서면서 퉁명스럽게 내뱉었다.

"밤에?"

"오늘 우리 어머니 제삿날이야. 여편네가 제사상이나 제대로 차렸 는지 모르겠네."

이지흌이 국밥집 주인 옆을 지나 마당을 나갔다. 애격은 엽전을 꺼내 국밥값을 치렀다.

"돈 냈어?"

이지흌이 눈을 치뜨고 물었다.

"국밥을 먹었으니 돈을 내야지 그냥 가나?"

"우리가 언제 돈 내고 이런 거 먹었어?"

이지흌이 애격에게 신경질을 부렸다. 포도청에서 일을 하는 포교 나 포졸 들은 절대로 음식을 사서 먹지 않는다. 돈을 달라고 하면 이 런저런 구실을 만들어서 포도청으로 끌고 간다. 장사를 하는 사람들 도 음식을 공짜로 줄 뿐 아니라 때때로 돈까지 바친다. 이지흌은 술 이나 음식을 한 번도 돈을 내지 않고 먹었다.

애격은 이지휼과 함께 포도청 방향으로 느릿느릿 걷기 시작했다. 포도청에서 유회를 마치고 귀가해야 한다. 아내인 봉생도 아직 포도청에 있을 것이다. 길 가던 사람들이 육모방망이를 찬 애격과 이지휼을 보고 길을 비키면서 인사를 했다. 서소문 고개에 올라서자 땀이 흘러내리기 시작했다. 애격은 손등으로 이마의 땀을 훔치고 낮은 고개에서 한양 장안을 내려다보았다. 오른쪽으로 멀리 대궐이 보이고 왼쪽으로는 낮은 기와가 잇대어 늘어서 있는 한양 남촌이 보였다.

'세상사 뜬구름 같은 짓이지.'

한양 장안에 빼곡하게 들어차 있는 집들을 내려다보면서 애격은 비애와 허망함을 동시에 느꼈다. 그는 역관 출신이다. 한때 조선의 천재라는 칭송을 들으면서 승승장구했으나 통신사를 따라 일본에 다녀온 뒤에 사대부인 통신사들 앞에서 잘난 체를 했다고 수군水軍으로 충당되었다가 포도청 포졸로 뽑혔다. 수군에 충당하는 것은 중죄인들에게 내리는 형벌이다.

'한 줌의 벌레만도 못한 것들……'

애격은 사대부들을 생각하자 눈에서 불이 일어나는 것 같았다. 조선은 사대부의 나라였다. 그들이 조선을 다스리고, 조선의 부와 권력을 누렸다.

'깊은 산속에 들어가 책이나 읽고 살았으면……'

애격은 때때로 번잡한 도회를 떠나 산속에서 살고 싶었다. 그러나 봉생은 좌포도청 다모를 천직으로 알고 있었다.

'내 생애의 절반은 봉생을 위해 살 것이다.'

애격은 봉생을 생각하자 가슴이 따뜻해지는 것 같았다. 봉생은 사랑스러운 여자였다. 그녀가 애교를 부리면 흐뭇하고, 그녀가 슬퍼하면 가슴이 타는 것 같았다. 그녀와 떨어져 있으면 보고 싶고, 그녀와 사랑을 나누면 꿈결인 듯이 행복했다.

"갑시다."

애격이 아득하게 봉생의 생각에 잠겨 있을 때 이지휼이 걸음을 재촉했다. 애격은 이지휼을 따라 성큼성큼 걸음을 떼어놓기 시작했다.

날이 서서히 기울기 시작했다. 서소문을 지나는 두 사람의 그림자가 길게 드리워지고 있었다.


봉생은 좌포도청 정당을 우두커니 바라보았다. 종사관 최귀열이 정당 섬돌에 서서 포졸들에게 일장 훈시를 하고 있었다. 포졸들과 관노들은 또 잔소리가 시작되는구나, 하는 표정으로 심드렁했다. 최귀열은 과거에 급제한 뒤에 청직이라는 사헌부나 사간원, 홍문관 등에 근무하고 싶어 했으나 턱걸이하듯 간신히 급제하고 뒷배도 없어서 포도청 종사관으로 근무하고 있었다. 나이가 마흔이 넘어 변방의 현감 자리라도 하나 얻었으면 하는 것이 소망이었으나 뜻을 이루지 못했다.

"포도청이 하는 일은 도둑을 잡고 강도를 잡는 일이다. 도성에 도둑들이 극성을 부리고 있는데 어찌 잡지 못하는 것이냐? 은銀 사기꾼을 수일 내에 잡지 못하면 우리 좌포도대장께서 파직당할 것이고 너희들도 곤욕을 당할 것이다. 반드시 수일 내에 잡아들이도록 하라."

최귀열이 좌중을 쓸어 보면서 엄명을 내렸다. 그러나 그의 말은 으레 하는 엄포에 지나지 않았다. 한때 검계에 대한 일제 검거령을 내릴 때 승정원을 통해 임금이 엄중한 명을 내린 일이 있었다.

"대저 포도청에서 아뢴 것이 몹시 해괴하다. 달아난 살인 죄수 검계 백도수 같은 무리를 아직 잡아들이지 못하였으니, 그동안에도 반드시 백성들에게 폐해를 끼쳤을 것이다. 그리고 이놈에 이르러서는 더욱 그대로 둘 수 없다. 먼저 이놈을 잡아들여 캐묻는 바탕을 삼지 않을 수 없으니, 엄하게 신칙하여 기필코 잡아들이도록 하라."

선대왕인 인조가 대로하여 영을 내렸다. 인조의 명이 떨어지자 포졸들이 백도수를 잡아들이기 위해 전국으로 퍼져 나갔다. 백도수는 일명 검계로 살략계를 조직하여 양반들을 살해하고 재물을 빼앗던 자였다. 그러나 백도수는 좀처럼 체포되지 않았다.

"백도수를 체포하라는 영을 내렸는데도 아직 체포하지 못했으니 포도청이 무엇을 하고 있는 것이냐? 앞으로 열흘 안에 체포하지 못하면 수교首校는 군법으로 다스리고 포교는 군졸로 부역하게 하라."

인조의 하교는 무시무시했다. 좌우포도청의 포교와 포졸 들은 이제 목숨을 걸지 않으면 안 되었다. 그들은 백도수를 체포하기 위해 전국을 누비고 다니다가 마침내 여주에서 체포했다.

그러나 그것은 이미 오래전의 일이었다.

"대궐에서 도망친 궁녀는 왜 잡아들이지 못하는 것이냐?"

5월이었다. 좌포도청 왼쪽 담장 너머로 초목이 무성한 남산이 보이고 구류간으로는 향하는 마당에는 수양버들이 푸른 가지를 길게 늘어트리고 있었다. 담장으로는 포도청의 의장기가 높이 매달려 펄럭였다. 초여름의 아침이다. 열기로 부풀어 오른 공기가 초목의 이슬을 말리고 보리 타는 냄새가 매캐하게 코를 찔렀다. 어느 집에선가 늦은 아침을 짓는 모양이다.

"알겠느냐? 너희들이 은 도적을 잡아들이지 않으면 포도대장께서 그냥 두지 않으실 것이다."

최귀열의 말에 봉생은 고개를 돌리고 건너편에서 조용히 생각에 잠겨 있는 애격을 보았다.

'어쩌면 저렇게 잘생겼을까?'

봉생은 깊은 사색에 잠겨 있는 애격을 보자 가슴이 떨리는 것을 느꼈다. 임풍옥수처럼 흰 얼굴에 굵은 눈썹, 가을 호수처럼 깊고 서늘한 눈, 앵두처럼 붉은 입술이 계집애처럼 해사하다. 봉생은 그의 얼굴을 보고 있노라면 자신도 모르게 얼굴이 붉어지고 가슴이 뛰었다. 애격의 옆에는 이지흘이 서 있다. 그는 몸이 작고 단단한 체구를 갖고 있고 눈은 살쾡이처럼 작고 날카롭다. 그녀의 여동생인 선합의 남편이니 제부弟夫가 된다.

'내가 저자와 혼례를 올리지 말라고 했는데…….'

봉생은 혼인을 반대했으나 선합은 듣지 않았다. 선합은 매사에 게 걸음을 하여 사람들이 횡보橫步라고 불렀다. 선합과 도무지 뜻이 맞지 않았다. 봉생과 애격이 혼인을 하겠다고 선언했는데도 선합이 애격을 쫓아다니는 바람에 한동안 골머리를 앓았다. 그러나 애격이 선합을 거절하고 봉생을 선택한 덕분에 혼례를 올릴 수 있었다. 봉생은 그 생각을 하자 저절로 눈살이 찌푸려졌다.

"흥! 내가 반드시 복수할 거야."

선합은 애격과 봉생에게 이를 갈았다. 나이가 이제 열일곱 살 밖에 되지 않는데 색주가의 여자들처럼 요염을 떨고는 했다. 선합은 이지휼과 혼례를 올리기 전에 일 년 정도 행방불명이 되었다. 선합의 어머니 복덕이 눈물을 흘리면서 찾아다니고 봉생도 나름대로 찾아보았으나 찾지 못했다. 들리는 소문에 의하면 저 멀리 강화부 색주가에 있다고 했다. 그러다가 홀연히 나타나서 이지휼과 혼례를 올린 것이다.

'원수진 것도 아닌데 언니의 남편에게 막말을 해도 되는가?'

애격은 복수를 하겠다는 선합의 태도에 황당해했다. 봉생은 애격에게 그런 말을 들을 때마다 쥐구멍이라도 들어가고 싶었다. 그러나 선합이 그녀의 동생이었기 때문에 어쩔 수 없었다. 자매라는 멍에가 언제나 그녀를 짓눌렀다. 그래봤자 선합의 어머니가 그녀를 데리고 후처로 들어왔기 때문에 피 한 방울 섞이지 않은 여동생이었다. 선합은 어릴 때부터 그녀를 괴롭혔다. 이지휼과 혼례를 올린 뒤에도 그녀의 집에 와서 이것저것 가지고 가거나 저고리를 풀어 헤치고 낮잠을 자고는 했다. 그것도 애격이 돌아올 무렵이어서 봉생은 민망한 적이 한두 번이 아니었다. 게다가 텃밭에 심은 감자를 제 것인 양 캐가고 마늘도 함부로 뽑아 갔다. 옷도 빨래를 해서 널어놓으면 거둬가기 일쑤였다. 애격은 처음에 밭일을 열심히 했으나 선합이 소작물을 함부로 가져가자 화를 내면서 일을 하지 않았다.

이내 종사관 최귀열의 훈시가 끝이 났다. 포졸들은 직소로 돌아가고 봉생은 약방으로 돌아왔다. 그때 밖이 와자하면서 시골 선비가 들어와 사기꾼을 잡아달라고 발고했다. 포도청 사람들이 모두 몰려나와 구경했다. 시골 선비는 이름이 이도행으로 과거를 준비하기 위해 한양으로 올라왔다가 종루 근처에서 점잖게 생긴 한양 양반을 만나 사기를 당했다고 했다.


이도행이 종루에서 육의전 쪽으로 가는데 길가에 누런 쇳조각이 떨어져 번쩍이고 있었다. 이도행은 그것이 햇빛에 번쩍이는 것을 보고 황금이라고 생각하여 재빨리 주워 소매 속에 넣었다. 다행히 보는 사람이 아무도 없었다. 그때 한양 양반이 다가와서 수작질을 했다.

"이보시오! 내가 값비싼 금덩어리를 이 길에서 잃어버렸는데 혹시 보지 못했소? 만약 그것을 주운 사람이 있으면 반드시 크게 사례하리다."

이도행은 혹시라도 도적으로 몰릴까 봐 재빨리 소매에서 쇳조각을 꺼냈다.

"내가 이것을 주웠는데 노형 것이 맞소?"

이도행이 쇳조각을 꺼내 한양 양반에게 주면서 아쉬운 표정을 지었다. 쇳조각을 철석같이 황금이라고 믿은 이 시골 선비는 횡재를 하려다가 아쉽게 놓친 것이라고 생각했다. 그러나 달리 생각해보니 기회를 완전히 놓친 것이 아니었다. 한양 선비는 금덩이를 찾아서 기꺼워하고 있는 데다 후하게 사례를 하겠다고 했기 때문이다.

"맞소. 참으로 고맙소. 그런데 이걸 어쩐다? 이 귀한 금덩이를 찾아주었으니 마땅히 사례를 해야 하는데 수중에 돈을 갖고 있지 않으니……."

한양 양반이 혀를 차면서 주위를 둘러보았다. 어느새 사람들이 하나둘씩 모여들어 울타리를 쳤다. 그중에는 한양 양반의 일당도 끼어 있었다.

"어쨌든 사례를 해야지. 이 사람이 양심적인 사람이어서 돌려주었으니 망정이지 그냥 가져갔으면 당신은 엄청 손해를 보았을 게 아니오?"

갓을 쓴 사내가 지나가던 과객인 체하면서 천연덕스럽게 바람을 잡았다.

"맞소. 이 사람은 아주 의로운 사람이오. 금덩이를 다 주어도 아깝지 않겠소."

다른 양반도 이도행을 추켜세우면서 거들었다. 이도행은 입이 쩍 벌어져 싱글벙글했다.

"허허. 난들 그러고 싶지 않겠소? 그러나 내 수중에 돈이 없어서 사례를 할 수 없다지 않소?"

한양 양반은 난처한 표정으로 어쩔 줄 모르겠다는 표정을 지었다.

"돈이 없다는 핑계로 사례비를 떼어 먹을 작정이오? 남아일언중 천금이라고 하지 않소?"

"이렇게 딱한 일이 있나? 사례를 하지 않겠다는 것이 아니라 수중에 돈이 없다지 않소?"

"그럼 이렇게 하시오. 금덩이는 이 사람이 갖고 절반 값을 내주면 되지 않소?"

바람을 잡는 사내가 미리 짜놓은 각본대로 한양 양반과 이도행에게 말했다. 이도행이 금덩이를 갖고 금덩이 값의 절반을 내주라는 것이다. 그래도 산술적으로 계산해보면 이도행이 절반을 거저 갖는 셈이다.

"어떻소?"

바람 잡는 사내의 말에, 한마디도 하지 못했던 이도행이 비로소 좋다고 대답했다.

"이 금덩이가 몇 냥이오?"

바람 잡는 사내가 회심의 미소를 지으며 한양 양반에게 묻는 시늉을 했다.

"백 냥이오."

"그럼 오십 냥을 내주면 되겠군."

이도행이 뭐라고 말을 할 새도 없이 바람 잡는 사내들이 흥정을 하듯이 결론을 내려버렸다. 이도행은 금덩이가 백 냥이라면 오십 냥을 내줘도 오십 냥이 이익이라 못 이기는 체하고 전대에서 오십 냥을 꺼내주었다. 이도행이 그들과 헤어져 육의전에 가서 물건을 사려고 하자 금덩이가 아니라 구리 덩어리라고 하여 부랴부랴 포도청에 달려와 발고를 하게 되었다는 것이다.


"납 조각을 은 조각이라고 속이는 방법으로 시골 사람에게 사기를 치더니 이번에는 구리 덩어리를 금덩이라고 했군."

포교 정인태가 절레절레 고개를 흔들었다.

"은 도적이 금 도적이 되었어."

봉생은 눈살을 찌푸리면서 어두운 표정을 지었다. 사건이 또 터졌으니 좌포도대장이 펄펄 뛸 것이 분명했다. 자칫하면 왕명으로 파직을 당할지도 모른다. 분위기가 점점 험악해지고 있다.

"에라, 이 자식아! 머리꽂이를 잡아채 달아난 것이 도적이 아니냐?"

걸걸한 소리가 들려서 뒤를 돌아보자 비각飛却이라는 별명을 갖고 있는 신여철이 '날쌘돌이'처럼 생긴 소년을 오랏줄로 묶어 끌고 오면서 뒤통수를 때리고 있었다. 뒤에는 여종으로 보이는 십오륙 세의 소녀가 고개를 푹 숙이고 따라오고 있었다. 피해자인 모양이었다.

"뭔가?"

종사관 최귀열이 신여철에게 물었다.

"날치기입니다. 붓골에서 계집의 머리꽂이를 뽑아 달아나는 것을 십 리를 뒤쫓아 잡았습니다. 이 자식 걸음이 얼마나 빠른지 젖 먹던 힘까지 다 빠졌습니다."

"머리꽂이가 비싼 것인가?"

"싸고 비싼 것이 중요합니까? 법을 위반하는 놈들은 무조건 잡아들여 벌을 주어야지요."

신여철은 걸음이 빨라서 날아다니는 발, 비각이라는 별명으로 불렸다. 십 리를 뒤쫓아 가서 잡았다는 말은 거짓이었다. 도적을 검거하는 실력도 가장 뛰어났다.

봉생은 약방으로 돌아왔다. 좌포도청에는 시체를 검시하는 의생이 따로 있었으나 몸이 아파서 결원이 되어 있다. 조선의 관리들은 묘시에 출근하고 유시에 퇴근하는데 이를 묘사유파卯仕酉罷라고 부른다. 무단으로 이를 위반하면 장 스무 대를 맞는다. 그런데 의생 조명근이 무단으로 결근하여 장 스무 대를 맞았다. 태장을 어떻게 맞았는지 조명근은 중병이 들어 일어나지 못했다. 어쩔 수 없이 봉생이 검시를 대신 해야 했다.

'불쌍도 하지. 어쩌다가 이렇게 죽은 것일까?'

약방의 진찰대 위에 눕혀져 있는 시체를 살피며 봉생은 가슴이 무거워졌다. 시체는 현장에서 검험한 것과 크게 다르지 않았다. 옷을 벗기고 샅샅이 시체를 살폈으나 다른 외상은 없었다. 여자는 현장에서 고문을 당한 것이다.

'이건 뭐지?'

여자의 옷을 살피던 봉생은 소매 끝에서 종이의 감촉이 느껴지자 옷을 잘랐다.

'서찰인 모양이구나.'

봉생은 종이에 기름이 먹여져 있는 것을 보고 그렇게 생각했다. 종이는 누런 종이봉투에 들어 있었다. 봉생이 종이를 꺼내 읽으려고 하는데 밖에서 포교부장 신여철이 부르는 소리가 들렸다. 봉생은 집에 가서 살펴보아야 하겠다고 생각하고 종이봉투를 허리춤에 쑤셔 넣었다. 신여철이 약방으로 들어왔다.

"부장님."

봉생이 신여철에게 인사를 했다.

"음. 조명근은 아직 나오지 않았나?"

"예, 나오지 않았습니다."

"기찰을 나가라는 명이야. 궁녀 귀덕의 용모파기容貌疤記가 완성되었어."

신여철이 귀덕의 용모파기를 봉생에게 건네주었다. 귀덕은 대궐에서 도망쳐 나온 궁녀인데 그녀를 속히 잡아들이라는 왕명이 대궐에서 내려와 있었다.

　아침에 받아놓은 물이 진종일 햇살을 받아 따뜻했다. 애격이 책을 읽기 시작하자 봉생은 뒤꼍에서 옷을 벗고 나무로 짠 목간통으로 들어갔다. 사립문은 닫았고 사방은 캄캄하게 어두웠다. 밤중이라 찾아올 사람이 없었다.

　날이 좋았다. 초여름의 더위 때문에 건조하게 부풀어 오른 공기가 밤이 되자 시원해졌다. 비라도 내리려는 것일까. 하늘에 별빛 한 점 보이지 않았다. 검은 구름이 잔뜩 몰려와 있는 모양이다. 마을은 겨우 몇 집만 불이 켜져 있을 뿐이다. 사람들은 밤이 되어도 초와 기름을 아끼기 위해 불을 켜지 않아 한양 장안이 칠흑의 바다가 되는 것이다.

인정人定*이 가까워 어둠이 검은 상포를 펼쳐놓은 것처럼 두껍게 내려앉았다. 그녀가 목욕을 하는 부엌에는 촛불이 켜졌다. 희미하고 아슴푸레한 불빛이 어둠을 밀어내고 있었다. 뒷산 어디엔가 밤꽃이 피었는지 들큼한 꽃 냄새가 진동했다.

'피로가 풀리는구나.'

따뜻한 물에 몸을 담그자 하루 종일 걸어 다녀 부르튼 발바닥과 종아리가 시원해지는 것 같았다. 봉생은 눈을 지그시 감았다.

'귀덕은 왜 도망을 친 것일까?'

봉생은 눈을 감고 귀덕을 생각했다. 하루 종일 그녀를 찾기 위해 한양 장안을 누비고 다녔으나 소득이 없었다. 단순하게 대궐에서 나온 용모파기만 가지고 귀덕을 찾는 일은 쉽지 않았다.

'이상한 놈이야.'

봉생은 귀덕을 찾아 헤매다가 장통방 골목에서 만난 소년을 생각하고는 얼굴을 찡그렸다.


봉생이 포졸들과 함께 귀덕의 용모파기를 들고 장통방을 뒤질 때였다. 갑자기 소년의 날카로운 고함 소리가 골목 안에서 들렸다. 봉생이 포졸들과 함께 육모방망이를 들고 황급히 모퉁이를 돌자 우락부락한 장정들이 한 소년을 공격하고 있었다.

---

* 밤 열 시. 조선의 통행금지 시간

"멈춰라."

봉생은 장정들에게 호통을 치면서 달려갔다. 장정들이 포졸들을 보더니 두려워하지 않고 달려왔다. 포졸과 장정 들은 몽둥이를 휘두르면서 맹렬하게 싸우기 시작했다. 소년은 이미 장정들에게 몽둥이로 얻어맞아 정신을 잃은 채였다. 봉생은 소년을 업고 황급히 달아나다가 냇가의 풀숲으로 숨었다.

"너, 너는 누구냐?"

소년이 그때서야 정신을 차리고 몸을 일으키려고 했다.

"조용히 해."

봉생은 소년의 머리를 짓누르고 바짝 끌어안았다. 장정들이 추적해 오면 들킬 염려가 있었다. 포졸들도 네다섯 명이었고 장정들도 그쯤 되었으나 몽둥이를 휘두르는 솜씨가 예사롭지 않았다. 아니나 다를까, 포졸들이 장정들의 몽둥이에 얻어맞아 나뒹굴자 장정들은 웅성거리면서 소년을 찾아 냇가를 뒤지기 시작했다. 봉생은 잔뜩 긴장하여 장정들의 눈에 띄지 않기 위해 소년을 바짝 끌어안고 납작 엎드렸다.

"이놈을 어디 가서 찾지? 나리가 죽여도 좋다고 했는데……."

장정들이 풀숲까지 가까이 와서 중얼거렸다. 포졸들을 나뒹굴게 만든 놈들이라면 보통 놈들이 아니다. 봉생은 바짝 긴장하여 숨을 죽였다. 이마와 등줄기로 땀이 흥건하게 흘러내렸다. 소년도 봉생에게 안긴 채 숨을 죽이고 있었다. 장정들은 한 식경이나 냇가를 오르내리면서 소년을 찾다가 돌아갔다.

'휴!'

봉생은 길게 한숨을 내쉬고 고개를 들어 길을 살폈다. 길은 장정들이 떠나가 인적 없이 조용했다. 장정들에게 몽둥이로 얻어맞은 포졸들도 슬금슬금 꽁무니를 빼 자취조차 보이지 않았다. 봉생은 비로소 소년을 살폈다. 소년은 십이삼 세로 보였으나 갓을 쓰고 있었다.

"괜찮소?"

봉생이 소년에게 떨어지면서 물었다. 그가 갓을 쓰고 있었기 때문에 경어를 쓴 것이다.

"괜찮아 보이느냐? 아무래도 발을 접질린 것 같다."

소년은 왼쪽 발목을 만지면서 고통스러운 표정을 짓고 있었다. 봉생에게 다짜고짜 반말을 하는 것을 보면 대갓집 자제인 모양이었다. 그래도 봉생은 나이 어린 소년이 반말을 하자 불쾌했다.

"아무래도 나를 도와야겠다. 나중에 상을 내리겠다."

"상은 무슨 상입니까? 밥상이라도 주시겠습니까?"

봉생의 퉁명스러운 말에 소년은 어리둥절한 표정이었다. 간신히 몸을 추슬러 일어나다가 꼬꾸라질 듯이 휘청댔다. 봉생은 재빨리 소년을 부축했다.

"내가 누구인지 모르는 게로구나. 나는…… 그래, 모르는 편이 낫겠다. 나를 업고 장통교 옆의 감나무 집으로 가거라."

소년은 무엇인가 말을 할 듯하다가 그만두었다. 소년의 얼굴을 자세하게 살피자 귀티가 흐르고 눈빛이 맑았다.

"예?"

"왜? 내가 발을 다쳤는데 안 되겠느냐?"

소년은 당연한 일이라는 듯이 봉생에게 말했다. 봉생은 어쩔 수 없는 일이라고 생각했다. 발을 접질려 걷지도 못하는 소년을 그냥 두고 갈 수 없었다. 봉생은 소년을 등에 업었다. 생각했던 것보다 소년이 가벼웠다.

"내시 놈 등에 업혔을 때보다 훨씬 낫구나."

등에 업힌 소년이 혼잣말로 중얼거렸다. 내시 놈 등에 업혔다고? 그렇다면 왕족 나부랭이인 모양이구나. 어쩐지 다짜고짜 반말을 하더라니. 다친 자를 팽개치고 돌아올 수가 없어서 등에 업기는 했으나 기분이 좋지 않았다.

"어찌 장정들에게 몰매를 맞고 있었소?"

봉생은 장통교를 향해 걸으면서 물었다.

"모른다. 골목에서 튀어나와 느닷없이 공격을 하는데 당할 수가 있느냐? 나를 호위하는 놈들과 한 패인 모양이다."

"무슨 말이오?"

"호위하는 놈들이 수상한 자가 있다고 몰려간 뒤에 놈들이 나타난 것을 보아도 알 수 있지 않느냐?"

봉생은 소년의 말을 알아들을 수 없었다. 장통교를 건너자 커다란 기와집이 한 채 있었다. 문을 열고 들어가자 집 안이 텅 비어 조용했다. 봉생은 대청에 소년을 내려놓았다.

"나는 이제 가야겠소."

"나 혼자 두고 간다는 말이냐?"

"그럼 어찌하오?"

"호위하는 놈들이 돌아올 때까지 기다리라."

봉생은 난감했으나 소년 옆에 털썩 앉았다. 그를 업고 오느라고 땀이 흥건하게 흘러내린 탓에 쉬어 가자고 생각했다.

"이름이 어떻게 되느냐?"

소년이 여전히 반말로 물었다. 기이하게 그의 말이 고깝게 들리지 않았다.

"부녀자 이름은 왜 묻소?"

"물으면 답을 하라."

"봉생이오. 성은 김가요. 그쪽은 어느 댁 자제요?"

봉생은 소년을 흘겨보다가 실없는 인사라고 생각하면서 대답했다.

"나는 성이 이李가고 이름은 연㮒이다. 헌데 내 이름을 함부로 부르지 마라. 내 이름을 부르면 죄가 된다."

사람 이름을 부르는데 죄가 된다고? 하기야 상민이 양반 이름을 함부로 부를 수는 없다. 봉생은 별난 소년이라고 생각했다. 가만히 살피니 그다지 밉상이 아니었다.

"피곤하다. 네 무릎을 베고 눕게 해다오."

"양반 자제가 어찌 부녀자의 무릎을 베고 눕는다는 말이오? 내외

하는 법도 모른다는 말이오?"

"흥! 아까는 네가 나를 안고 있었는데 이제 와서 내외를 따지느냐? 너에게서 좋은 냄새가 나서 그런다. 가슴의 냄새인가?"

"망측하오."

봉생이 펄쩍 뛰었다.

"우리는 살과 살이 닿았으니 인연이다. 내 너를 버리지 않을 것이다. 훗날 양제良娣*로 삼겠다."

봉생은 어이가 없었다. 그러나 소년은 아랑곳하지 않고 봉생의 무릎을 베고 벌렁 누웠다. 거침이 없는 소년이었다. 양제를 삼겠다고? 봉생은 양제가 무엇을 의미하는지 알지 못했다. 그때 밖이 왁자해지더니 사람들이 웅성거리는 소리가 들렸다.

"너는 뒷문으로 나가라."

소년이 일어나서 봉생에게 말했다. 봉생은 소년을 힐끗 보고 집 모퉁이를 돌아 뒷문으로 나왔다. 소년의 말에 따르기는 했으나 기분이 미묘했다. 소년에게 무엇인지 모를 거역할 수 없는 위엄이 서려 있었다.


오늘 밤에 있었던 일이다. 봉생은 포도청에 들어가 포교부장 신여철에게 보고를 한 뒤에 집으로 돌아온 것이다. 봉생과 함께 궁녀 귀

---

* 왕세자의 후궁

덕을 찾아 기찰을 하던 포졸들도 장정들에게 얻어맞고 돌아와 있었다. 그들은 여기저기 상처투성이였다.

집에는 애격이 먼저 돌아와 책을 읽고 있었다.

'나에게서 좋은 냄새가 난다고?'

봉생은 소년이 싫지 않았다.

방에서 애격이 글 읽는 소리가 낭랑하게 들렸다.

고운 풀 이슬에 젖어 물가를 둘렀는데

고요하게 맑은 못에는 티끌도 없네

구름 날고 새 지나는 것이야 제 맘대로이나

단지 때때로 제비가 물결 찰까 두려워라

露草夭夭繞水涯

小塘淸活淨無沙

雲飛鳥過元相管

只怕時時燕蹴波

퇴계 이황이 지었다는 시다. 애격은 요즈음 퇴계의 시문을 읽는 데 전념하고 있었다. 봉생은 물속에 몸을 담근 채 애격이 글 읽는 소리를 들었다. 어쩌면 시를 읽는 소리가 저리도 낭랑할까.

봉생은 이각쯤 물속에 몸을 담그고 있다가 밖으로 나왔다. 물기를 닦고 옷을 걸친 뒤에 방으로 돌아오려고 하는데 허리춤에서 무엇인가 떨어졌다. 죽은 여자의 소매에 간직되어 있던 종이였다.

'이게 뭘까?'

봉생은 누런 봉투에서 종이를 꺼내 촛불에 비춰 살폈다.

**기축년 5월 삼가 이호李瑚가 쓰노라.**

한 줄밖에 되지 않는 글이었다. 봉생은 종이의 글이 기이하다고 생각했다. 종이에는 수결까지 선명하게 찍혀 있었다. 그러나 내용이 없고 글씨를 썼다는 날만 쓰여 있고 글을 썼다는 사람의 이름뿐이었다. 봉생은 글을 썼는데 지워진 것이 아닌가 하는 생각도 했다. 그러나 기름종이기 때문에 지워질 까닭이 없었다.

'이호가 누구지?'

봉생은 이호라는 사람의 이름을 한 번도 들은 일이 없었다.

'내용이 없으니 소용이 없는 봉투 아닌가?'

봉생은 나중에 애격에게 물어보아야지 생각하고 봉투는 버리고 종이는 옷소매에 갈무리했다.

그새 구름이 걷혔는가. 부엌에서 마당으로 나오자 달이 휘영청 밝았다. 온 누리가 푸른 달빛으로 덮여 있었다. 방으로 들어가 면경 앞에서 머리를 빗는데 애격이 다가와서 그녀를 안았다. 봉생은 기분 좋게 웃으면서 허리를 비틀었다. 애격이 뒤에 다가와 그녀의 가슴을 애무하자 자신도 의식하지 못하는 사이에 몸이 부르르 떨렸다.

"우리 사랑할까?"

애격이 봉생의 귓전에 입김을 불어 넣었다.

"응, 불을 꺼요."

봉생이 허리를 비틀면서 자리에서 일어났다. 애격이 촛불을 끄고 그녀를 포근하게 감싸 안았다. 그의 몸이 닿자 전신으로 감미로운 전율이 번져 나갔다.

"아!"

봉생은 자신도 모르게 탄성을 흘렸다.

"좋아?"

애격이 그녀의 가슴을 둥글게 애무했다.

"응."

봉생은 콧소리로 대답하고 스스로 저고리 옷고름을 풀었다. 목소리에 저절로 교태가 묻어났다. 애격이 떨리는 손으로 그녀의 저고리를 벗겨냈다. 그의 거칠어지는 숨소리가 들렸다. 치마끈을 어깨에서 밀어내자 스르르 흘러내렸다. 봉생은 매미가 껍질을 벗듯이 한 겹 한 겹 옷이 벗겨지고 실오라기 하나 걸치지 않은 알몸이 되었다. 어둠 속에서 그녀의 나신이 하얗게 빛을 발했다.

"아름다워."

애격이 눈이 부신 듯 중얼거렸다.

"서방님."

봉생은 파고들듯 애격의 품속으로 들어갔다. 애격이 두 팔로 그녀를 안고 입술을 부딪쳐 왔다.

아아, 달콤하여라.

봉생은 애격의 목에 두 팔을 감고 매달렸다. 살과 살이 닿고 입술
과 입술이 부딪쳤다. 어떤 열망이 그녀의 내부 깊숙한 곳에서 일어
나 전신으로 줄달음쳤다. 열망 때문에 그녀의 몸이 불덩어리처럼 뜨
거워졌다. 입에서는 다디단 외 냄새가 풍겼다.

애격이 그녀를 안아서 요 위에 눕혔다.

봉생은 애격의 등을 와락 껴안았다. 애격의 몸이 봉생의 가슴을
압박했다. 애격의 입술이 그녀의 입술을 덮어 눌렀다.

'아아. 왜 이렇게 좋을까?'

봉생은 애격의 등을 어루만지면서 몸부림을 쳤다. 속으로 서두르
지 말자고 생각했으나 겉으로 표현하지는 않았다. 눈을 감고 애격을
바짝 끌어안았다.

문득 수운사 골짜기에서 죽은 여자의 얼굴이 떠올랐다. 그녀를 임
신시킨 사내는 누구이고 잔인하게 고문을 한 살인자는 누구일까. 그
녀는 죽어가면서 무슨 생각을 했을까. 녹음이 푸른 바다처럼 펼쳐진
숲에서 그녀는 살인마에게 죽임을 당했다.

"무슨 생각을 해?"

애격이 애무를 하다가 멈추고 그녀를 내려다보았다. 봉생은 깜짝
놀라서 눈을 번쩍 떴다.

"응?"

"우리 예쁜이가 딴생각을 하는 것 같아."

"내가 왜 딴생각을 하겠어요? 너무 좋아서 어쩔 줄을 모르겠어요."

봉생은 얼굴을 붉히며 미소를 띠었다. 애격은 그녀를 내려다보다가 손으로 가슴을 애무하기 시작했다. 봉생은 그의 손에 잡혀 자지러지는 비명을 질러댔다. 그리고 몸을 비틀며 신음을 토하기 시작했다.

"서방님."

봉생이 애교를 부리기 시작했다. 애격이 눈치를 채고 그녀의 몸속 깊이 진입해 들어왔다. 봉생은 눈을 질끈 감았다. 둘이 하나가 되자 머릿속에서 아득한 현기가 피어올랐다. 몸이 둥둥 떠오르고 그가 진퇴를 반복할 때마다 열락이 몸을 휘어 감았다.

어디선가 풀벌레가 울고 푸른 달빛이 방 안으로 스며들었다. 사위가 죽은 듯이 고요한 가운데 열기가 휘몰아쳤다.

시간이 흐른다.

시간은 마치 강처럼 흐른다.

애격이 땀을 흘리기 시작했다.

'아름답기도 하여라.'

열어놓은 방문으로 하늘을 가득 메운 별이 보였다. 별은 쏟아질 것처럼 가까이 내려와 있었다. 달이 떠서 신비스러울 정도로 온 누리에 푸른빛이 가득한데 바람까지 불고 있는 것일까. 뒤꼍의 나뭇잎이 우수수 흔들렸다.

"서방님, 좋아요? 내가 좋아요?"

봉생이 안달을 하듯이 물었다. 나는 왜 이렇게 사랑을 확인하고 싶은 것일까. 봉생은 몇 번이나 애격에게 묻고 또 물었다.

"응."

애격이 거친 숨결을 토해내면서 대답했다.

"어떻게 좋아요?"

"비단처럼 부드러워."

애격의 대답에 봉생의 내부 깊숙한 곳에서 어떤 울림이 일어났다. 그것은 혈관을 통해 빠르게 전신으로 퍼져갔다.

"서방님, 나 좋아서 미치겠어요."

봉생이 울음을 터트릴 듯이 소리를 질러댔다. 애격은 태풍이 몰아치듯이 격렬하게 봉생을 밀어붙였다. 방 안에 열기가 가득했다. 봉생은 숨이 턱턱 막히는 듯한 느낌에 소리를 지르고 울었다. 그리고 산이 무너지듯이 애격이 그녀에게 쓰러졌다.

"아이, 좋아라."

봉생은 애격을 와락 끌어안았다. 봉생은 수축을 하고 있고 애격은 그럴 때마다 몸을 떨었다. 거칠던 호흡이 서서히 가라앉으면서 몸이 식어갔다.

"왜 울었소?"

애격이 그녀의 가슴을 어루만지면서 물었다.

"서방님이 너무 좋아서요."

봉생은 애격의 등을 바짝 끌어안으면서 아양을 떨었다.

"나도 당신이 황홀할 정도로 좋소."

애격이 봉생의 가슴에 얼굴을 묻었다. 봉생은 애격의 등을 천천히 쓸었다. 시간이 얼마나 흘렀을까. 애격이 옆으로 떨어져 누웠다.

"남들도 우리처럼 사랑하면서 살까요?"

봉생은 애격의 팔을 잡아당겨 팔베개를 했다.

"부부는 다 이렇게 살겠지."

애격이 봉생의 어깨를 안아 품속으로 이끌었다. 가슴과 가슴이 밀착되고 입술이 닿았다.

"아아, 너무 좋다."

봉생이 애격의 입술에 자신의 입술을 짓눌렀다. 저 멀리 종루에서 파루罷漏*를 알리는 종소리가 들려왔다.


이지휼은 두 눈에서 서슬을 뿜고 있는 양반을 멀뚱히 쳐다보았다. 이자가 지금 무슨 말을 하는 것인가.

포도청에 시체가 들어온 것은 김애격과 함께 다시 보았다. 젊은 여자의 시체는 키가 작고 통통했다. 그래서인지 가슴이 유난히 컸다. 살아 있었다면 남자들을 홀리고도 남을 가슴이었다. 최귀열 종사관은 유회가 끝이 나자 애격과 이지휼을 불러 사건을 수사하라고 지시했다. 그러나 궁녀 귀덕에 대한 수색이 사흘이나 계속되어 수사가

---
* 조선의 통행금지 해제 시간

미뤄질 수밖에 없었다. 이지흉은 사내의 얼굴을 살피다가 포도청에
서 있었던 일을 머릿속에 떠올렸다.


"여자의 시신에서 단서가 될 만한 것이 없었소?"

애격이 검시를 한 봉생에게 물었다. 이지흉은 약방의 검시대에 눕
혀져 있는 여자의 시체를 살폈다. 여자는 천으로 덮여 있었고, 천을
벗기자 실오라기 하나 걸치지 않은 나신이 드러났다. 이지흉은 자신
도 모르게 마른침을 꿀꺽 삼켰다. 여자의 나신은 비록 시체라고 해
도 요염하기 짝이 없었다.

"살인자는 잔인한 놈이에요. 고문을 하다가 죽인 것이 틀림없어요."

"고문?"

"고문을 하다가 덕보가 소리를 지르자 놀라서 목을 베고 달아난
거예요."

봉생이 시장을 살피면서 빠르게 말했다.

"왜 고문을 했지?"

"무엇인가 요구하는 것이 있었을 거예요."

"패물 때문인가?"

이지흉이 고개를 갸우뚱했다.

"게다가 하복부가 볼록한 것과 젖가슴 형태를 보아 임신한 것이
틀림없어요."

"그럼 태상사胎傷死라는 말인가?"

태상사는 임산부와 태아가 함께 죽은 것을 말한다.

"태상사예요."

"혼례를 올렸을 테니 임신할 수도 있지요."

이지흘이 시장과 시체를 번갈아 살피면서 퉁명스럽게 내뱉었다.

"신랑은 일 년 전에 죽었어요."

봉생은 시체를 검험할 때 만난 중년 선비를 떠올리면서 말했다.

"그럼 간음을 했다는 말이오?"

간음은 살인 사건 못지않게 중죄였다. 이지흘은 내일 아침 김애격과 함께 죽은 여자의 시아버지인 김조일을 찾아갈 작정이었다. 유회를 마치고 포도청 아문을 나오는데 대갓집 겸종으로 보이는 오순의 사내가 기다리고 있었다. 이지흘은 김애격을 먼저 보내고 그 자를 만났다. 그자는 주위를 살피면서 이지흘을 포도청 담 밑으로 끌고 갔다.

"이李 포교이십니까? 잠시 저희 주인이 뵈었으면 하십니다."

사내가 은밀하게 말했다.

"그대의 주인이 어디에 있소?"

"다방골에 계십니다."

이지흘은 집에 가서 제사를 지내야 한다고 생각했으나 사내를 따라 다방골로 갔다. 은밀하게 만나자는 사람들 대부분 아쉬운 부탁을 하면서 돈을 건네기 때문이었다. 다방골은 초저녁인데도 술을 마시러 나온 한량들과 손님들을 유혹하는 장명등으로 불야성을 이루고 있었다. 사내는 어느 허름한 색주가의 골방으로 이지흌을 인도했다. 이지흌은 익숙한 술 냄새에 코를 벌름거리면서 사내를 따라갔다. 어느 방에선가 간드러진 여자의 웃음소리가 들렸다.

"들어가보시지요. 기다리고 계십니다."

이지흌을 인도한 사내가 말했다. 이지흌이 헛기침을 한 뒤에 방문을 열고 들어가자 푸른 옥양목 두루마기에 통영갓을 쓴 사내가 술상을 앞에 놓고 근엄한 표정으로 앉아 있었다.

"내 이름은 김조일일세. 사헌부 장령을 지냈지."

사내는 다짜고짜 자신의 이름부터 밝혔다.

"예."

"거두절미하고 용건을 말하겠네. 오늘 좌포도청에 여인의 시체가 들어오지 않았나?"

김조일이 날카로운 눈빛으로 이지흌을 쏘아보았다.

"들어왔습니다."

이지흌은 젊은 여자의 시체를 떠올리면서 머리를 조아렸다.

"내 며느리일세."

"뭐라고 위로의 말씀을 드릴 수 없습니다."

이지흌의 머릿속에 짙은 의혹이 일어났다.

"위로 같은 것은 필요 없네. 내일부터 수사가 시작될 텐데 며느리가 강도에게 죽은 것으로 사건을 종료시켜주게."

이지흌은 깜짝 놀라 김조일을 쳐다보았다. 그의 말은 살인 사건을 조작하라는 것이었다. 검험을 한 봉생은 고문을 했을 것이라고 했다. 살인 사건을 조작하는 일은 결코 쉬운 일이 아닐 것이다.

"나리, 그것은……."

"내가 섭섭하지 않게 사례를 하겠네. 천 냥이면 되겠나?"

이지휼은 사내의 말에 숨이 멎는 듯한 기분이 들었다. 천 냥이라면 이지휼이 죽을 때까지 만지기 어려운 큰돈이었다.

"연유를 알 수 있습니까?"

"우리 며느리는 음란했네. 신랑이 죽은 지 얼마 되지 않아 이웃집 종놈과 간음을 했지. 집안에 간음한 여자가 있으면 자녀안恣女案에 올라 벼슬길이 막히네."

조선은 여자들의 간음을 중죄로 다스린다. 집안에 간음한 여자가 있으면 자녀안에 올라 가문의 남자들의 벼슬을 제한한다.

"그래도 범인을 잡아야 하지 않습니까?"

"범인은 중요하지 않네. 나는 곧 승지가 될 것이고 장차 판서가 될 몸일세. 그런데 음란한 며느리 때문에 내 앞길이 끊어져야 하겠나?"

사내의 말에 이지휼은 속으로 빠르게 머리를 굴렸다. 그가 사건을 조작한다고 해도 김애격과 봉생이 알고 있다. 자신이 눈을 감아준다고 해도 그들은 그냥 있지 않을 것이다.

"이 일은 저만 알고 있는 것이 아니라 다른 포교도 알고 있습니다."

"그자에게도 천 냥을 주겠네. 그자를 자네가 설득하게."

김조일은 그에게 오백 냥짜리 어음 두 장을 주고 방을 나갔다. 이지휼과 김애격의 몫이었다. 나머지는 일이 끝난 뒤에 주겠다고 했다. 김조일이 내세운 조건은 여자가 임신한 사실이 없는 것으로 하고 절에 가다가 강도를 만난 것으로 위장하라는 것이었다. 이지휼은 어음을 몇 번이나 들여다보았다. 김애격에게 오백 냥짜리 어음을 주어야 한다고 생각하자 아쉬웠다. 그때 밖에서 인기척이 들렸기 때문에 빠르게 어음을 소매 안에 갈무리했다.

"나리, 들어가겠습니다."

색주가 여자들이 들어와 눈웃음을 뿌리면서 옆에 앉았다. 그녀들에게서 지분 냄새가 물씬 풍겼다.

"잘 모셔라. 나리께서 술값이며 놀음차를 넉넉하게 주고 가셨다."

주모가 밖에서 기생들에게 말했다. 기생들은 일패는 아니고 삼패에 지나지 않을 것이다. 진한 화장에 나이도 이십 대 후반으로 보였다. 놀음차는 화대를 말한다. 이지휼은 술값이며 놀음차를 계산했다는 말에 더욱 흡족했다.

"네, 나라님 모시듯 모실게요."

기생들 둘이 들어와 이지휼의 옆에 앉았다.

'내 언제 이런 호사를 누리겠나?'

이지휼은 양쪽에 앉아서 지분 냄새를 물씬 풍기는 기생들을 끌어안았다. 저고리를 풀고 가슴을 만졌다.

'에그, 좋아라.'

이지휼은 부드럽고 따뜻한 기생의 가슴이 손에 잡히자 속으로 헐

헐대고 웃었다.

"나리, 술부터 드세요."

기생들은 까르르 웃음을 터트리면서 술을 따라 권했다. 이지휼은 기생들이 따르는 술을 마시면서 제사를 지내야 한다는 사실도 잊어 버렸다.

촛불이 바람도 없는데 일렁거리고 있었다. 시간은 벌써 이경이 가까워지고 있는데 이지휼이 아직 나타나지 않았다. 사람들은 모두 졸린 표정으로 하품을 하고 있었다. 제사를 지내야 할 이지휼이 나타나지 않아 그의 아버지 이승립은 애꿎은 담배만 뻑뻑 빨아대고, 숙부는 헛기침을 하고, 이웃집 사람들은 마당의 멍석에 둘러앉아 하품만 하고 있었다. 봉생의 동생 선합은 치맛자락을 말아 쥐고 집 앞의 돌다리를 오락가락했다. 모두 이지휼이 돌아오기를 기다리고 있는 것이다.

"포청에서 일이 끝난 것이 언제인가?"

이지휼의 숙부 이호림이 답답하다는 듯이 짜증을 부렸다. 애격에게 묻는 말이다.

"해가 지자 곧 바로 아문衙門을 나왔습니다. 그런데 아문 앞에 누군가 기다리고 있다가 이 서방을 데리고 갔습니다."

애격이 이호림에게 공손하게 대답했다.

"어디로 간다고 하지는 않고?"

"기다리던 사람이 누구야?"

이승립과 이호림이 번갈아 물었다.

"누구인지 귓속말을 하여 모르겠습니다. 어느 양반집 겸종 같았습니다."

애격이 별빛이 사위어가는 하늘을 바라보고 있다가 대답했다.

"조상 제사라야 이놈을 빼놓고 지내지. 형수님 제사라 내가 지낼 수도 없고."

이호림이 신경질적으로 내뱉고 혀를 찼다. 이지휼의 어머니 제사니 아버지나 숙부가 지낼 수 없는 것이다. 애격은 그들의 신경질적인 태도에 대꾸하지 않았다.

"미안해요."

봉생이 애격에게 말했다. 봉생도 졸려서 하품을 참을 수가 없었다.

"괜찮아."

애격은 우두커니 하늘을 바라보고 있었다. 애격이 바라보고 있는 하늘에 별들이 빼곡하게 들어차 있었다. 동네 어귀에 우뚝 서 있는 홰나무의 무성한 잎사귀들이 검푸르게 나부꼈다.

"제사 음식 먹으려고 저녁도 먹지 않았는데……."

"나는 해 질 녘에 이 서방과 국밥을 한 그릇 먹었어."

애격은 봉생과 속삭이듯이 낮은 목소리로 이야기를 주고받았다. 봉생이 연신 하품을 하고 있었다. 애격은 남대문 시장에서 이지휼과 국밥을 먹은 것이 다행이라고 생각했다. 그때 국밥을 같이 먹지 않왔다면 이 시간까지 기다릴 수 없었을 것이다.

"죄송합니다. 제가 갑자기 일이 생겨서 늦었습니다."

이지흘이 나타난 것은 일각이 더 지나서였다. 봉생이 애격의 등에 머리를 기대고 깜박 잠이 들었을 때였다.

"이런 호래자식! 네 어미 제삿날에도 늦게 들어오냐?"

이승립이 대로하여 목침을 던졌다. 그러나 이지흘이 재빨리 목침을 피했다.

"아버지, 제가 그냥 돌아다닙니까?"

"뭣이 어째?"

"저도 다 돈 좀 벌어보려고 돌아다니는 것입니다. 제가 누굴 만났는지 아십니까? 전 사헌부 장령 김조일 나리를 만났습니다."

"그 양반을 만난 것이 제사와 무슨 상관이냐?"

"우선 어머니 제사를 모시고 나서 말씀드리겠습니다."

이지흘은 술 냄새를 풀풀 풍기고 있었다. 그러나 제사를 지내야 했기 때문에 더 이상 야단을 치지 않았다. 선합이 악다구니를 퍼부으면서 이지흘에게 세수를 시키고 옷을 갈아입혀 제사가 시작되었다. 봉생은 저절로 하품이 나왔다. 이지흘이 제사를 지내자 여러 사람들이 둘러앉아 음식을 먹었다. 봉생은 선합을 거들어 음식을 차리고 선합과 함께 남자들과 떨어져 제삿밥을 먹었다. 애격은 새벽이 되어서야 설거지까지 끝낸 봉생을 데리고 집으로 향했다. 봉생이 뒤에서 터덜터덜 지친 걸음을 떼어놓았다.

"봉생아."

애격은 걸음을 멈추고 봉생을 기다렸다. 봉생이 고개를 떨어트리고 오다가 그를 쳐다보았다.

"같이 가자. 오늘 몹시 피로한 모양이구나."

"네."

봉생이 졸린 목소리로 대답했다.

"힘들지 않아?"

"괜찮아요."

달빛이 하얗게 비치었다. 애격은 봉생이 가까이 오자 나란히 걷기 시작했다.

봉생은 어릴 때 생모가 일찍 죽자 계모인 선합의 어머니 손에서 자랐다. 계모가 구박이 심해 오작인인 이웃집 설 노인의 배려로 포도청에서 부엌데기 노릇을 하면서 돈은 받지 못했으나 밥은 굶지 않았다. 시간이 있을 때는 설 노인이 일을 하는 약방에서 시체를 검시하는 일을 도와주었다. 그렇게 하다가 봉생은 오작인이 되었고 다모가 되었다. 하루 종일 포청 부엌에서 일을 하고 오작인 일까지 하니 봉생은 젊은 나이인데도 언제나 지쳐 있었다.

봉생은 거의 눈을 감은 채 걸음을 떼어놓았다. 애격은 문득 봉생을 처음 만났던 날이 떠올랐다. 그때 일을 생각하자 쓴 웃음이 나왔다.

사역원에서 퇴청을 하고 집으로 돌아오던 길이었다. 지금은 애격과 봉생이 청파동에 살지만 전에는 목멱산 아래 살았다. 광통교를 지나는데 어떤 여자가 청계천 바위 위에 누워 노래를 부르고 있었다.

해마다 보는 늦봄의 달이건만
오늘 밤은 더욱 애처롭구나
냇가에 이슬과 바람이 고요한데
마른내 물소리가 슬프구나
歲歲晩春月
今宵最可憐
川邊風露寂
淸溪水聲悲

달빛이 하얗게 밝은 밤이었다. 수양버들은 나뭇가지를 길게 늘어트리고 냇물이 졸졸거리고 흐르는데 여자의 노랫소리에 슬픔이 가득했다.

'여인네가 왜 바위 위에 누워서 노래를 부르는 것일까?'

애격은 자신도 모르게 여자를 살폈다. 여자의 입성이 허름했으나 얼굴은 달빛을 받아 하얗게 빛났다.

"웬 여인인고?"

애격은 여자의 옆을 지나려다가 걸음을 멈추고 물었다.

"웬 과객인고?"

여자가 누운 채 되물었다. 여자의 목소리는 이상하게 슬픔에 잠겨 있었다.

"차림새를 보아하니 양반은 아니겠고 어느 대갓집 종년인 듯하구나."

"종년은 사람이 아닌가? 나그네는 갈 길이나 가시오."

여자가 퉁명스럽게 내뱉었다. 목소리가 뜻밖에 앳되었다.

"밤에 이런 곳에 있다가 도적이라도 만나면 어찌할 것이냐?"

술기운이었을 터다. 다른 때 같았으면 여자들이 유혹을 해도 거들 떠보지도 않았을 것이나 그날따라 여자의 묘한 분위기가 애격의 시선을 끌었다.

"도적이 잡아가면 무슨 상관이람?"

"도적이 잡아다가 애나 낳게 하고 빨래나 시키면 어쩔 것이냐?"

"그래도 밥은 먹여주겠지."

"밥을 주면 도적이라도 따라가겠다는 것이냐?"

"못 따라갈 것도 없지."

"그럼 나를 따라오너라 나한테 와서 빨래나 하는 것이 어떠냐?"

애격이 농을 하듯 말했다. 여자가 그때야 바위에서 일어나 앉아 애격을 쳐다보았다. 나이는 스물 안팎으로 보였고 달빛을 받아서인지 하얀 얼굴에 눈빛이 서늘하게 맑았다.

"밥은 먹여줄 것이오?"

"먹여주지."

"잠도 재워주고?"

"재워주지."

애격은 이상한 일이라고 생각했다. 봉생은 그날 무작정 애격을 따라왔다. 그렇게 하여 애격과 봉생은 혼례를 올린 것이다. 나중에 알게 된 일이었으나 봉생은 그날 계모가 늙은 부자에게 시집을 가라고 구박을 심하게 하여 집을 뛰쳐나왔다고 했다. 그러나 갈 곳이 없고 밤이 되어 청계천 바위 위에 앉아서 잠을 청하고 있던 참이었다.

집을 나와 갈 곳이 없으니 처량하기 짝이 없었을 것이고, 밤이 되어 바위에 누웠으나 잠이 오지 않았을 것이다.


멀리 봉생이 누워 있던 바위가 보였다.

"저기서 쉬었다가 갈까?"

애격이 봉생에게 물었다. 봉생이 그를 쳐다보고 고개를 끄덕거렸다. 지금 남대문까지 간다고 해도 아직 성문이 열리지 않았을 것이다. 파루를 치려면 반 시진쯤 남았을 것이니 냇가에서 쉬어 간다고 해도 상관없다. 애격은 봉생의 손을 잡고 물가로 내려갔다. 이슬이 내린 풀숲이 발목을 적셨다. 애격은 봉생과 바위 위에 나란히 앉아서 물가를 내려다보았다. 저 물은 어디로 흘러가는 것일까. 만호 한양 장안은 깊은 어둠에 잠겨 있고 푸른 달빛이 신비스러운 광망을 뿌리고 있었다.

애격은 졸졸거리며 흐르는 냇물을 보면서 생각에 잠겼다. 그는 역관 일을 할 때 중국에도 다녀왔고 일본에도 다녀왔다. 그의 나이 이십칠 세니 중국에 다녀온 것이 칠 년 전이고 일본에 다녀온 것은 오년 전의 일이다. 그 이국적인 풍경과 낯선 말들을 생각하자 다시 한번 여행을 하고 싶었다.

그때 봉생이 그의 어깨에 살며시 머리를 기대 왔다. 그녀의 풍성한 머리채에서 동백기름 냄새가 알싸하게 풍겼다.

수양버들이 바람에 한들거렸다. 냇물은 졸졸졸 소리를 내면서 흐
르고 있었다. 봉생은 냇물에 빨래를 헹구다가 힐끗 옆을 돌아보았
다. 남편 애격이 바위에 앉아 책을 읽고 있었다. 봉생은 애격이 책을
읽고 있는 모습을 보고 가슴이 저려왔다. 애격은 공부에 미쳐 있었
다. 언제나 손에서 책을 놓지 않았고 항상 글을 썼다. 그러나 지금은
종이가 없어 글을 쓰지 못해 책을 읽고 있었다. 종이가 없어서 글을
쓰지 못하는 애격을 보자 봉생은 가슴에 차가운 비가 내리는 듯한
기분이었다.

'양반가에 태어났으면 당상관이 되었을 텐데…….'

애격은 불우한 천재였다. 읽지 않은 책이 없고 모르는 글이 없었다. 그는 자신의 집안에 대해서 자세한 이야기를 하지 않았다. 그러나 때때로 지나가는 말로 한두 마디씩 내던지고는 했는데 그것으로 그의 과거를 짐작할 수 있었다. 애격은 지체 높은 사대부가에서 태어났으나 어머니가 종이었기 때문에 얼자孼子로 살았다. 그는 말을 처음 배울 때 글도 배우기 시작했는데 한 번 본 문자는 모두 기억하는 신통력을 발휘하여 사람들을 놀라게 했다.

"이 아이는 하늘이 내린 기재다."

애격의 아버지가 기뻐하면서 말했다.

"이렇게 총명한 아이가 본가에서 태어나지 못하고 종에게서 태어났으니 안타깝구나."

아버지는 애격의 장래를 걱정하여 탄식했다. 애격은 여섯 살 때 사서오경을 읽고 열 살이 되기 전에 제자백가를 읽었다.

"네가 아무리 공부를 열심히 해도 벼슬길에 나서지 못한다. 그러니 공부를 적당히 해라."

아버지는 애격을 만류했다.

"굳이 벼슬을 하고 싶지는 않습니다."

"그럼 무엇을 하고 싶으냐?"

"그저 평생 책을 읽고 글을 쓰고 싶습니다."

"어린 네가 세상의 이치를 깨달았구나."

애격의 아버지는 크게 기뻐했다. 그러나 애격이 열 살이 되었을 때 아버지가 몹쓸 병에 걸려 앓아누웠다. 그의 아버지는 본가로 돌아가 삼 년을 앓다가 유명을 달리했다. 애격은 아버지가 죽자 홀어머니를 봉양하지 않을 수 없었다. 애격은 역관이 되기 위해 사역원에 들어가 공부를 했다. 그는 책 읽기를 좋아하여 한번 책을 잡으면 밥 먹는 것과 잠자는 것도 잊을 정도였다. 그는 불과 일 년 만에 왜어와 청어에 능통하여 역과에 급제하여 청어 역관이 되었다. 그러나 역관의 일을 하면서도 공부는 계속했다.

"역과에 합격을 했으면서 무슨 공부를 그렇게 하는 것인가?"

사역원의 동료가 물었다.

"나는 그저 책 읽는 것이 낙이라네."

애격은 웃으면서 동료들에게 대답했다. 좋은 책을 빌리면 종이를 사서 베꼈다. 글을 베낄 때는 잠깐 동안에 십여 면面을 쓰는데도 오자와 누락된 내용이 일절 없었다.

애격은 가난했다. 그는 책을 살 돈이 없어서 사람들에게 책을 빌려 읽는 일이 많았다. 보고 싶은 책을 빌리면 소매 속에 넣어가지고 다니며 길에서 읽었다. 책 읽기에 너무 열중하여 앞에서 오는 사람과 부딪치기도 하고 수레나 말이 다가오는 것도 알지 못했다.

"이놈아, 앞을 보고 다녀야지 어디를 보고 다니는 것이냐?"

애격이 책을 읽다가 부딪치면 사람들은 버럭 화를 냈다.

"죄송합니다. 책을 읽느라고 미처 보지 못했습니다."

애격은 정중하게 사과하고 다시 책을 읽으면서 갔다.

"허, 저놈이 실성을 했구나."

사람들은 걸어가면서도 책을 읽는 애격을 손가락질하면서 비웃었다. 애격은 역관의 일 외에 벼슬에 나갈 수가 없었다. 과거에 급제를 하면 삼일유가三日遊街*를 한다. 언젠가 애격도 선비가 삼일유가를 하는 것을 보았다. 과거에 급제한 선비가 유가를 하면서 장통방長通坊으로부터 내려오고 있었다. 쌍일산雙日傘은 햇살에 번쩍이는 것 같았고, 우부優夫**는 덩실덩실 춤을 추면서 길을 인도했다. 거리에는 장원급제를 한 사람을 보기 위해 구경꾼들이 구름처럼 몰려나와 있었다. 선비는 한껏 거드름을 피웠다. 선비는 한 기생의 집 앞에 이르러 우부에게 말했다.

"잠깐 들을 말이 있으니, 네가 소리를 높여 어허랑御許郎***을 불러라."

선비의 지시에 우부들이 일제히 어허랑을 부르는데 그 소리가 하늘을 찌를 것 같았다. 집집마다 사람들이 문을 열고 내다보았다. 애격은 역과에 장원급제를 했으나 삼일유가를 하지 못했다. 삼일유가는 문과에 장원한 사람들만 할 수 있었다. 삼일유가는커녕 기뻐해주는 사람도 없었다. 어머니가 종의 신분이었기 때문에 높은 벼슬은 꿈도 꿀 수 없었다. 애격은 벼슬에 나가는 대신 학문으로 일가를 이루고 싶었다. 그는 당대의 대학자라고 불리는 이용준을 찾아가 제자

---

* 과거에 급제한 사람이 삼 일 동안 돌아다니면서 구경시키던 일
** 벼슬아치 집에서 부리는 하인
*** 삼일유가 때 배우들이 부르던 노래

가 되기를 청했다.

이용준은 애격의 학문을 시험해보고 깜짝 놀랐다.

"그대는 세상에 모르는 책이 없는데 어찌 제자가 되겠는가?"

"선생께 시를 배우고 싶습니다."

애격은 이용준에게 시를 배웠다. 애격의 시는 날로 발전하여 선비들이 다투어 구해 읽었다. 애격은 이용준에게 시를 배워 일가를 이루게 되었다.

"김애격이 천재라고 하던데 어떻습니까?"

어떤 사람이 이용준에게 물었다. 이용준이 문득 손바닥으로 벽을 만졌다.

"벽을 어찌 걷거나 건널 수 있겠는가? 애격은 벽과 같다."

이용준은 애격의 재능을 벽과 같다고 말했다. 확실히 애격은 보기 드문 인재였다. 그가 시를 쓰면 평범한 작품이 없고 모두 걸작이었다. 그러나 사람들이 그의 작품을 보려고 하면 상자 속에 감추어 버렸다.

'벼슬을 할 수 없다면 학문을 한 것이 무슨 소용인가?'

애격은 사람들을 사귀지 않고 혼자서 지내는 시간이 많아졌다.

"뛰어난 지식과 오묘한 생각으로 먹을 금같이 아끼고 글귀 다듬기를 단약<sup>丹藥</sup>같이 하여 종이에 붓을 대기만 하면 세상에 전할 만한 작품이 되었다. 그러나 세상에 알려지기를 원하지 않았는데 그것은 세상에 알 만한 사람이 없기 때문이며, 남에게 이기기를 바라지도 않

있는데 그것은 이겨야 할 사람이 없기 때문이다. 그래서 이따금 나에게만 보여주고는 도리어 상자에 넣어둘 뿐이었다."

이용준은 훗날 자신의 친구들에게 이와 같이 말했다.

애격은 천재적인 두뇌를 소유하고 있어서 책이 눈에 스치면 모두 읽었다. 시를 잘 짓고 글을 쓰는 것이 어찌나 빠른지 눈 깜짝할 사이에 몇 장씩 쓰고는 했다.

애격은 한양 장안에 천재라는 소문이 파다하게 퍼졌으나 술을 자주 마셨다. 어떨 때는 이틀 동안 쉬지 않고 술에 파묻혀 지낸 일도 있었다.

"너는 어찌하여 술을 마시는 것이냐?"

이용준이 애격에게 물었다.

"괴로움을 이기기 위해서 마십니다."

애격이 허공을 바라보면서 대답했다.

"너의 괴로움이 무엇이냐?"

"하늘이 재능을 주었어도 쓸 곳이 없어서 괴롭습니다."

"아, 품계란 정일품까지 이르더라도 그것은 아침에 얻었다가 저녁에 평민이 될 수도 있는 것이며, 재물이란 늘려 만금이 되었더라도 저녁에 잃게 되면 아침에 가난뱅이가 되는 것이지만, 문인재자文人才子가 소유한 것은 한 번 소유한 뒤에는 비록 조물주라 하더라도 어쩔 수 없는 것이니, 이것이 바로 참다운 소유가 되는 것이다. 군君은 이미 이러한 것을 소유하였으니, 그 나머지 구구한 것들은 모두 씻어

버리고 가슴속에 두지 말아야 옳을 것이다."

이용준이 애격을 위로했다. 그러나 애격은 더욱 많은 술을 마셔 장안에서 취자醉者라는 별명으로 불리기도 했다.

어리석은 자도 썩고 총명한 자도 썩으니

흙은 사람을 가리지 않는다네

토원책 약간만이

나의 천년 뒤를 증명하리

癡獃朽聰明朽

土不揀某某某

兎園冊若干卷

吳證吳千載後

애격이 술에 취하여 쓴 시였다. 그는 자신의 신분을 자조적으로 비웃었다. 그는 자신을 천년 뒤에야 알아줄 것이라고 호호탕탕浩浩蕩蕩 큰 소리를 쳤다.

천인의 눈이 내 몸에 붙어 있으니

비밀스러운 책과 신령함으로 진가를 가리네

하나로 셋을 포함하니 참으로 통쾌한 일

스스로 문호를 열고 새로운 일가를 세우네

天人眼目寄吳身

祕冊靈文辨贋眞

起一函三眞快事

自開門戶作家新


애격은 자신의 재능에 자부심을 갖고 있었다.

봉생은 애격의 시를 읽을 때마다 천재의 오만함과 신령스러운 기운을 느끼고는 했다.


"빨래 다 끝났어요."

봉생은 빨래를 짜서 광주리에 담은 뒤에 애격에게 말했다. 애격이 봉생을 힐끗 쳐다본 뒤에 책을 덮었다.

"그럼 집으로 가지."

애격은 바위에서 일어나 빨래 광주리를 봉생의 머리 위에 이어주었다. 봉생이 빨래를 이고 집으로 향하기 시작했다. 봉생은 포도청 포교나 종사관들의 빨래까지 하기 때문에 항상 일이 많았다.

빨래 광주리를 머리에 이고 가는 봉생의 둔부가 실룩거렸다. 애격은 봉생의 뒤를 따라 걸으면서 실룩대는 둔부를 보고 야릇한 기분이 들었다. 걷기에 편하도록 봉생이 치마를 말아서 허리띠를 묶어 둥그스름한 둔부가 더욱 풍만해 보였다. 봉생은 무명의 검정 치마와 짧은 저고리 차림이었다. 흰 저고리와 검정 치마는 거친 목면으로 지은 것이었으나 오래되어 보푸라기가 일어나고 헤어질 정도로 닳아 있었다. 여름이라 속치마를 입지 않은 탓에 허리께는 맨살이 드러나 있었다. 머리는 가르마를 타고 뒤로 묶어서 비녀를 꽂았다. 비녀는 난전이나 방물장수들이 파는 나무로 깎은 것이다. 검정 치마 안에는 단속곳 하나를 입었을 것이다.

"봉생아."

애격은 앞에 가는 봉생을 불렀다.

"네?"

봉생이 뒤를 돌아보면서 웃었다.

"네 뒤태가 곱다. 선녀가 따로 없구나."

"애개……."

배다리를 건너면서 봉생이 살갑게 눈을 흘겼다.

"집에 가서 아들을 만들자."

"아잉……."

봉생이 허리를 흔들면서 걸음을 빨리했다. 걸음을 서두르자 둔부가 더욱 실룩거렸다.


애격은 조선통신사를 따라 일본에 갔을 때 종종거리며 걷는 일본 여인들을 보고 신기하게 생각했었다.

그가 일본에 갔을 때는 도쿠가와 이에하루가 쇼군으로 정권을 장악하고 있었다. 그는 재정을 비축하고 궁궐과 선박을 정비했다. 이어 일본의 각 지방에서 인재들을 널리 불러 모았다. 검술에 뛰어난 무사들과 기이한 기예를 갖고 있는 사람과 서화나 문학에 재능이 있는 인사들이 속속 도읍으로 몰려들었다.

도쿠가와 이에하루는 인재들을 에도에 집결시켜 훈련을 시킨 뒤 조선에 과시하기 위해 사신을 파견하고 이어 통신사를 파견해달라고 요청했다. 조선은 통신사를 보낼 수밖에 없었으나 일본의 흉계를 눈치채고 삼품 이하의 문관을 엄선하여 통신사로 보내게 되었다. 통신사를 보좌하는 이들도 모두 문장이 뛰어나고 천문, 지리, 산수算數, 복서卜筮, 의술, 관상, 무예 등 각 방면에 뛰어난 자들을 비롯하여 피리나 거문고 연주, 해학이나 만담, 음주 가무, 장기, 바둑, 말타기, 활쏘기에 이르기까지 한 가지 재주로 나라 안에서 이름난 자들을 선발하여 수행하게 했다.

"그대도 통신사의 수행원으로 참여하라."

예조에서 관리가 나와 애격에게 말했다.

"내가 무슨 재주가 있어서 선발되었습니까?"

"그대는 글을 빨리 쓰는 것으로 유명하지 않은가?"

"핫핫핫!"

관리의 말에 애격은 어처구니가 없어서 호탕하게 웃음을 터트렸다. 그러나 일본이 어떤 나라인지 알고 싶어 기꺼이 통신사 수행원으로 가기로 했다. 통신사 일행이 한양에서 부산까지 가는 데는 오랜 시간이 걸렸다. 애격은 통신사 일행을 따라 걸으면서 조선 팔도의 아름다운 풍경을 보고 넋을 잃었다. 가는 곳마다 절경이고 명승이었다.

부산에서는 난생처음 큰 배를 타고 바다로 나갔다. 수백 명이 탈수 있는 배는 처음이었다. 무엇보다, 배가 망망대해로 나아가니 끝없이 넓은 바다가 펼쳐져 있었다. 망망대해를 보자, 애격은 자신이 한없이 왜소해지는 것 같았다.

배가 일본에 상륙하자 낯선 풍경이 시야에 펼쳐졌다. 일본은 조선과 비슷한 풍경을 갖고 있었으나 집이며 사람들의 의복이 전혀 달랐다.

일본의 도읍 에도로 가는 길은 풍경이 아름다웠다. 연도에는 일본인들이 구름처럼 몰려나와 통신사 일행을 구경하고 갑옷을 입은 군사들이 통신사를 호위했다.

통신사들이 머무는 고을의 객관에서는 일본인들이 갖가지 공연을 하여 즐겁게 해주고 화복花服*을 입은 여자들이 정성스럽게 발을 씻겨주었다. 그들은 마부나 짐꾼까지도 발을 씻겨주었다.

'허, 일본에 오니 내가 호사를 누리는구나.'

애격은 꽃 같은 여자들이 발을 씻겨주자 흡족했다. 조선의 역관들은 호랑이 가죽, 표범 가죽, 담비 가죽, 인삼 등 금지된 물건들을 가져다 일본인들의 보석과 보도寶刀와 몰래 바꾸었다. 일본인들은 조선

---

* 기모노

인들의 물품을 구하려고 거간꾼을 내세웠다. 거간꾼들이 이익을 노려 온갖 수단을 부리자 일본인들은 손가락질을 하면서 조선인들을 비난했다.

애격은 준비해 간 것이 아무것도 없었다. 그는 오로지 글을 읽고 쓰는 재주밖에 없었다.

"그대는 어찌 보물을 가지고 오지 않았소?"

일본인들이 애격에게 물었다.

"내가 조선의 보물인데 무엇을 가져온다는 말이오?"

"조선의 보물이라니 무슨 말이오?"

"글을 원하오? 그러면 한 자 써주리다."

애격은 일본인들에게 글을 써주었다. 그가 일필휘지로 시를 써서 주자 일본인들이 깜짝 놀라 극진하게 대접했다. 그러나 애격은 추호도 재물을 탐하지 않았다. 에도에 도착하기 까지 많은 일본인들이 애격의 글을 받아 갔다.

마침내 통신사 일행이 에도에 도착했다. 사신들이 머문 객관은 푸른색 구리 기와였고 섬돌은 무늬를 아로새긴 돌이었다. 기둥과 난간에는 붉은 옻칠을 하고, 휘장은 화려한 비단으로 치장하고, 식기는 모두 금은金銀으로 도금하여 사치스럽고 화려하기 짝이 없었다.

애격은 에도에서도 많은 사람들에게 글을 써주었다.

"선생은 일본에서 찾아보기 어려운 문장가입니다."

애격은 글씨와 문장으로 순식간에 일본인들에게 널리 알려졌다.

일본에서 명성이 높은 승려나 귀족들이 그의 시를 보고 탄복했다. 오사카에는 승려들이 기생처럼 많고 절들이 여관처럼 즐비했다. 그들은 다투어 애격에게 시문을 지어달라고 청했다. 그러나 애격의 명성이 널리 퍼지자 시기하는 무리도 생겼다. 그들은 수전繡牋*과 화축花軸**을 책상에 가득 쌓아놓고, 일부러 어려운 글제와 까다로운 운韻을 내어 애격을 궁지에 몰려고 했다. 그러나 애격은 아무리 어려운 글제나 운이라도 즉석에서 시를 지었다. 마치 오래전에 지어놓은 시를 외우는 것 같았다. 게다가 애격은 글을 빨리 썼다. 그래서 일본인들은 그를 신첩神捷이라고 불렀다. 하루는 일본인들이 또다시 애격을 찾아와서 글을 써달라고 청했다.

"무엇으로 시를 쓰는가?"

애격이 일본인에게 물었다.

"일본이라는 제목으로 지어주시오."

일본인들의 말에 애격이 빙긋이 웃고 낭랑하게 시를 읊으면서 붓이 나는 듯이 움직여서 종이에 썼다. 일본인들이 모두 놀라서 눈을 휘둥그렇게 뜨고 입을 벌렸다.

우리의 남쪽에 있는 일본은
푸른 파도 멀고 먼 바다에 있는 나라

---

* 수놓은 비단
** 벽에 걸 수 있는 형태의 그림

마을의 집집마다

아름다운 여인들이 비단에 수를 놓는다

고요한 대숲에는 미풍이 지나가고

향기로운 꽃은 보슬비에 젖는다

남북으로 봄가을이 다르고

동서로는 낮과 밤이 다르구나

日本我南邦

淸波茫茫海

其村則屋屋

姣姣則文繡

竹靜微風過

花香細雨霑

南北春秋異

東西晝夜別


애격이 순식간에 쓴 시를 보고 일본인들은 입을 다물지 못했다.

"공은 참으로 시를 빨리 짓고 글을 빨리 씁니다."

"그대들은 오늘 천인을 만난 것이오."

애격은 오만하게 웃으면서 일본인들에게도 큰소리를 쳤다. 일본
인들은 애격의 오만한 말에 비위가 상했다.

"공이 천인이라면 오백 자루의 부채에 우리가 외워주는 시를 쓸

수 있겠소?"

일본인들이 애격에게 망신을 주기 위해 어려운 문제를 꺼냈다.

"그것이 무엇이 어려운가?"

애격은 조금도 망설이지 않고 대답했다. 애격의 말에 일본인들이 믿을 수 없는 일이라면서 눈살을 찌푸렸다. 그러나 애격이 글을 쓰지 못하면 망신을 줄 수 있다. 일본인들은 부랴부랴 부채 오백 자루를 준비해 왔다. 통신사들이 머물고 있는 객관 앞에 일대 소란이 일어났다.

"무슨 일이야?"

"이 사람들이 왜 몰려오는 거야?"

통신사 수행원들은 일본인들이 와글대면서 몰려오자 밖으로 나왔다. 밖에는 애격을 둘러싸고 일본인들이 잔뜩 몰려들어 웅성거리고 있었다. 애격은 먹을 여러 되 갈아놓고 일본인들이 시를 읊는 대로 쓰기 시작했다. 그것은 장관이라고 하지 않을 수 없었다. 일본인들은 부채를 가지고 와서 시를 읊고 애격은 붓을 휘둘러 부채에 글을 쓰는데 글자 하나하나가 용이 날아갈 듯하여 사람들의 입에서 저절로 탄성이 흘러나왔다. 애격은 단숨에 오백 자루의 부채에 시를 썼다.

"공의 재주에 놀라움을 금할 수 없습니다. 이미 공이 신필이라는 것을 알 수 있으나 기억을 시험해보고 싶습니다. 원하옵건대 지금까지 쓴 부채의 시를 다른 부채 오백 자루에 그대로 옮겨 쓸 수도 있겠습니까?"

일본인들이 공손히 물었다.

"어려운 일이 아니오. 부채 오백 자루를 준비해 오시오."

애격이 말하자 일본인들이 다시 부채 오백 자루를 준비해 왔다. 애격이 부채에 글을 쓰는 객사 마당에 이번에는 일본인들이 구름처럼 모여들었다. 애격이 기억을 더듬으면서 부채에 글을 써 내려가는데 손이 보이지 않을 정도로 빨랐다. 붓이 움직이는 소리가 가을비내리는 소리 같았다. 왜인들은 경악하여 혀를 내둘렀다. 애격은 순식간에 오백 자루의 부채에 전과 똑같은 시를 쓰고 옷깃을 여미고 앉았다.

"과연 신필입니다. 우리의 눈을 크게 뜨게 해주었습니다."

일본인들은 경악하여 몇 번이나 머리를 조아렸다. 애격에 대한 소문은 일본뿐이 아니라 조선에도 파다하게 퍼졌다.

"수백 년 동안 사신의 행차가 자주 에도를 내왕했다. 그러나 사신으로서 체통을 지키고 임무를 수행하는 데에 치중하느라 그 나라의 민요, 인물, 요새, 강약의 형세에 대해서는 털끝만큼도 실상을 파악하지 못한 채 그저 왔다 갔다만 했다. 그런데 김애격은 힘으로는 한 사람도 이기지 못할 정도지만 '붓대 하나로 일본을 무너뜨렸다'고 해도 지나친 말이 아닐 것이다."

애격이 일본에서 돌아오자 사람들이 칭송했다. 그러나 애격을 시기하는 무리가 있었다. 그들은 애격이 일본에서 헛되이 명성을 날리려고 했다고 비난하면서 탄핵하여 임금이 사역원에서 파직하고 수군에 충당하라는 명을 내렸다. 그러나 그의 재주를 아끼는 사람도 있어서 포도청에서 포졸을 하게 되었다.

'관리들이라는 자가 이렇게 옹졸해서야⋯⋯.'

애격은 자신의 뜻을 펼칠 수 없는 세상이 가소로웠다. 일본을 떠들썩하게 할 정도로 천재적인 명성을 날렸으나 조선에서는 아무도 그를 알아주지 않았다. 사역원에 나가지 않게 되자 애격은 맹렬하게 분노가 일어났다. 벼슬에 스스로 초연하다고 생각했으나 몇 달 동안 몹시 앓았다.

후드득.

빗방울이 떨어지기 시작했다. 봉생이 걸음을 더욱 빨리하고 애격은 뛰듯이 걸었다.

"비가 오니까 그친 뒤에 빨래를 널어야 하겠네."

봉생이 광주리를 부엌에 들여놓고 말했다. 애격은 툇마루에 앉아서 잿빛 하늘에서 빗줄기가 추적대는 먼 들판을 바라보았다. 초목이 무성한 들판에 빗방울이 떨어지기 시작하여 사방이 소연했다.

"소낙비 같지는 않네. 가뭄에 해갈이 되려나?"

봉생이 옆에 와서 앉았다. 애격은 슬그머니 봉생의 손을 잡았다. 봉생이 그를 힐끗 쳐다보고 곱게 미소를 지었다.

"이거 봐라."

애격이 봉생의 손을 잡아끌어 자신의 사타구니로 가져왔다. 봉생을 뒤따라올 때 실룩대는 둔부를 보면서 하체가 묵직해져왔었다. 그리고 봉생의 손이 닿았을 때 이미 그의 하체는 팽팽하게 부풀어 있었다.

"어머!"

봉생이 짧게 탄성을 내뱉었다. 그녀는 화들짝 놀라서 손을 뗐다. 손이 불에 덴 듯이 뜨겁고 얼굴이 화끈거렸다. 애격이 다시 그녀의 손을 잡아당겨 하체에 얹어놓았다. 아아, 이를 어찌해야 하는가. 봉생은 어찌할 바를 모르고 쩔쩔맸다. 다시 손을 거둬들이고 싶지 않았다. 그를 만지고 싶고 그의 살이 닿는 것이 좋다. 이렇게 하면 음탕한 여자인가. 그러나 부부는 이렇게 살아야 하지 않는가. 서로 사랑하니까 부끄러워할 필요가 없는 것이 아닌가. 손바닥에서 뜨거운 것이 불끈거렸다.

"이게 뭐 해니?"

"내 해지 누구 해겠어요?"

봉생은 하체가 젖어오는 것을 느끼면서 기어들어 가는 목소리로 대답했다. 문득 그가 자신의 몸속으로 깊이 들어왔으면 싶었다.

"이렇게 커졌는데 어찌하니?"

"나는 몰라요."

봉생의 얼굴이 붉어지고 숨이 차올랐다. 애격은 봉생을 와락 끌어안고 쓰러졌다. 애격이 그녀의 입술에 자신의 입술을 짓누르면서 진입해 갔다.

아아, 나는 왜 이러는 것일까.

봉생은 애격을 받아 안으면서 눈을 감았다.

사랑한다.

애격을 미치도록 사랑한다.

봉생은 애격을 끌어안고 몸부림을 치기 시작했다.

·아
름
답
고
·아
름
답
다
·너
아
버
·

　이지흅은 선합에게 몸을 기울여 저고리 옷고름을 풀어젖히고 가
슴을 꺼냈다. 선합이 한심하다는 듯이 신경질적으로 그를 쏘아보았
다. 먼저 원한 것은 선합인데 이지흅이 그녀가 한창 달아오를 때 사
정을 해버린 것이다. 선합은 앙탈을 하면서 손바닥으로 그의 등짝을
사납게 때렸다. 모두가 김애격을 생각하느라고 머릿속이 복잡한 탓
이었다. 이지흅은 멋쩍은 표정으로 그녀에게 떨어졌다가 돌아누워
서 잠을 청하는 그녀에게 달려들고 있는 것이다. 바짝 달아오른 선
합을 만족하게 해주어야 했다.
　이지흅은 선합의 가슴을 움켜쥐고 애무를 하면서 여전히 김애격
을 설득하던 생각을 했다.

"천 냥이 거저 생기는지 알아? 이런 기회는 다시 오지 않을 거야."

"이건 살인 사건이야. 살인 사건을 어떻게 덮어주라는 거야?"

김애격은 이지흉의 제안을 한마디로 거절했다. 예상은 했지만 속에서 울컥하고 불이 일어나는 것 같았다.

"형님, 우리에게 각각 천 냥이 생기는 일이야. 우리가 이런 큰돈을 언제 만져봐."

이지흉은 김애격을 형님이라고까지 부르면서 포도청 담 밑에서 한 시진이나 설득했다.

"나는 그런 짓을 할 수 없어."

애격이 조소하는 듯한 표정으로 싸늘하게 내뱉었다. 이지흉은 자신을 조소하는 듯한 애격의 눈빛을 보고 분노가 솟구쳤다.

"그럼 이 사건에서 손을 떼."

"뭐야?"

"내가 사건을 조작해도 모른 체하란 말이야."

"안 돼."

김애격은 이지흉의 제안을 단호하게 거절했다. 이지흉은 김애격의 거절로 손에 들어온 천 냥이 물거품처럼 사라진다고 생각하자 눈앞이 캄캄했다. 그러나 수사는 하지 않을 수 없었다.

이지흉은 김애격과 함께 왕십리로 시친인 김조일의 집을 찾아갔다. 그러나 김조일은 출타하고 없어서 조사를 할 수 없었다. 김조일이 유력한 양반이라서 집 안을 조사하거나 하인들을 조사할 수도 없었다. 하루 종일 대문 앞에서 김조일이 돌아올 때를 기다리다가 비가 내리기 시작하자 헛되이 포도청으로 돌아온 것이다.


"왜 이래?"

이지흌이 가슴을 애무하자 선합이 냉랭하게 뿌리쳤다. 이지흌은 방사가 만족하지 못해 화를 내고 있는 선합을 달래야 한다고 생각했다. 그러나 선합이 냉랭하게 뿌리치자 방사는 단념했다.

"내가 당신에게 할 말이 있어. 일어나 앉아봐."

대신에 일어나 앉아서 선합을 구슬리기 시작했다.

"무슨 할 말?"

"돈이 생기는 일이야."

"무슨 돈?"

선합은 이지흌의 말이 탐탁지 않은 듯한 표정으로 일어나 앉았다. 이지흌은 선합에게 오백 냥짜리 어음 두 장을 보여주면서 김조일의 제안을 자세하게 설명했다. 선합은 이지흌의 말을 듣자 금세 눈에 생기가 돌았다.

"이게 오백 냥짜리 돈이라는 거야?"

선합은 오백 냥짜리 어음을 처음 보았기 때문에 반신반의했다.

"그렇다니까. 그런데 형님이 말을 듣지 않아. 천 냥이면 우리가 평생 부자로 먹고살아. 이런 기회가 또 올 줄 알아? 어떻게 하든지 형님을 설득해야 돼."

이지흌은 어음 때문에 선합의 화가 풀어져 다행이라고 생각했다.

"형부가 미쳤네. 천 냥은 죽었다가 깨어나도 못 만질 텐데 거절해?"

"뭐 좋은 생각이 없어?"

이지흌은 김애격을 설득할 방법이 없어서 선합에게 물었다. 선합이 잠시 생각에 잠겼다. 밖에서는 비 내리는 소리가 그치지 않았다.

"형부가 천 냥을 받는걸 거절해서 우리도 그 돈을 못 받게 되는 거야?"

"그렇다니까. 학문이 높다고 우리를 무시하고 있어."

"우리가 형부 돈까지 다 가지면 안 돼?"

선합의 말에 이지흌은 어리둥절했다.

"어떻게?"

"형부를 죽이면 되잖아."

이지흌은 망치로 머리를 한 대 얻어맞은 듯한 기분이었다. 방 안에 기묘한 정적이 감돌았다. 이 여편네가 어찌 언니의 남편을 죽이자고 말하는 것인가. 이지흌도 그런 생각을 안 해본 것은 아니었다. 그러나 그를 죽여도 의심을 받지 않아야 했다.

"형부를 죽일 수 없어?"

선합의 눈이 사악하게 번들거렸다.

"당신 언니의 남편이잖아?"

"언니의 남편은 무슨…… 친언니도 아닌데…….”

선합과 김애격의 부인 봉생은 사이가 좋지 않았다. 그러나 김애격을 죽이는 일이 이지흄은 선뜻 내키지가 않았다. 내가 사람을 죽여야 하다니. 그것도 형님 아우 하면서 지낸 사람이 아닌가. 피 한 방울 섞이지 않았다고 해도 선합의 형부였다.

"죽여."

"글쎄."

"형부가 죽으면 그 돈까지 우리가 가질 수 있잖아?"

이지흄은 선뜻 대답을 할 수 없었다. 포졸 노릇을 하면서 악한 짓을 많이 했으나 사람을 죽인 일은 없었다. 게다가 애격과 짝패가 되어 한양 장안을 누비고 다닌 지 어느덧 일 년이 되었다. 자고 나면 얼굴을 마주 보던 사이인데 죽여야 한다고 생각하자 소름이 끼쳐 오는 듯한 기분이었다.

"이천 냥을 가지면 우리는 부자로 살 수 있어. 한양을 떠나 평양이나 충청도쯤에 가서 호의호식하고 사는 거야. 당신이 하지 않으면 내가 할게. 계획을 세워봐."

선합이 적극적으로 이지흄을 설득했다.

"알았어."

이지흄은 선합에게 어음을 갈무리하게 하고 방바닥에 누웠다. 아, 아, 김애격을 어떻게 죽여야 하는가. 음식에 독을 넣어야 하는가. 잠자고 있을 때 쳐들어가서 칼로 찔러야 하는가. 그러나 애격의 옆에는 항상 봉생이 붙어 있었다. 봉생은 비록 여자라고 하지만 눈치가 여간 빠른 것이 아니다. 그런 봉생이 옆에 있으니 애격을 죽이는 일이 쉽지 않을 것이다. 이번에는 선합이 이지휼의 가슴을 애무하기 시작했다. 그녀의 몸이 불덩어리처럼 뜨겁고 호흡이 거칠어졌다. 이지휼은 김애격을 죽여야 한다는 생각 때문에 욕망이 일어나지 않았다. 선합이 애무를 하는데도 이지휼은 무감각했다. 이미 사정을 하기도 했지만 김애격을 어떻게 죽일 것인가 하고 생각하느라고 정신이 없었다.

"여보."

선합이 그의 하체를 애무하면서 교태를 부렸다.

"불을 꺼."

이지휼이 낮게 말했다.

"알았어."

선합은 불을 끄고 이지휼을 내려다보았다. 불을 껐기 때문에 이지휼의 표정이 확실하게 보이지는 않았다. 언제나 마찬가지지만 너무 밝은 곳에서는 서로의 표정이 자세하게 보이기 때문에 신비스러움이 사라져 집중할 수가 없었다. 방사에 신비스러움이 없으면 노동이 된다. 선합은 이지휼이 아직 흥분하지 않았다는 것을 알 수 있었다. 이럴 때는 그녀 쪽에서 적극적으로 행동에 나서야 했다.

"여보, 우리 이제 부자로 살자."

이지휼의 다리를 벌리고 하체로 얼굴을 가져갔다. 그녀는 서두르지 않고 천천히 혀와 입술을 사용하여 이지휼의 하체를 애무했다. 이지휼은 그녀가 하체를 애무하자 비로소 반응을 보이기 시작했다.

그는 몸을 움찔움찔 떨거나 가늘게 신음을 토했다.

"형부를 죽이자. 형부는 글줄이나 읽는다고 언제나 우리를 경멸했잖아?"

선합이 눈웃음을 치면서 이지휼에게 말했다. 비가 오고 있는데 바람까지 불고 있는 것일까. 창문이 덜컹대고 흔들렸다.

"어떻게 죽이지?"

이지휼이 신음과 함께 물었다.

"죽이려고 생각하면 방법이 없을까?"

"그렇지. 죽이려고 마음만 먹으면 방법이야 얼마든지 있지. 아, 좋다."

이지휼의 대답에 선합의 내부 깊숙한 곳에서 어떤 울림이 일어났다. 그것은 혈관을 통해 빠르게 전신으로 퍼져갔다. 선합은 이지휼을 애무하다가 자신의 몸속으로 깊숙이 밀어 넣었다. 이지휼이 눈을 감은 채 몸을 부르르 떨었다.

"여보, 나 좋아서 미치겠어!"

선합이 울음을 터트릴 듯이 소리를 질러댔다. 그것은 태풍과 같았다. 선합은 태풍이 몰아치듯이 격렬하게 이지휼을 밀어붙였다. 밖에는 빗줄기가 더욱 굵어지고 바람 소리가 거칠어졌다. 그러나 선합의 귀에는 빗소리와 바람 소리가 들리지 않았다. 선합은 숨이 턱턱 막히는 듯한 느낌에 소리를 지르고 울었다.

얼마나 시간이 지났을까.

선합은 가쁜 숨을 진정시키기 시작했다.

길고 긴 항해는 끝이 났다. 배는 항구에 무사히 정박했고 사납게 몰아치던 태풍도 잔잔하게 가라앉았다.

포만감이 밀려왔다. 선합은 자신의 내부를 가득 채운 듯한 충일감 때문에 안온했다. 밖에서 비내리는 소리가 들리고 곁에서는 이지흘이 코를 고는 소리가 들렸다. 그러나 선합은 좀처럼 잠이 오지 않았다. 오늘 모처럼 이지흘과 만족스러운 방사를 했다. 그런데 아직도 무엇인가 채워지지 않은 듯이 가슴속이 허전했다.

선합은 이지흘에게서 떨어져 누웠다. 어둠 속에서 빗방울들이 희끗거리고 날아와 앙상한 흙벽을 들이치고 달아나는 것이 보였다.


사방은 칠흑처럼 어두웠다. 깊은 어둠이 상포를 펼쳐놓은 것처럼 한양을 내리누르고 있었다. 장통방 서북쪽에 있는 민가였다. 장통방은 시전에서 장사를 하는 사람들이 많아 와가들이 처마를 잇대고 즐비하게 늘어서 있었다. 돈을 만지는 상인들이 많이 살고 있으니 도적들도 들끓었다. 조선을 뒤흔든 도적 임꺽정도 장통방에 첩의 집이 있었다.

봉생은 육모방망이를 움켜쥐고 허공을 노려보았다. 남편 애격도 육모방망이를 쥐고 어둠을 노려보고 있었다. 지난밤에 내리던 비는 아침이 되자 그쳤다. 농가에서는 오랜 가뭄을 해갈시켜주는 비가 되기를 바랐으나 밤새도록 추적추적 내리다가 그쳤다.

봉생은 어둠 속이지만 애격을 건너다보았다. 애격은 이런 잠복근무가 견디기 어려울 것이다.

"괜찮아요?"

봉생은 애격의 손을 살며시 쥐었다. 지난밤 그를 몸속 깊이 받아들이던 일이 떠올라 몸이 가늘게 떨렸다. 그가 땀을 흥건히 흘리면서 그녀의 가슴에 엎드리고, 그녀가 뱀처럼 그의 허리에 두 다리를 휘어 감고 있을 때면 더할 수 없이 행복했다.

"응."

애격이 무심한 목소리로 대답했다. 봉생은 눈을 감고 지난밤의 일을 생각했다.

애격과의 격렬한 사랑이 끝나면 봉생은 그의 가슴에 엎드려 여운을 음미하고는 했다. 지난밤도 애격의 가슴에 엎드려 가슴을 짓눌렀다. 애격이 그녀의 부드러운 가슴을 자신의 가슴에 밀착시키는 것을 좋아했기 때문이다.

"나 당신이 너무 좋은 것 같아요. 당신이 없으면 어떻게 해요?"

"왜 그런 생각을 해?"

애격이 웃으면서 말했다. 밖에는 비가 내리고 있었다. 추적대는 빗소리가 초목의 무성한 잎사귀를 때리고 가슴속으로 파고들었다.

"이렇게 당신 가슴에 엎드려 있으니 꿈인 것 같아요. 나에게 시 한수 지어줘요."

봉생은 애격의 가슴을 손으로 쓸면서 말했다. 애격의 시를 듣는 것이 기생들의 잡가를 듣는 것보다 더욱 좋았다. 애격의 입에서 나

오는 말은 곧바로 시가 되었다. 애격이 우두커니 천장을 바라보고
있다가 나직하게 즉흥시를 읊기 시작했다.

아름답고 아름답다 내 아내
꽃처럼 어여쁜 얼굴 한양의 미인이라네
그대에게 동심결 주니
나에게는 합환주를 주었네
어여뻐라 새 색시여
내 즐거움 끝이 없노라
妖妖我婦人
芳華色都美
贈君同心結
勸我合歡酒
新婦多婉變
我歡亦無末

봉생은 애격이 나직하게 시를 읊는 소리를 들으면서 눈을 감았다.
아아, 행복하구나. 그대에게 동심결을 주었다는 것은 평생을 함께하
자고 청혼을 했다는 말이고 합환주를 주었다는 것은 청혼을 허락하
여 혼례를 올리고 초야에 합환주를 마셨다는 말이다. 청혼에서 혼인
까지 몇 줄의 시로 간략하게 표현한 애격의 시재詩才가 놀라웠다.

"내가 그렇게 예뻐요?"

"예쁘지."

"나도 시를 짓고 싶지만 지을 줄 모르니 어떻게 해요?"

"그냥 언문으로 말하면 내가 한문으로 번역을 하지."

"그럼 해줘요."

봉생이 애격의 가슴에 입술을 얹었다가 떼고 말했다.


한양의 천재로 불리는 내 임

시문이 기이하고 높고 높아라

한번 붓을 들면 비구름을 휘두르니

유쾌하여라 임과 함께 삶이여

그대 진실로 나를 사랑한다면

나는 마땅히 그대 위해 죽으리

漢陽俊呼君

落落詩文奇

揮筆傾雨雲

快哉郎生樂

君亮執愛我

死爲君我當


봉생이 읊기를 마치자 부끄러운 듯이 애격의 가슴으로 파고들었다.

"창피해요."

"아니야, 아주 좋은 시야."

애격이 봉생의 등을 쓰다듬었다.

비는 추적추적 내리고 있었다. 여름인데도 비가 가을비처럼 내렸다. 봉생은 애격의 가슴에 엎드려 잠을 잤다.


"나 어제 너무 좋았어요."

봉생이 속삭이듯이 말했다.

"나도 좋았어."

"오늘 또 사랑해줘요."

대저 사랑이란 무엇인가. 수없이 사랑을 나누어도 항상 하나가 되고 싶었다.

"알았어."

애격이 민가로 시선을 돌렸다. 건너편 골목에도 포졸들이 잠복하여 민가를 살피고 있었다. 최근에 한양을 떠들썩하게 하고 있는 이 인조 절도범을 잡기 위해 잠복하고 있는 것이다. 이 인조 절도범이 기승을 부리자 사헌부에서 한양의 치안이 엉망이라고 임금에게 아뢰었고, 임금이 속히 절도범을 잡아들이라는 명을 내려 포도청이 비상사태에 돌입해 있었다. 좌포도대장도 퇴청을 하지 않고 포졸들을 다그치는 바람에 밤에 출동을 한 것이다.

'도적들이 과연 나타날까?'

봉생은 도적들이 나타나지 않으면 파루를 칠 때까지 잠복을 해야 한다고 생각하자 아득했다.

한양을 여러 구역으로 나누어 포졸들이 잠복하기 시작했는데 애격의 짝패인 이지흘이 나타나지 않는 바람에 봉생이 할 수 없이 짝패를 하게 되었다. 애격은 포졸을 할 만한 체격을 갖고 있지 않았다. 평생을 공부만 하던 책상물림이라 거친 무뢰배들을 만나면 몸을 다치게 될 것이다. 봉생은 애격을 보호하기 위해 잠복을 자원하고 나선 것이다. 이 인조 절도범은 사나운 자들이었다. 그들에게 재물을 털린 사람들의 진술에 의하면 우락부락하고 힘이 장사라고 했다.

"도적이다."

그때 건너편 골목에서 포졸들이 술렁거리는 소리가 들렸다. 고개를 들어 전방을 살피자 민가의 지붕에서 두 명의 사내가 나타나 기어 다니고 있었다. 봉생은 전신이 팽팽하게 긴장되는 것을 느꼈다. 지붕의 도적들은 빠르게 지붕과 지붕을 기어 다니고 있었다.

"도적이다. 도적이 지붕에 나타났다."

저 멀리 다른 구역에서 포졸들이 소리를 질렀다. 그쪽에도 도적이 나타난 모양이었다. 그 바람에 지붕에 있던 도적들이 깜짝 놀라 이쪽 골목으로 내려오기 시작했다.

'제길……'

봉생은 골목에서 웅크리고 있다가 벌떡 일어났다. 지붕의 도적이 지붕에서 담장으로, 담장에서 골목으로 뛰어내렸다. 몸가짐이 가뿐하여 그림자가 움직이는 것 같았다. 봉생은 정신을 집중하여 그들을 눈으로 좇았다. 그들은 건너편 골목으로 달려가다가 잠복하고 있던 포졸들이 모습을 나타내자 방향을 바꾸어 이쪽으로 후닥닥 달려왔다.

"이놈!"

애격과 봉생은 동시에 소리를 지르면서 도적들의 앞을 가로막았다. 도적들은 흠칫하여 멈춰 섰다.

"비켜라."

도적들이 애격과 봉생을 향해 몽둥이를 휘둘렀다. 봉생은 재빨리 몽둥이를 피했으나 애격은 피하지 못하고 몽둥이에 맞아 나뒹굴었다. 도적들이 그 틈에 달아나기 시작했다. 봉생은 애격이 나뒹구는 것을 보고 깜짝 놀랐다. 그러나 애격이 다시 일어나는 것을 보고 크게 다치지 않은 모양이라고 생각했다. 도적들은 벌써 빠르게 달아나고 있었다.

"서라!"

봉생은 도적들을 맹렬하게 뒤쫓기 시작했다.

"도적을 잡아라!"

건너편의 포졸들도 함성을 지르면서 도적들을 쫓기 시작했다. 그러나 도적들은 걸음이 바람처럼 빨라 피맛골 방향으로 빠르게 달아나고 있었다. 봉생은 도적들을 뒤쫓다가 옆길로 들어섰다. 도적이 달려가는 곳에도 포졸들이 잠복하고 있다. 도적들은 포졸들과 마주치면 옆길로 돌아올 것이다. 봉생은 피맛골 옆길을 향해 빠르게 달렸다. 숨이 차고 얼굴이 화끈거렸다. 그러나 사력을 다해 놈들의 앞을 막기 위해 달렸다. 놈들은 쥐새끼처럼 빠르게 달아나고 있었다. 봉생은 땀을 흥건히 흘리면서 전력을 다해 달렸다. 그때 골목 모퉁이에서 갓을 쓴 사내가 돌아 나왔다.

"도적놈아, 섰거라."

봉생은 갓을 쓴 사내에게 육모방망이를 휘둘렀다. 그러나 방망이가 갓을 쓴 사내를 치기도 전에 뒤에 있던 사내가 앞으로 나오면서 검을 휘둘렀다. 검날이 무시무시한 파공성을 일으키며 그녀를 향해 날아왔다.

'앗!'

봉생은 경악하여 재빨리 피했다. 그러나 어느 사이에 칼날 하나가 목에 닿아 있었다. 봉생은 머리카락이 빳빳하게 일어서고 소름이 오싹 끼치는 것 같았다.

"멈춰라."

갓을 쓴 사내가 소리를 질렀다. 그러자 봉생의 목에 닿아 있던 칼날이 소리 없이 거두어졌다.

"보아하니 포졸 같은데 해치면 되겠느냐?"

위엄이 가득한 목소리였다. 봉생은 몸을 떨면서 사내를 쳐다보았다. 어둠 속이라 사내의 얼굴이 자세히 보이지 않았으나 어린 소년이었다.

"나리에게 무례를 범한 자입니다. 어찌 살려둘 수가 있겠습니까?"

칼을 들고 있는 사내가 외쳤다. 어느 사이에 일고여덟 명의 사내들이 갓 쓴 소년을 에워싸고 있었다. 봉생은 순간적으로 소년이 지체가 높은 인물이라고 생각했다.

"물렀거라. 미행을 하고 있는데 내가 누구인지 어찌 알겠느냐?"

갓을 쓴 소년이 호통을 치고 봉생을 위아래로 훑어보았다.

'전의 그 소년이잖아?'

봉생은 무엇인가 이상하다고 생각했다. 갓을 쓴 소년은 며칠 전 장통방에서 장정들의 습격을 받았던 이연이라는 소년이었다. 그 소년을 업고 집까지 데려다주었던 기억이 떠올랐다.

"좌포도청 다모로구나."

이연이 가쁜 숨을 몰아쉬고 있는 봉생에게 말했다. 손이라도 잡을 듯이 반가운 표정이었다.

"그대는 이연……?"

봉생은 주체할 수 없을 정도로 땀을 흘리고 있었다.

"땀이 많이 흘러내리는구나."

이연이 소매에서 무명 수건을 꺼내 봉생에게 건네주었다. 봉생은 이상하게 소년 앞에서 꼼짝을 할 수 없었다. 멀리서 포졸들이 달려오는 소리가 들렸다.

"내, 밝은 날 너를 부르리라. 다친 곳은 없느냐?"

"없습니다."

"가라. 도적은 모퉁이를 돌아가면 쓰러져 있을 것이다. 오랏줄로 묶어 포도청으로 끌고 가라. 누구에게도 우리를 보았다고 하지 마라."

이연이 손을 내젓고 봉생을 지나쳐 총총걸음으로 걸어갔다. 사내들은 그림자처럼 빠르게 움직여 어둠 속으로 사라져 갔다. 봉생은 꿈을 꾼 듯이 얼떨떨했다.

'뭘 하는 소년일까. 신분이 예사롭지 않은 것 같다.'

봉생은 이연이 사라진 골목을 넋을 잃고 바라보았다. 한참이 지나 모퉁이를 돌자 과연 두 놈의 도적이 골목에 쓰러져 있었다. 봉생은 허리에 차고 있던 붉은 포승줄로 두 도적을 묶었다.

봉생이 잡아 온 도적은 뜻밖에 시중에 구변쟁이로 유명한 김인복과 그 아우 김칠복이었다. 김칠복은 소매치기로 수배되어 있었다. 구변쟁이와 소매치기가 형제라는 사실도 놀랍거니와 그들이 한양 장안에 떠들썩한 절도범이라는 사실도 놀랄 만한 일이었다. 포도청은 전날 밤에 잡아들인 도적들로 시끌벅적했다. 구류간에 하나 가득 도적이며 사기꾼, 공갈범, 폭력배 등이 잡혀 들어와 어수선했다. 좌포도청 종사관 최귀열은 정당 앞에 형틀을 준비한 뒤에 김인복을 형틀에 묶어놓고 신문하기 시작했다. 김인복은 임금이 잡아들이라는 특명을 내렸기 때문에 지난밤에 일제 검거령을 내렸던 것이다. 그에 대한 신문이 첫 번째였다.

애격은 최귀열이 신문을 하는 내용을 빠르게 기록하면서 김인복 같은 구변쟁이가 잡힌 것이 신기했다.

김인복은 해학이 뛰어났다. 시전을 어슬렁거리고 돌아다니다가 나이가 들어 옆머리가 없는 사람을 보면 '주변머리가 없다'고 하고, 속머리가 없는 사람을 만나면 '소갈머리가 없다'고 하여 사람들이 배를 잡게 만들었다.

한겨울이었다. 김인복이 초피로 만든 이암*를 쓰고 시전을 지나가는데 사헌부 금리禁吏**가 옷소매를 잡고 포박하려고 했다. 초피 이암은 사치하다고 하여 나라에서 금지하고 있는 것이었다. 금리와 김인복은 거리에서 옥신각신했다. 금리는 김인복을 사헌부로 끌고 가려고 하고 김인복은 끌려가지 않으려고 실랑이가 낭자했다. 시전이라 금세 장사치들이 잔뜩 몰려와 구경을 했다.

"내 장차 너를 죽이리라!"

김인복이 마침내 팔소매를 걷어붙이고 주먹질을 하는 시늉을 하면서 금리에게 눈을 부릅떴다.

"나는 사헌부 금란 관리다. 네가 나를 죽이고 온전할 것 같으냐?"

사헌부 금리도 맞받아쳤다. 그러나 아랑곳할 김인복이 아니었다. 그는 금리를 향해서가 아니라 금세 모여든 사람들을 향해 넉살 좋게 이야기를 시작했다.

"사헌부의 감찰은 모두 스물넷이다. 나는 그들을 개가죽 보듯이

* 방한모
** 포졸

한다. 두 지평持平*, 두 장령掌令**, 한 집의執義***, 한 대사헌大司憲****이 다 동성 조카요, 개국공신, 정사공신, 좌리공신, 좌명공신은 다 우리 집 대대로 있는 공신이라. 내 이제 주먹을 한 번 휘둘러 네 머리를 박살 내서 길 가운데 꼬꾸라져 죽게 하면 네 족당이 나를 고발할 것이니 내가 옥에 갇히리라."

금리가 눈을 휘둥그렇게 뜨고 김인복을 쳐다보았다. 김인복의 말이 허무맹랑했으나 구변이 신기할 정도로 놀라웠다. 김인복은 거리에 가득한 사람들을 살피면서 더욱 신명이 나서 청산유수로 말을 이어갔다. 사람들은 진기한 이야기를 듣는 것처럼 그의 말에 귀를 기울였다.

"내가 옥에 들어갈 양이면 장안 사람이 모두 내 친구요 친척들이라 음식 소반을 들고 술병을 들고 옥에 와서 위로하는지라, 내 복당福堂에 누워 취하매 형조에서 법을 마련하여 마땅히 귀양을 보낼 것이로되, 내 공신의 후손으로 감사減死 조율받아 삼수갑산으로 귀양을 가면 서울 친구들이 각각 기생들을 거느리고 동교東郊*****에서 전송할 것이다. 내 그리되면 나는 듯이 빨리 달리는 역마를 타고 배소로 가서 오랑캐 초피를 입고 해송자海松子****** 죽을 먹고 백두산 사슴의

---

* 정오품
** 정사품
*** 종삼품
**** 종이품
***** 동대문 밖
****** 잣나무

포육과 압록강 물고기 회를 지치도록 먹다가, 나라에 경사 있어 왕세자 탄생하시면 팔도 귀양 간 자들을 모두 사면하리니 나는 금의환향하여 돌아오다가, 동교 길옆에 무덤이 누누이 있거든 물을 것인즉 사람들이 가로되 '헌부 사령 아무개 아무 날에 죽어 이에 묻혔노라.' 하면, 너는 죽은 것이요 나는 산 것이라 뉘 좋고 뉘 언짢으냐?"

김인복의 말에 금리가 크게 웃음을 터트렸다. 구경을 하던 사람들도 싱글벙글하면서 박수를 쳤다.

"내 마땅히 너를 고발하지 않을 것이니 그 말 한 번 다시 해보라."

금리는 김인복의 구변에 탄복하여 박장대소했다. 김인복의 구변이 너무 뛰어나 다시 듣고 싶은 것이다. 김인복은 사헌부 금리에게 잡혀갈 뻔했으면서도 현란한 말솜씨로 위기에서 벗어났으니 말 한마디로 천 냥 빚을 갚는다는 속담이 틀린 것도 아니다.

김인복은 능수능란한 구변으로 사람들을 희롱했으나 부인에게는 언제나 구박을 당했다. 구변으로 사람들을 희롱하고 조롱하는 것을 업으로 삼으니 입에 풀칠하기가 어려웠다. 부인이 돈을 벌어 오지 않는다고 바가지를 긁으면 몇 번은 참았으나 끝내는 주먹질을 했다. 하루는 술에 취해 늦게 들어오자 부인이 바가지를 긁어 주먹질을 하고 잠이 들었다. 문득 잠에서 깨니 부인이 부엌의 아궁이 앞에서 쪼그리고 자고 있었다. 김인복은 부인이 측은하여 달래주려고 방으로 들어오라고 한 뒤에 손을 가슴에 얹었다.

"너를 때린 손이다."

부인이 화를 내면서 김인복의 손을 뿌리쳤다. 김인복은 이번에는 다리를 뻗어 부인의 배 위에 올려놓았다.

"너를 찬 발이다."

부인이 역시 화를 내면서 뿌리쳤다. 그러나 천하의 구변쟁이로 유명한 김인복이었다. 대뜸 바지를 벗고 양근을 꺼낸 뒤에 부인의 단전 아래로 갖다 대면서 말했다.

"이는 너를 때리지도 않았고 발로 차지도 않았다. 그러니 죄 없는 양민良民이다. 양민을 건드리면 포악한 자가 되는 것이니 벌을 받으리라."

김인복의 넉살에 부인도 웃음을 터트리고 호응하여 마침내 환애했다.

그렇게 우스꽝스러운 짓을 잘하던 김인복이 한양 장안을 떠들썩하게 만든 이 인조 절도범이라는 사실이 신기했다.

"네가 지은 죄를 모두 토설하라."

최귀열이 정당 앞에 좌정하여 영을 내렸다. 형틀 좌우에 포졸들이 주장대를 들고 도열하고 있어서 무시무시했다. 조금이라도 거짓을 고하거나 대답을 잘못하면 사정없이 곤장을 때리기 때문에 장하杖下에 죽을 수도 있었다.

"소인은 몇 해 전부터 장안의 부잣집들을 찾아다니면서 도둑질을 했습니다."

김인복은 머리를 조아리고 벌벌 떨면서 대답했다. 포도청에 잡혀 들어와 살아서 나가는 자가 없으니 당연한 반응이었다.

"어제는 누구네 집에서 도둑질을 하려고 했느냐?"

최귀열의 목소리가 포도청 정당을 쩌렁쩌렁 울렸다.

"장통방에 있는 최 부잣집을 털려고 했습니다."

"최 부자의 이름이 무엇이냐?"

"최진철이라고 합니다. 장통방에서 유기전을 하고 있습니다."

"무엇을 훔쳤느냐?"

"도둑질을 하기 위해 지붕까지 올라갔으나 사람들이 소리를 지르는 바람에 미처 하지 못했습니다."

김인복은 최귀열의 신문에 곤장을 맞지 않으려고 재빨리 대답했다.

"그 전에는 누구네 집에서 도둑질을 하였느냐?"

"두 달 전에 안국방의 김 진사 댁에서 도둑질을 했습니다."

"김 진사의 집에서 무엇을 훔쳤느냐?"

"금가락지 다섯 쌍, 금팔찌 두 쌍, 금비녀 다섯 개, 머리꽂이 여덟 개를 훔쳤습니다."

"돈은 훔치지 않았느냐?"

"돈도 백팔십 냥을 훔쳤습니다."

"훔친 패물은 어찌하였느냐?"

"반송정에 있는 윤가에게 팔았습니다."

"윤가의 이름이 무엇이냐?"

"윤철용이라고 합니다."

최귀열은 포교부장 신여철에게 지시하여 윤철용을 잡아들이라고 지시했다. 신여철이 포졸들을 데리고 윤철용을 잡으러 달려갔다.

"물건들을 훔칠 때 사람들을 해치지 않았느냐?"

"집이 비어 있어서 사람들을 만나지 않았습니다."

"김칠복도 같이 도둑질을 했느냐?"

"예."

김인복에 대한 신문은 오전 내내 계속되었다. 김인복은 한양의 여러 집에서 도둑질을 했으나 모두 빈집만을 털어서 사람들을 다치게 하지는 않았다. 오후에는 김칠복에 대한 신문이 이어졌다. 김인복과 달리 김칠복은 도둑질을 하러 다니지 않았다고 부인을 하다가 곤장을 수십 대나 맞았다.

김애격은 오후에 이지흘과 함께 왕십리로 김조일의 집을 찾아갔다. 김조일은 마침 사랑에 혼자 앉아 있었는데 집 안이 기이할 정도로 적막했다. 여자들도 보이지 않고 청지기 한 사람뿐이었다.

'명색이 사헌부 장령을 지내고 승지 물망에 올랐다는 사람의 집이 왜 이렇게 조용하지?'

애격은 김조일의 집을 살피면서 속으로 고개를 갸우뚱했다. 김조일은 사랑에서 책을 읽고 있었다.

"나리의 호의를 받아들이지 못해 죄송합니다. 여기 형님이 워낙 완강해서……."

이지흘이 김조일에게 절을 하고 말했다. 김조일은 처음에 당황한 듯 눈동자가 커졌으나 이내 냉정을 찾았다.

"젊은 사람이 강직하군."

김조일이 애격을 건너다보고 쓸쓸하게 웃었다.

"이 댁의 며느리가 종놈과 간음을 했다고 했습니다. 그 종놈이 누구입니까?"

애격이 김조일에게 물었다.

"황바우라는 놈인데 도망갔네."

김조일이 침울한 표정으로 대답했다.

"그럼 이 집의 다른 종들은 어디에 있습니까?"

애격은 김조일이 무엇인가 숨기고 있다고 생각했다. 이지휼은 애격이 조사를 하는데도 마땅치 않다는 듯이 허공만 응시하고 있었다.

"사헌부 장령은 청직이네. 남들처럼 종이 많지 않네."

김조일의 말에 애격은 놀랐다. 그의 말이 사실인지 알 수 없었으나 집 안이 소박하고 살림살이가 단출했다.

"그런 분께서 살인 사건을 무마해달라고 천 냥이나 내놓습니까?"

"미안하지만 그 돈 좀 돌려주겠나?"

"관리를 포섭하려고 한 돈입니다."

"자네가 강직해서 받지 않았으니 돌려주어야 하지 않는가? 그리고 그 돈은 내 돈이 아닐세."

"그럼 누구 돈입니까?"

"육의전 행수에게 빌린 돈일세."

애격은 입을 다물었다. 육의전 행수에게 빌린 돈이라고? 잠시 어색한 침묵이 흘렀다. 집 안이 기이할 정도로 조용하여 멀리서 접동새 우는 소리가 들렸다. 그 소리에 공기가 파르르 몸을 떨었다.

"그 돈은 조사가 끝난 뒤에 돌려드리겠습니다. 누구에게 빌린 것입니까?"

"육의전 행수라고 하지 않았나? 조양구라는 사람일세."

"가족들은 모두 어디로 갔습니까?"

"내 고향이 천안일세. 가족들은 모두 고향에 내려가 있네. 황바우도 그곳에 가면 찾을 수 있을지 모르겠네."

애격은 김조일에게 더 이상 질문할 것이 떠오르지 않았다.

"알겠습니다. 다시 오겠습니다."

애격은 김조일에게 인사를 하고 밖으로 나와 주위를 살폈다. 이지흘은 화가 났는지 먼저 포도청으로 돌아가버렸다. 김조일의 집은 주위에 인가가 없었다. 앞에는 넓은 미나리꽝이 있고 뒤는 야산이었다. 오른쪽으로는 보리밭이 있고 왼쪽으로는 퇴락한 초가 마을이 있었다. 애격은 한참을 기다린 뒤에야 마을 사람을 만날 수 있었다.

"저 집에 살고 있는 사람이 누구인지 압니까?"

애격은 나무꾼으로 보이는 삼십 대 사내에게 물었다. 그는 왼쪽 귀밑에 붉은색 점이 하나 있었다.

"사헌부 장령을 지낸 분 댁이지요."

"그 집에 누가 살고 있습니까?"

"글쎄요. 워낙 공부만 하는 분이라……."

"며느리가 죽은 것을 알고 계십니까?"

"예. 그 댁의 종 황바우와 바람이 나서 마을 사람들이 손가락질을 했습니다."

"댁은 어디에 살고 있습니까?"

"저기 살고 있습니다. 이름은 김득배구요."

김득배라는 나무꾼에게는 더 이상 물어볼 것이 없었다. 애격은 유회 시간이 가까워지고 있어서 더 이상 탐문수사를 하지 않고 좌포도청으로 향했다.


세자 이연李𣇘은 허공을 우두커니 바라보았다. 날씨가 후텁지근하여 동궁전 앞의 후박나무 잎사귀가 축 늘어져 있었다. 지난밤에 미행을 나갔었다. 그러나 제대로 민정을 살피지 못하고 헛되이 돌아와야 했다. 한양 장안은 임금의 특명으로 한성부와 포도청에 비상이 걸려 있었다. 장안을 떠들썩하게 만든 절도범을 잡기 위해서라고 했다.

'하필이면 내가 미행을 나갈 때 비상이 걸린 것일까?'

이연은 그 사실을 이해할 수 없었다. 피맛골 골목에서 도둑을 잡기는 했으나 그때 포도청 다모라는 봉생을 또다시 만났다. 어찌하여 다모까지 동원하여 절도범을 잡으려고 한 것일까. 다모는 포졸 관복을 입고 있었으나 얼굴이 희고 눈이 맑았다. 도둑을 추적하느라고 땀을 비 오듯이 흘리고 있었다. 숨이 차서 가쁜 호흡을 내뱉을 때 커다란 가슴이 벌렁거렸다.

이름이 봉생이라고 했다. 두 번째의 만남이었다. 장통방에서 정체 모를 장정들에게 습격을 당했을 때 그녀와 함께 냇가의 풀숲에 엎드려 있었다. 그녀는 장정들에게 들키지 않기 위해 그를 바짝 끌어안았다. 그때 그의 얼굴이 그녀의 가슴에 닿았다. 부드러우면서도 뭉클한 가슴이었다.

'아!'

이연은 여자의 가슴에 얼굴이 파묻히자 아늑하고 포근했다. 그의 코끝에 여자의 육향이 풍겼다.

'아, 좋다.'

이연은 자신도 모르게 속으로 뇌까렸다. 고개를 들고 그녀의 얼굴을 보았다. 고운 턱에 봉긋한 입술이 매혹적이었다. 그녀는 어린 동생을 보호하기나 하듯이 그의 머리를 짓누르고 움직이지 못하게 했다.

'양제로 삼아야 하겠다.'

이연은 봉생의 품에 안겨서 그렇게 생각했다. 그녀를 두 번씩 만난 것도 인연인가. 그녀를 다시 보고 싶어 동궁전으로 불렀다.

'북벌은 불가능해. 북벌을 준비하면 청나라가 다시 침략을 해 올 거야.'

이연은 책을 덮고 그렇게 생각했다. 할아버지 인조는 청 황제에게 굴욕적인 항복을 했다. 그 사실을 꿈에도 잊지 못하고 이를 갈았다. 그러나 소현세자는 청나라에서 팔 년 동안 인질 생활을 하면서 청나라가 막대한 부와 강력한 군사력을 갖고 있다는 것을 알게 되었다. 청나라와 전쟁을 벌이면 수십만 명이 죽게 될 것이고 수십만 명이 포로로 끌려갈 것이라고 생각했다. 국토는 잿더미가 될 것이다. 소현세자는 그 때문에 친청정책을 추진하는 것이 옳다고 생각했다. 청나라는 반청정책을 실시하는 인조를 몰아내고 친청정책을 추진하는 소현세자를 즉위하게 하는 방안을 모색했다. 이 사실을 알게 된 인조는 소현세자를 독살하고 손자들을 제주도로 유배 보내서 죽게 만들었다. 그것은 이연이 어릴 때의 일이었다.

이연은 아버지 봉림대군이 청나라에 인질로 끌려가 있었기 때문에 심양에서 태어나 그곳에서 자랐다. 그는 어린 나이였으나 소현세자가 옳다고 생각했다.

'소자는 반드시 삼전도의 치욕을 씻겠습니다.'

봉림대군은 인조에게 맹세를 하고 서약서를 썼다. 그리하여 소현세자가 죽자 세자가 되고 보위에 오를 수 있었다. 그런데 그 서약서가 사라져 대궐이 발칵 뒤집혔다. 효종은 이연에게 서약서를 찾으라는 특명을 내렸다. 이연은 미행을 하는 체하고 서약서를 찾기 위해 출궁했다가 포도청 다모 봉생을 만난 것이다.

"저하, 전하께서 경연에 참석하라고 하십니다."

대전에서 내관이 와서 이연에게 고했다.

이연은 깊은 생각에 잠겨 있다가 깨어났다.

"경연에 누가 참석하였는가?"

"사복시정 송시열입니다."

송시열은 어머니의 병으로 잠시 사직하기를 청하면서 상소를 올렸다.

삼가 듣건대 지난번 경연에서 구언求言하시는 성상의 분부가 계셨다 하므로 이에 전일 올리려 했던 봉사封事를 하나의 책자冊子로 만들어 올립니다. 먼저 '슬픔을 절제하여 몸을 보호할 것節哀以保身, 예를 강론하여 신종할 것講禮以愼終, 학문에 힘써 마음을 바룰 것勉學以正心, 몸을 닦아 집안을 다스릴 것修身以齊家, 간사한 사람을 멀리하고 충직한 사람을 가까이 할 것遠便佞以近忠直, 사사로운 은혜를 억제하여 공도를 넓힐 것抑私恩以恢公道, 선임을 정밀하게 하여 체통을 밝힐 것精選任以明體統, 기강을 떨쳐 풍속을 면려할 것振紀綱以勵風俗, 재용을 절약하여 나라의 근본을 단단하게 할 것節財用以固邦本, 공안을 바로잡아 백성들의 힘을 늦추어 줄 것正貢案以紓民力, 검소한 덕을 숭상하여 사치의 풍조를 고칠 것崇儉德以革奢侈, 사보를 엄선하여 세자를 보필할 것擇師保以輔儲貳, 정사를 닦아 외적을 막을 것修政事以禦外侮'입니다.

효종은 송시열이 불러서 인견했다. 이연이 대전에 들어가자 송시열이 들어와 있었다. 이연은 부왕인 효종에게 문후를 드리고 스승인 송시열에게도 인사를 올렸다.

"내가 의지하고 싶은 마음이 간절한데 지금 또 돌아가기를 청하는 것은 무엇 때문인가?"

효종이 송시열에게 물었다. 이연은 송시열을 가만히 살폈다. 송시열은 겉으로는 북벌을 추진하는 효종에게 충성을 하는 체하고 있었으나 실제로는 은근하게 북벌을 반대하고 있었다.

"노모의 병이 위중하다고 듣고는 감히 죽음을 무릅쓰고 진달하여 청하지 않을 수 없었습니다."

송시열이 머리를 조아리고 대답했다.

"김집이 이미 물러나 돌아가고자 하는데, 그대가 또 돌아가려고 하니 내가 매우 서운하기 때문에 현재 몸이 편치 않으면서도 불러서 유시하는 것이다."

"노모에게 질병이 있다는 말을 듣고도 신이 만일 돌아가보지 않으면 이는 효孝에 죄인이 됩니다."

"올린 책자는 내가 살펴보았는데, 밤이 깊도록 피로한 줄을 몰랐다. 식견이 맑지 못하고 충애忠愛하는 마음이 부족하고 정성이 돈독하지 못하면 어찌 이에 이를 수 있겠는가."

"성상의 하교가 이에 이르니 실로 만세의 복입니다. 감히 신의 말을 가납하신 것을 다행으로 여기는 것이 아니라 이는 순임금의 성대한 덕이 있기 때문에 신이 기쁨을 금치 못하는 것입니다. 옛날 주자朱子의 말에 '신하가 진언하는 것에도 스스로 때가 있다.'고 하였습니다. 신의 상소 끝에 말한 바가 혹시라도 전파된다면 관계된 바가 적지 않을 것입니다마는 신이 갖고 있는 생각을 지금 모두 말씀드리지 못한다면 후일에 어찌 매번 글을 올릴 수 있겠습니까. 그러므로

하찮은 생각을 무릅쓰고 올린 것입니다."

"아주 내려가버릴 생각인가?"

"신이 어찌 아주 가버리겠습니까?"

"지난번 인견할 때는 아주 거절하는 뜻이 있었는데 지금 이 말을 들으니 매우 다행스럽다."

"신이 받은 은혜가 하해와 같습니다."

"지금은 머물 수 없는가?"

"어머니께서 병들었다는 말을 들은 이상 신이 감히 머물 수가 없습니다."

"언제 돌아오겠는가?"

"법전에 휴가를 주는 기간이 있으니, 기한에 맞춰 조정으로 돌아오겠습니다."

"경은 나에게 스승이나 다를 바 없으니 나는 더욱 각별하게 생각한다."

"지금은 국가가 마치 중병을 앓는 것과 같습니다. 대저 중병을 앓는 사람이 독한 약을 과용하면 역시 죽게 되므로 이를 염려하지 않을 수가 없습니다. 그러나 병이 위중한데도 약을 쓰지 않으면 역시 죽게 됩니다. 이는 성상께서 참작하시어 중中을 얻는 데 달려 있습니다. 방납防納*이 오늘날 큰 폐단이 되고 있는데, 사대부들이 흔히 이 때문에 염치를 잃게 됩니다. 근래에 또 듣건대 대궐 안에서 공상供上받은 종이를 방납한다고 합니다. 전해 들은 말이어서 반드시 다 믿을 수는 없지만 만약 참으로 그런 일이 있다면 이 얼마나 성덕聖德에 누가 되겠습니까. 법은 귀하고 가까운 곳에서부터 무너지니 마땅히 엄금하여야 합니다."

"내 그리할 것이다. 휴가를 잘 보내고 오라."

효종이 송시열에게 영을 내렸다. 송시열이 사례를 하고 조심스럽게 물러갔다. 이연은 유림의 영수인 송시열이 물러가는 모습을 우두커니 응시했다. 효종은 송시열이 뒷걸음으로 물러가 보이지 않을 때까지 기다렸다가 이연을 손짓해 불렀다.

"옥갑을 찾을 방도가 있겠느냐?"

"어제 미행을 나갔다가 장안에 비상이 걸려 액정별감 이철기를 찾아가지 못했습니다."

"반드시 옥갑을 찾아야 한다."

"전하, 옥갑이 어찌 그리 중요합니까?"

이연이 고뇌에 잠겨 있는 효종을 바라보았다.

"놈들이 옥갑을 가지고 나를 협박할 것이다. 또한 옥갑이 청나라에 들어가면 사직이 위태로울 것이다."

"심려하지 마십시오. 소자가 반드시 찾아서 가지고 오겠습니다."

이연은 효종을 위로했다. 이내 주강이 실시되었다. 주강은 낮에 하는 경연으로 시독관이 책을 읽고 설명을 하면 임금이 질문도 하고

---

* 관리나 상인이 공물을 대신 바치고 배로 징수하는 일

논쟁을 하기도 한다. 경연이 끝난 뒤에는 참석한 대신들과 정사를 본다. 효종은 좌당의 주청에 의해 금군을 기병화하는 방책을 허락했다. 왕세자 이연은 경연이 끝나자 동궁전으로 돌아왔다. 동궁전에는 좌포도청 다모 봉생이 들어와 있었다.

'아!'

이연은 봉생을 보자 우뚝 걸음을 멈췄다. 가슴이 뛰고 얼굴이 화끈거렸다.

'아, 저분은······.'

봉생은 이연을 보자 경악하여 머리를 바짝 조아렸다. 지난밤에 피맛골에서 만난 사내가 왕세자 이연이라는 것을 알고 놀라서 입을 다물지 못했다.

'왕세자 저하가 미행을 나왔었구나. 어쩐지 귀티가 흐르더라니······.'

봉생은 머리를 바짝 조아리고 그렇게 생각했다. 동궁전은 쥐 죽은 듯이 조용했다. 그녀의 숨소리가 크게 들렸다.

"모두 물러가 있으라."

왕세자 이연이 동궁전의 상궁과 내시 들에게 명을 내렸다. 상궁과 내시 들이 뒷걸음으로 물러갔다.

"포도청에 얼마나 있었느냐?"

이연이 봉생을 자세히 살피면서 물었다. 지난밤에는 포졸복을 입었으나 지금은 무수리처럼 치마저고리를 입고 있었다. 치마는 푸른

색이고 저고리는 흰색이었다. 머리는 단정하게 빗은 뒤에 가르마를 타서 비녀를 꽂고 있다. 낮에 보아서인지 얼굴이 더욱 아름다웠다.

"어릴 때부터 있어서 십 년은 될 것입니다."

봉생이 기어 들어가듯 작은 목소리로 대답했다.

"관비냐?"

"양인이오나 부모가 가난하여 관비들과 함께 일을 했습니다."

봉생의 목소리가 가늘게 떨렸다.

"혼인은 했느냐?"

"예."

봉생의 대답에 이연은 실망했다. 마치 나락으로 떨어지는 듯한 기분이었다.

"남정네는 무엇을 하느냐?"

"전에는 역관을 지냈고 지금은 좌포도청의 포교로 있습니다."

"역관이 어찌 포교가 되었느냐?"

"일본에 통신사 수행원으로 갔다가 죄를 지어 수군에 충당하라는 영을 받았으나 재주가 아깝다고 하여 포도청에 배치됐습니다."

"김애격이로구나."

이연이 탄식을 하듯이 낮게 말했다. 이연의 말에 봉생이 고개를 번쩍 들었다. 왕세자 이연도 김애격에 대한 소문을 듣고 있었는가. 애격의 명성이 조선에 널리 알려지기는 했구나, 하는 생각이 섬광처럼 뇌리를 스치고 지나갔다.

"조선의 천재가 포교라니 안타깝구나."

이연이 혀를 찼다. 봉생은 입을 다물고 바짝 엎드려 있었다.

"낮것을 들겠느냐?"

이연이 봉생에게 점심을 들겠느냐고 물었다.

"천한 계집이 어찌 동궁전에서 낮것을 들겠습니까? 감히 명을 받들 수 없습니다."

봉생이 황급히 머리를 조아렸다.

"소주방에 일렀다. 언제 대궐의 음식을 맛보겠느냐?"

이연의 말이 끝나기도 전에 궁녀들이 상을 들고 들어왔다. 이십오 첩 반상이다. 봉생은 상에 차려진 화려한 음식을 보고 입이 벌어졌다.

"천천히 들라. 지난번에 나를 구한 상이다."

이연이 명을 내렸다. 봉생은 어쩔 수 없는 일이라고 생각하고 음식을 먹기 시작했다.

"내가 물건을 하나 찾아야 한다. 네가 찾을 수 있겠느냐?"

이연이 봉생을 지그시 살피다가 물었다.

"저하의 지시니 목숨을 걸고 찾겠습니다."

봉생이 음식을 한입 가득 물고 대답했다.

어여쁘기도 하여라.

이연은 다른 남자의 부인인 봉생을 보면서 길가에 핀 야생화를 보는 것 같았다. 다른 남자의 부인이라 마음을 주면 안 되지만 자꾸 그녀에게 눈길이 갔다.

왕
**세**
자
의
밀
**명**

 

내금위장 김성일은 정자관을 쓴 유광표의 뒷모습을 조심스럽게 응시했다. 거대한 바위 같고 태산처럼 높아 보이는 뒷모습이었다. 일개 처사에 지나지 않는 선비의 등이 어찌 저처럼 완강해 보이는 것일까.

그러나 조정의 절반이 그의 문인들이었다. 학문이 도도하고 성품이 깐깐하여 임금조차 어려워하고 선비들은 그의 그림자조차 밟지 않는다고 했다. 그의 문하에서 판서가 여럿 나오고 사헌부나 홍문관, 승정원의 당상관들이 줄줄이 배출되어 명성이 높았다. 하지만 정작 본인은 과거조차 보지 않은 일개 처사에 지나지 않았다. 불의를 참지 못하고 목에 칼이 들어와도 직언을 올리는 노인이었다. 내금위장인 김성일이 그의 뒷모습에서 태산 같은 위압감을 느끼는 것은 그러한 배경 때문일 것이었다. 방 안에 숨이 막힐 듯한 침묵이 감돌고 있었다.

"세자 저하께서 미행을 나간 이유가 무엇인가?"

유광표의 목소리가 찌르듯이 날카로웠다. 유광표는 보위에 오른 지 얼마 되지 않은 효종과 왕세자까지 의심하고 있었다. 인조는 청나라의 감시 때문에 북벌 정책은 꿈도 꾸지 못했다. 그러나 효종이 등극했으니 북벌을 추진해야 하는 것이다. 유광표는 임금이 북벌을 추진하는 것을 감시하고 있었다.

"때마침 포도청과 한성부에서 비상을 내렸기 때문에 미행을 하려다가 멈추고 대궐로 다시 돌아갔습니다."

김성일은 유광표의 지시를 받고 왕세자 이연을 감시하고 있었다.

"미행에서 만난 자는 없는가?"

"포도청 포졸을 만났으나 다모에 지나지 않았다고 합니다."

"다모?"

"예."

유광표가 잠시 생각에 잠겼다. 유광표가 뒷짐을 지고 서 있는 정자에서 초목이 무성한 수락산 골짜기가 한눈에 보였다. 유광표의 별장에서 이백 보 쯤 떨어진 골짜기에 있는 정자로 '애민정'이라는 현판이 걸려 있었다.

"이완이 전하를 알현했나?"

이완李浣은 효종이 총해하는 무신이다. 아버지가 인조반정을 일으켜 공신이 된 이수일이어서 무과에 급제한 뒤 만포첨사, 영유현령, 상원군수, 숙천부사를 거쳐 평안도병마절도사로 승진했다. 병자호란이 일어났을 때는 도원수 김자점의 별장으로 출전해 정방산성을 지키고, 적을 동선령洞仙嶺으로 유인해 격파하여 명성을 떨쳤다.

황해병사로 있을 때는 청나라의 요청에 따라 주사대장舟師大將 임경업林慶業의 부장으로 명나라 공격에 나섰다. 그러나 이 사실을 명장에게 알려 종일토록 서로 싸웠으나 양쪽에 사상자가 나지 않게 했다. 그는 유광표가 강력하게 추천하여 어영대장이 되어 북벌을 준비하고 있었다.

"예. 이완에게 군사를 훈련시키게 한다고 합니다."

유광표는 등을 돌리지 않았다. 잠시 납덩이처럼 무거운 침묵이 흘렀다.

"송시열은 어찌하고 있는가?"

"전하에게 휴가를 얻어 고향으로 돌아가고 있습니다."

유광표는 송시열까지 의심하고 있었다. 조정은 이미 북벌을 위해 재정을 절약하고, 군사를 양성할 준비를 하고 있었다.

"모친이 위독하다고? 북벌을 하지 않으려는 것이겠지."

김성일은 대답을 하지 않았다. 송시열은 이미 학문과 명성으로 이름을 떨치고 있었고 서인의 영수가 될 재목이라는 말이 파다했다. 유광표가 다시 깊은 생각에 잠겼다.

"이철기를 어찌하는 것이 좋겠습니까?"

이철기는 액정별감이다. 효종의 밀명을 받고 유광표가 가지고 있던 옥갑을 훔쳐서 달아났다. 그러나 그는 옥갑을 효종에게 바치지 않았다. 유광표가 그의 부모를 인질로 잡고 있기 때문이었다.

"이철기보다 궁녀 귀덕의 사건은 어찌 되고 있는가?"

효종은 이철기가 돌아오지 않자 궁녀 귀덕을 파견했다. 귀덕은 이철기에게 접근하여 옥갑을 빼냈다. 이철기는 효종이 보낸 내금위 무사들에게 쫓기다가 화살을 맞고 죽었다. 그러나 그에게는 옥갑이 없었다. 그가 귀덕과 정을 통하고 있다는 사실을 알아낸 유광표는 귀덕에게 자객을 보냈다. 귀덕은 자객에게서 도망을 치다가 수운사 골짜기에서 살해되었다. 하필이면 좌포도청 포졸들이 그곳에 천렵을 나와 있는 바람에 옥갑의 서약서를 회수하지 못했다. 그들이 회수한 것은 안이 텅 비어 있는 빈 옥갑이었다.

"좌포도청에서 수사를 하고 있습니다."

"그 계집이 궁녀라는 것을 포도청에서 눈치챘나?"

"모르고 있습니다."

"그럼 귀덕의 사건은 종결되는 것인가?"

"그게 아직……."

"무슨 소리인가?"

"포교 하나가 말을 듣지 않습니다. 곧 처치해버릴 생각입니다."

"시체도 빨리 인수해서 매장하게."

"예. 좌포도청에서도 시체를 빨리 처리하려고 합니다. 여름이라 부패가 빨라서 냄새가 나고 있기 때문에 매장하지 않을 수 없습니다."

"속히 처리하라."

유광표가 신경질적으로 내뱉었다. 김성일은 머리를 조아리고 물러 나왔다. 등에서 식은땀이 흘러내렸는지 등줄기가 축축했다.

'유광표의 부인이 환향녀인가?'

병자호란 때 청나라에 끌려갔다가 돌아온 여자들을 환향녀라고 부른다. 유광표의 부인도 그때 청나라에 끌려갔는데 병사가 겁간하고 말에 태워 끌고 갔다. 그런데 청나라 병사는 말고삐를 유광표에게 잡게 했다.

"정절을 잃었으면 자진을 할 것이지 버젓이 살아있는가?"

유광표가 말 위에 앉아 있는 부인을 비난했다.

"남정네들이 오랑캐를 막지 못해 부녀자들이 이런 치욕을 당하고 있다. 죽으려면 그대들이 먼저 죽어야 마땅하지 않은가?"

부인이 오히려 유광표를 비난 했다.

'내가 반드시 청나라를 멸망시킬 것이다.'

유광표는 그때부터 이를 갈았다. 눈보라는 사납게 몰아쳤고 병사들은 말을 끄는 조선인들을 사납게 채찍질을 했다. 청나라 병사들에게 끌려가는 여자들은 말 위에서 희희낙락했다.

'유광표가 그런 일을 당했으니 이를 가는 것은 당연하다.'

김성일은 유광표의 비통한 심정을 이해할 수 있었다. 유광표의 부인은 청나라에서 자살했다고 한다. 그러나 유광표가 부인을 죽이고 탈출했다는 소문이 파다하게 나돌았다.

봉생은 청파동 배다리를 건너 남쪽으로 걸음을 떼어놓기 시작했다. 좌포도청 약방에 조명근이 출근했기 때문에 휴가를 내고 경상도 상주로 가는 길이었다. 걸어서 상주까지 갔다가 오려면 열흘이 족히 걸리겠지만 마포 나루에서 배를 타면 며칠이면 다녀올 수 있을 것이라고 생각했다. 왕세자 이연이 그녀에게 '옥갑'을 찾으라고 밀명을 내린 것이다. 옥갑은 사직을 좌우할 정도로 중요한 것으로 유광표를 비롯한 좌당이 간직하고 있었다. 그동안 대궐에서 비밀리에 조사를 했다. 궁녀가 둘이나 죽었지만 사건은 미궁에 빠져 있었다. 그러나 최근에 자살한 궁녀가 전 액정별감 이철기가 옥갑을 가지고 있는 것을 보았다는 말을 남겼기 때문에 그를 추적해야 한다고 했다.

'대체 옥갑에 무엇이 들어 있을까?'

봉생은 걸음을 떼어놓으면서 골똘히 생각에 잠겼다. 왕세자 이연은 옥갑에 무엇이 들어 있는지 말하지 않았다. 그는 옥갑을 찾아도 그 안을 들여다보면 삼족이 죽음을 당할 것이고 옥갑을 찾아서 가지고 오면 상을 크게 내릴 것이라고 했다.

왕세자 이연은 이철기가 동대문 밖 제기현에 살고 있다고 했다. 봉생은 다짜고짜 이철기의 집으로 찾아가는 대신 수표교 걸인들을 이용해 그의 집을 감시했다. 그러나 이철기는 이사를 가버려서 집에는 사람의 그림자가 보이지 않았다. 봉생은 이철기의 집을 감시하다가 하루에 한 번씩 그의 집에 드나드는 마을 사람 이인구를 보았다. 이인구가 텅 비어 있는 이철기의 집을 관리하고 있는 모양이었다.

'저자는 분명히 이철기가 어디로 갔는지 알고 있을 거야.'

봉생은 보리밭에 숨어서 이인구를 감시했다. 이인구는 사십 대의 사내였고 제기현 안골에 살고 있었다. 날씨는 후텁지근했다. 보리는 누렇게 익어서 벨 때가 되었고 멀리서 아낙네들이 감자를 캐는 것이 보였다. 봉생은 보리밭에서 이인구의 집을 감시하는 것이 지루했다. 잠복근무를 할 때 비가 오거나 살을 엘 듯한 추위가 몰아치면 가장 힘이 들었다. 그러나 가만히 있어도 땀이 줄줄 흘러내리는 더위도 견디기 어려웠다. 시간은 좀처럼 흘러가지 않았다. 배가 고프면 허리에 찬 전대에서 주먹밥을 꺼내 먹었다. 이인구의 집에는 올망졸망한 아이들 오륙 명이 드나들고 있었다.

"얘, 너 저기가 누구네 집인지 알고 있니?"

봉생은 이인구의 아들이 지게를 지고 나오자 이철기의 집을 가리키면서 물었다. 보리밭에서 잠복한 지 두 시진쯤 되었을 때였다. 아이는 열한 살에서 열두 살쯤 되어 보였고 낡아서 여기저기 해진 삼베 저고리와 잠방이를 입고 있었다.

"우리 당숙인데요."

아이가 불안한 표정으로 봉생을 쳐다보았다.

"지금 집에 안 계시는 모양이구나."

"네. 당분간 처가에 가 계신다고 했어요."

"처가가 어딘데?"

"그건……."

아이는 갑자기 봉생을 경계하기 시작했다. 그러나 포도청에 근무하면서 아이와 여자 들을 주로 조사해온 봉생이었다.

"넌 당숙의 처가가 어디인지 모르는 모양이구나."

"알아요. 경상도 상주예요."

"상주 어디?"

"상주 문대리에 가서 김참봉 댁을 찾으면 다 안대요. 우리 형이 한번 갔다가 왔어요."

아이는 순진하기 짝이 없었다.

"형이 왜?"

"몰라요. 유씨 어르신 심부름이라고 했어요."

"유씨 어르신이 누군데?"

"몰라요."

"유씨 어르신이 어디 사는지 알아?"

"네. 문안에 살아요."

봉생은 아이를 구슬려 유씨 어른이 유광표라는 양반이라는 사실을 알았다. 아이에게 이것저것 물었으나 아이도 더 이상은 모르는 것 같았다. 봉생은 이철기가 멀리 경상도의 처가까지 갔다는 사실에 수상하다고 생각했다. 이철기가 옥갑을 가지고 있지 않더라도 행방은 알고 있을 것이라고 생각했다.

"요즘 무슨 일로 바빠?"

애격은 봉생이 바쁘게 돌아다니자 의아하게 생각했다. 애격은 무슨 일인지 얼굴을 잔뜩 찌푸리고 있었다. 집에 돌아오면 책을 읽고 글을 쓰는 일에만 몰두했다. 이지흌과는 무엇이 틀어졌는지 봉생의 눈을 피해 자주 옥신각신했다.

"지금은 말할 수가 없어요."

봉생은 애격의 시선을 외면했다. 왕세자 이연이 애격에게도 비밀로 해야 한다고 엄명을 내렸기 때문이다.

"남편에게도 말을 할 수 없는 거야?"

애격은 불쾌해 보였다.

"일이 끝난 뒤에 자세하게 이야기할게요. 정말 미안해요."

봉생은 애격에게 사실을 이야기할 수 없어 곤혹스러웠다. 그러나 세자의 영을 어길 수도 없었다.

"저 상주에 갔다가 와야 돼요."

"상주에? 상주는 왜?"

"며칠 걸릴 테니까 식사는 알아서 챙겨 드세요. 정말 미안해요."

봉생은 애격에게 이야기하고 주섬주섬 옷을 갈아입기 시작했다. 그런데 외출할 때 입는 저고리가 보이지 않았다.

'선합이 왔다가 갔구나.'

봉생은 저고리가 보이지 않자 짜증이 났다. 선합이 왔다가 깨끗하게 빨아놓은 것을 보고 입고 간 것이다.

'그 옷에는 죽은 여자의 옷에서 나온 종이가 들어 있는데…….'

선합은 종이가 들어 있는지 모르고 입고 갔으리라. 봉생은 상주에 다녀온 뒤에 옷을 찾아야겠다고 생각하고 괴나리봇짐을 챙겨 집을 나왔다.

애격은 사립문 앞까지 봉생을 배웅했다. 봉생이 한참을 가다가 뒤를 돌아보자 애격은 그때까지 우두커니 서 있었다.


종사관 최귀열은 시체를 인수하러 온 김조일의 하인들을 보고 고개를 끄덕거렸다. 시체에 대한 검시도 끝이 났고 발사跋辭도 마쳤으니, 굳이 시체를 포도청에 둘 이유가 없었다. 여름이라 서둘러 처리하지 않으면 부패하여 악취가 풍길 것이다. 시체를 포도청으로 끌고 온 지도 여러 날이 지났다.

"약방에 누가 있나?"

최귀열이 밖에 있는 포도청 관노 덕보에게 물었다.

"조명근이 나와 있습니다."

덕보가 마당을 쓸다가 머리를 조아렸다.

"이지흘은 어디에 있는가?"

"출근을 하지 않았습니다."

"그럼 김애격이라도 불러오게."

"김애격은 휴가를 냈습니다."

덕보의 말에 최귀열은 허공을 노려보았다. 김조일의 며느리 사건은 김애격과 이지휼이 맡고 있는데 두 사람이 나오지 않은 것이다. 김애격은 휴가라고 하지만 이지휼은 무단결근이다.

"이지휼은 어찌 출근을 하지 않았느냐?"

"소인은 모르겠습니다."

"포교라는 놈이 함부로 결근을 하다니……. 이 사람들을 안내하여 약방에서 시체를 내주도록 하라."

최귀열이 덕보에게 지시했다.

"예."

덕보가 김조일의 하인들을 데리고 약방으로 향했다. 최귀열은 포도청의 지붕 너머로 서쪽 하늘을 쳐다보았다. 하늘에 검은 구름이 몰려오면서 사방이 어두컴컴해지고 있었다.

'이지휼은 왜 출근을 하지 않은 것일까?'

최귀열은 이지휼의 야비해 보이는 얼굴을 머릿속에 떠올리고 눈살을 찌푸렸다. 포도청의 포교와 포졸 들은 대부분 그렇지만 이지휼도 백성들을 탐학한다. 소위 악독 포교인 것이다. 도적을 잡고 살인범을 잡는 것보다 백성들을 협박하고 위협하여 재물을 갈취하는 것으로 낙을 삼고 있다. 동서지간인 김애격과는 판이하게 다르다. 김애격은 조선의 천재로 불릴 정도로 학문이 높지만 백성들에게 절대로 민폐를 끼치지 않는다.

최귀열은 마당으로 나왔다. 포도청 아문으로 나가려고 하는데 승정원의 겸종이 달려왔다.

"승정원에서 전지가 내려왔습니다."

"주고 가라."

최귀열은 승정원의 공안을 펼쳐보았다.


　政院曰嚴申飭宮女貴德索拍車

　승정원에서 엄중하게 명을 내리니 궁녀 귀덕을 수색하는데 박차를 가하라


최귀열은 승정원의 지시를 포도대장에게 보고하기 위해 정청으로 들어갔다. 포도대장은 서류를 살피고 있었다.

"승정원에서 지시가 내려왔습니다."

"또 궁녀 귀덕을 찾으라는 것인가?"

포도대장이 한숨을 내쉬었다.

"어떻게 하는 것이 좋겠습니까? 포졸들을 시켜 가가호호 수색을 할까요?"

"승정원에서 비밀리에 조사하라고 영을 내리지 않았는가? 가가호호 수색하면 온 장안이 다 알게 되네."

"비밀리에 궁녀를 찾기가 어렵습니다."

"다모 봉생이 있지 않은가? 봉생이 실종자를 찾는 데는 뛰어난 재주가 있으니 봉생에게 맡기게."

"지금 휴가 중에 있습니다."

최귀열은 문득 김애격과 봉생이 동시에 휴가를 낸 것이 기이하다고 생각했다.

"쯧쯧…… 용모파기가 있으니 포졸들에게 찾으라고 하게."

"예."

최귀열은 포도대장에게 절을 하고 정청을 물러 나왔다. 그때 김조일의 하인들이 여자의 시체를 들것에 싣고 나가는 것이 보였다. 최귀열은 서둘러 포도청을 나가는 그들의 뒷모습을 우두커니 지켜보았다.

'살인마를 속히 잡아야 할 텐데…….'

이지흉과 김애격에게 살인자를 잡으라고 지시했으나 수사가 미궁에 빠져 있었다.

최귀열은 서방으로 돌아와 자리에 앉아 귀덕의 용모파기를 꺼냈다. 얌전해 보이는 얼굴로 대궐에서 달아난 이유를 알 수 없었다.

"포교부장 신여철을 부르게."

최귀열이 서방 서리에게 지시했다. 서방 서리가 밖으로 나가 포교부장 신여철을 불러왔다.

"나리, 부르셨습니까?"

신여철이 서방으로 들어와 머리를 조아렸다.

"승정원에서 또 지시가 내려왔네. 포졸들을 데리고 나가서 궁녀를 찾아보게."

최귀열은 용모파기를 주면서 신여철에게 지시했다. 신여철이 머리를 조아리고 물러갔다. 최귀열은 다시 서방을 나왔다. 그때 한 노인이 허겁지겁 포도청으로 달려왔다. 정문에서 포졸들이 막자 크게 소리를 질렀다.

"나 포교 이지휼의 애비요."

노인의 말에 최귀열이 정문으로 걸어갔다.

"이지휼의 부친이라고 했소? 이지휼은 왜 오늘 포도청에 출근하지 않았소?"

최귀열이 노인에게 물었다.

"우리 지휼이가 죽은 것이 분명합니다."

"뭐요? 멀쩡한 지휼이 죽다니 그게 무슨 말이오?"

이지휼이 죽었다는 말에 근처에 있던 포졸들과 종들이 달려와 웅성거렸다. 포졸들을 모아놓고 출동하려던 신여철도 무슨 일인가 싶어 달려왔다.

"지난밤에 김애겨이와 우리 아들이 돈 때문에 싸웠소. 싸우고 나서 돌아오지 않았으니 김애겨이 죽인 것이 분명하오."

"돈 때문에 싸우다니 그들은 동서지간이 아니오?"

"그렇소. 그런데 아들놈에게 돈이 생긴 것 같소."

"돈이 생겨? 얼마나 생겼소?"

"이천 냥이오."

"이천 냥?"

최귀열은 자신의 귀를 의심했다. 이지휼에게 이천 냥이 생겼다는 말을 믿을 수 없었다. 노인을 둘러싼 사람들도 일제히 웅성거렸다. 이천 냥이라면 포도청 종사관도 평생 만져볼 수 없는 큰돈이었다.

"이천 냥이 어디서 났다는 거요?"

"잘은 모르는데 어떤 양반이 주었다고 했소. 김애격이 그 돈을 빼앗으려고 죽인 것이 분명하오."

"그럼 이지흅의 시체는 어디 있소?"

"모르오. 김애격을 잡아다가 족치면 알게 될 거요."

노인의 말에 사람들이 피식거리고 웃었다. 김애격의 인품으로 그런 짓은 하지 않았을 것이라고 생각한 것이다. 최귀열도 노인이 실성한 것이 아닌가 하고 생각했다.

"시체도 없는데 무슨 살인이란 말이오? 사람을 무고하여 죽이려고 하면 그 죄를 그대로 받는 것을 알고 있소?"

사람을 모함하여 죽이려고 하면 반좌죄反坐罪에 걸려 사형을 선고받게 된다. 노인이 흠칫하는 표정이 되더니 우물쭈물했다.

"김애격을 잡아다가 족쳐보시오."

노인이 눈을 부릅뜨고 최귀열을 쏘아보았다. 최귀열은 무엇인가 이상하다고 생각했다.

"덕보야, 네가 가서 김애격을 찾아오라."

최귀열은 망연한 표정을 짓고 있는 덕보에게 지시했다.


김애격은 덕보를 우두커니 응시했다. 종사관 최귀열이 그를 부르는 이유가 해괴했다. 내가 이지흌을 살해했다고? 터무니없는 말이 아닐 수 없었다. 이지흌의 아비가 망령이라도 들었다는 말인가. 그러잖아도 이지흌을 비롯하여 그들 집안을 좋지 않게 생각하던 김애격은 황당했다.

"나는 도무지 납득이 가지 않네. 이지흌이 죽은 것을 보았는가?"

"아니요."

덕보가 고개를 흔들었다. 김애격은 무엇인가 불길한 예감을 느꼈다.

"이지흌이 무단결근을 하니 심보가 사나워서 그러는 것이 아닌가? 그렇다고 해도 왜 멀쩡한 나를 끌고 들어가는 것인가?"

"소인이 어떻게 알겠습니까?"

"종사관이 왜 나를 부르는 것인가?"

"확인하려는 것이겠지요."

"내가 사람을 죽이지 않았는데 무슨 확인을 해?"

"이 포교님이 어디선가 나타나겠지요. 김 포교님이 동서지간을 살해할 리가 없지요. 그리고 시체도 없는데 무슨 살인 사건입니까?"

"그렇지? 나는 휴가라 책을 읽겠네. 공연한 일로 내 시간을 낭비하고 싶지 않군."

김애격은 포도청으로 들어가고 싶지 않았다.

"종사관 나리께는 무엇이라고 합니까?"

"내일 아침에 출근하겠네."

"그럼 그렇게 전해 올리겠습니다."

덕보가 인사를 하고 돌아갔다. 김애격은 책을 읽으려다가 하늘을 쳐다보았다. 서쪽에서 검은 구름이 몰려오면서 사방이 캄캄해지고 있었다. 비가 오려는 모양이었다.

'비가 오면 감자를 캐야겠군.'

텃밭에 심은 감자를 캐는데 굳은 땅을 파는 것보다 비에 젖은 땅을 파는 것이 훨씬 수월하다. 그래서 감자 캐는 것을 미뤄왔다. 김애격은 다시 책을 읽기 시작했다. 북경에서 역관들이 가져온 『천주진경』이라는 책이다. 처음에는 대수롭지 않게 생각했으나 읽으면 읽을수록 자신도 모르게 빨려 드는 것 같았다.

후드득.

빗방울이 떨어지기 시작했다. 김애격은 벽에 등을 기대고 비가 내리는 먼 들판을 바라보았다. 지난밤에 이지흌의 집을 찾아가 김조일로부터 받은 어음을 내놓으라고 했다. 이지흌은 얼굴에 비웃음기를 띠고 내놓지 않겠다고 잘라 말했다. 김애격은 얼굴을 붉히면서 소리를 질렀으나 이지흌은 가소롭다는 듯이 웃고만 있었다. 김애격이 이지흌보다 기운이 더 좋았다면 강제로라도 어음을 빼앗아 김조일에게 돌려주었을 것이다. 그러나 기운으로는 이지흌을 당할 수 없었다. 김애격은 분노하여 포청에 알리겠다고 소리를 지르고 돌아왔으나, 봉생의 동생 남편이었기 때문에 차마 포청에 고하지 못하고 분을 삭이고 있었다. 이지흌의 부친인 이승립이 김애격과 자기 아들이

언쟁을 하는 것을 보았으니 오해를 할 수도 있을 것이다.

'그렇다고 해도 내가 이지흅을 죽였다고 포도청에 고발하다니……'

김애격은 이승립이 심보가 사나운 노인네라고 생각했다.

쏴아아.

빗줄기가 더욱 굵어지고 있었다. 김애격은 잠시 봉생을 생각했다. 봉생은 지금쯤 문경새재를 넘어가고 있을 것이라고 생각했다. 새재를 넘을 때 비가 오면 고스란히 비를 맞을 것이라고 생각했다.

'봉생은 무슨 일을 하러 간 것일까?'

봉생이 멀리 새재까지 떠나면서 그에게 자세한 이야기를 하지 않은 것은 특별한 임무를 받았기 때문일 것이다. 봉생에게 임무를 부여한 인물은 누구일까. 남편에게도 말을 하지 않은 것은 피치 못할 사정이 있기 때문일 것이다.

김애격은 다시 책을 읽기 시작했다. 빗소리가 점점 굵어지면서 창밖이 하얗게 흐려지기 시작했다.

"미안하오. 잠시 비 좀 피하고 갑시다."

그때 승려 한 사람이 처마 밑으로 뛰어들어 왔다. 김애격이 쳐다보자 잿빛 승복을 입고 삿갓을 쓰고, 바랑을 하나 진 승려였다. 온몸이 비에 흠뻑 젖어 있었다.

"그러시오."

김애격은 흘깃 쳐다보고 다시 책으로 시선을 떨어트렸다.

"비 오는데 독서라…… 책 읽기에 좋은 때지."

승려가 하는 말은 독서삼여讀書三餘를 일컫는 말이다. 한나라의 학자인 동중서가 책 읽기 좋은 때를 일컬어 비가 부슬부슬 내릴 때, 눈 내리는 겨울, 사위가 조용한 깊은 밤이라고 했던 것이다. 김애격은 속으로 코웃음을 치고 대꾸하지 않았다.

"혹시 곡주 거른 것 있소?"

승려가 책을 읽는 김애격을 힐끔거리고 살피면서 물었다. 승려가 술을 마시다니. 애격은 눈살을 찌푸렸다.

'파계승인 모양이구나.'

애격은 부엌에 들어가 탁주 한 사발을 떠다가 승려에게 주었다.

"부인은 없소?"

"출타했소."

"비 오는데 돌아오기가 쉽지 않겠구먼. 나들이라도 갔소?"

"멀리 상주에 갔소. 오늘은 돌아오지 않을 것이오."

애격은 열무김치까지 꺼내서 젓가락과 함께 툇마루에 놓아주었다. 승려가 막걸리를 들고 방 안을 살피다가 애격과 눈이 마주치자 한 모금 마셨다.

'기분 나쁜 땡중이군. 술을 마시고 방 안까지 엿보다니⋯⋯ 도적질이라도 할 셈인가?'

김애격은 승려가 어딘지 모르게 불쾌했다.

"법명이 어찌 되시고 어느 절에서 나오셨소?"

김애격은 승려를 살피면서 물었다.

"법명은 길상이고 금강산에서 왔습니다."

승려가 김애격을 향해 합장을 했다. 비는 해 질 녘에야 그쳤다. 승려가 떠나자 김애격은 텃밭의 감자를 캤다. 텃밭이라고 해야 손바닥만 하게 작아서 그곳에 호박이며, 오이, 가지, 고추, 상추, 마늘을 심었으니 감자를 모두 캤어도 반 가마밖에 되지 않았다. 그러나 두 식구가 일 년을 충분히 먹을 수 있었다.

"종사관 나리께서 속히 오시랍니다."

애격이 혼자서 저녁을 먹고 있는데 덕보가 다시 찾아왔다.

"저녁은 먹었나?"

"저녁이 대수입니까? 종사관 나리께서 속히 오시라고 성화입니다."

"그래도 저녁은 먹어야지."

김애격은 서둘러 저녁 식사를 마치고 덕보를 따라나섰다. 종사관은 퇴청하지 않고 서방에 있었다.

"왔나?"

최귀열이 김애격을 힐끗 쳐다보고 물었다.

"이지흘이 죽었다고 나를 고발했다는데 그게 무슨 말씀입니까?"

"낸들 알겠나?"

"이지흘은 찾으셨습니까?"

"포졸 몇 놈을 보냈는데 보이지 않는군."

"어디 색주가라도 가 있는 것이 아니겠습니까?"

"헌데 자네 사헌부 장령을 지냈다는 양반에게 돈을 받은 일이 있나?"

최귀열의 말에 김애격은 가슴이 철렁했다.

"그게 무슨 말씀입니까?"

"이지흉의 아버지가 그러는데 자네가 자기 아들과 돈 때문에 싸웠다는 거야. 사헌부 장령에게 이천 냥을 받았다고 하더군."

"제가 말입니까?"

"아닌가?"

"전 받지 않았습니다."

"그럼 이지흉이 받은 게로군. 그래서 자네가 그 돈을 내놓으라고 한 거야. 아닌가?"

김애격은 한숨을 내쉬었다. 그때 포도청 아문이 와자해지면서 포졸들이 몰려갔다. 김애격이 무슨 일인가 내다보자 관모를 쓰고 옥관자를 늘어뜨린 당상관이 융복 차림으로 들어오고 있었다.

'신임 포도대장이구나.'

김애격은 포도대장이 교체되는 것을 보고 무엇인가 불길한 일이 닥쳐오고 있다고 생각했다.


긴 침묵이 대전을 휘어 감고 있었다. 정치달은 효종의 얼굴을 가만히 쏘아보았다. 그는 효종의 지시를 이해할 수 없었다. 나같이 강경한 북벌론자에게 북벌론자를 탄핵하라는 것이 가당키나 한 말인가. 물론 임금을 협박하는 자들은 반역자들이다. 그러나 그 반란이 나라의 치욕을 씻고 선대왕의 굴욕을 복수하려는 것이었다. 그것은 조선인이라면 누구나 원해야 한다. 그런데 효종이 북벌을 포기하려고 하고 있다. 어떻게 이럴 수가 있는가.

"전하께서는 북벌을 접으시려는 것입니까?"

정치달이 몸을 떨면서 물었다.

"경은 북벌을 아는가?"

"신에게 어찌 그와 같은 말씀을 하십니까?"

"청나라는 백만 대군이 있네. 백만 대군과 싸워서 이기려면 얼마의 군사가 있어야 한다고 보는가?"

"강병 십만이 있으면 족할 것입니다."

정치달은 눈을 질끈 감았다.

"『손자병법』도 읽지 않았는가? 적이 백만이라면 우리는 이백만, 삼백만이 있어야 청나라를 공격할 수 있는 것이네."

정치달의 얼굴이 하얗게 변했다. 조선에서 이백만 군사는커녕 십만 병사를 양성하는 것도 어려운 일이었다.

"신은 성패를 알지 못합니다. 오로지 선대왕과 나라의 치욕을 갚기를 원할 뿐입니다."

"성군이 무엇인지 아는가?"

정치달은 대답을 하지 않았다. 효종이 몰라서 묻는 말이 아니었다.

"나라를 덕으로 다스리면 성군인가?"

"전하."

"요순의 태평성대가 왜 태평성대인지 아는가?"

"요순이 덕치를 펼쳤기 때문입니다. 선정을 베푼 덕분이지요."

"그럼 선정은 무엇인가?"

"……."

"백성들을 전쟁으로 내몰면 선정인가? 수만 명의 군사와 수십만의 백성들이 죽겠지. 병자호란 때 얼마나 많은 백성이 죽고 얼마나 많은 아녀자들이 끌려갔다가 돌아온지 아는가? 그래서 그들을 환향녀라고 부르는 것을 아는가?"

효종은 은은하게 노기를 띠고 정치달을 몰아붙였다. 왕이 나를 불러서 이런 말을 하는 것은 무엇인가 의도가 있기 때문이다. 정치달은 등줄기로 식은땀이 흐르는 것을 느꼈다.

"하오면 저들을 죽여야 합니까?"

"허울 좋은 명분은 항상 그럴듯하지만 백성들을 피폐하게 만들지. 전쟁을 해서 승리하지 못하면 국토가 유린되고 수많은 백성들이 환란에 빠지네. 선대왕과 폐주 광해군을 비교해보세."

"전하, 어찌 그런 망극한 말씀을 하십니까?"

효종이 작심을 한 듯 빠르게 내뱉었다.

"광해군은 실리 외교를 전개했네. 명나라가 강하면 명나라에 붙고 청나라가 강하면 청나라에 붙었지. 그래서 광해군 때는 전쟁이 없었네. 그러나 선대왕이 등극한 뒤에 어찌 되었나? 명분을 내세워 명나라에 사대하고 청나라를 멀리했지. 그래서 병자호란을 겪게 된 것이 아닌가? 그런데 명나라는 어디에 있는가? 명나라는 없어지지 않았는가? 없어진 명나라에 사대하다가 굴욕을 겪지 않았는가?"

"전하, 청나라는 오랑캐입니다."

"오랑캐라. 청나라 시조가 누구인지 아는가?"

"오랑캐의 시조를 신이 어찌 알겠습니까?"

"애신각라라고 하더군. 애신각라가 무슨 뜻인지는 아는가?"

"송구합니다. 신은 오랑캐의 조상을 알지 못합니다."

효종의 얼굴이 차갑게 굳어졌다.

"그럼 애신각라에 대해서 알아보게."

정치달은 대전을 물러 나왔다. 자신도 모르게 걸음이 휘청거렸다. 머릿속이 벌레가 기어 다니는 것처럼 뒤죽박죽이었다. 정치달은 휘청대는 걸음으로 유광표의 집으로 향했다. 청지기가 문을 열어주자 사랑으로 들어갔다. 사랑에는 유광표가 근엄한 표정으로 앉아서 책을 읽고 있었다.

"다녀왔습니다."

정치달이 유광표에게 절을 올렸다. 유광표의 뒤에는 상방검이 걸려 있었다. 정치달은 그 검을 볼 때마다 몸이 떨리는 전율을 느꼈다. 선왕 인조로부터 하사받았다는 보검, 효종이 북벌을 포기하면 베라고 했다는 검이었다.

"음."

유광표가 고개를 끄덕거렸다.

"애신각라가 누구인지 아느냐고 하문하셨습니다."

"무엇이라고 대답을 했는가?"

"신은 오랑캐의 조상을 알지 못한다고 하였습니다."

유광표가 길게 탄식했다.

"애신각라는 청나라 황제의 성이지. 애신각라…… 신라를 사랑한다는 뜻이야."

"그럼 청나라 시조가 신라인이라는 말씀입니까?"

"청나라를 세운 자들은 건주여진이지. 건주여진이니 신라의 후예라고 볼 수 있네."

"북벌을 주장하는 자들을 탄핵하라고 하셨습니다."

유광표의 얼굴이 굳어졌다. 그것은 효종이 북벌을 주장하는 좌당과 노골적으로 대립하겠다는 의미인 것이다.

"빨리 옥갑을 찾게."

유광표의 얼굴이 어두워졌다.

"옥갑을 찾지 못하면 대역죄를 지을 수밖에 없네."

유광표의 말은 옥갑으로 효종을 위협할 수 없으면 시해하겠다는 뜻이었다.

좌
당
과
우
당

후드득 빗방울이 떨어지기 시작했다. 봉생은 충주 수안보에 이르
자 주막을 찾아들었다. 마포 나루에서 배를 타고 목계 나루에 이르
는 데 하루, 목계 나루에서 수안보까지 오는 데 하루가 걸렸다. 장호
원과 이천을 거쳐서 왔다면 닷새는 족히 걸렸을 터다. 말이라도 세
를 내어 탔다면 훨씬 빨리 올 수도 있었을 것이고. 그러나 왕세자 이
연은 그런 돈을 주지 않았다.

'대궐에서 계셔 세상 물정을 모르시는 거야.'

일을 맡기고 엽전 한 푼 주지 않은 이연이 야속했다. 그러나 지시
를 받았으니 어쩔 수 없는 일이었다.

'밤에 새재를 넘으면 일이 한결 줄어들지만 비까지 오고 있으

니…….'

문경새재는 대낮에도 넘기 어려운 고개다. 낮에도 도적이 출몰하고 산짐승이 나타나 행인을 물어 죽이는 일이 자주 있어서 사람들은 반드시 무리를 지어 넘는다. 비가 오지 않아도 문경새재를 넘을 수는 없었다.

'일을 잘하면 저하께서 그냥 계시지 않을 거야.'

옥갑을 찾으면 애격에게 역관으로 다시 일하게 하고 종이를 푸짐하게 상으로 줄지 모른다고 생각했다.

빗소리 때문에 좀처럼 잠이 오지 않았다. 하루 종일 걸어 다리가 땅기듯이 아픈데도 잠이 오지 않았다. 주막의 봉놋방에서는 사람들이 왁자하게 웃고 떠들고 있었다. 술판이라도 벌어진 모양이다. 길 떠나면 모두 동무라고, 양반이며 장사를 다니는 보부상, 농부, 추포꾼들까지 어울리고 있다. 봉생은 남자들과 어울리기가 싫어 굳이 헛간을 빌려 잠을 청하고 있는 것이다.

"어흠."

그때 낮은 기침 소리가 들리면서 헛간으로 한 사내가 들어왔다.

"미안하오. 봉놋방이 좁아서 나도 헛간에서 묵어야 할 것 같소. 양해 바라오."

사내가 헛간으로 들어서면서 말했다.

"괜찮소. 그쪽에 자리가 있으니 편히 쉬시오."

봉생은 일어나 앉으면서 사내에게 말했다. 주막의 헛간이니 새재를 넘는 사람이면 누구나 이용할 수 있다. 헛간이라고는 하지만 그래도 멍석도 깔았다. 가운데는 보리 가마니와 감자 자루도 쌓여 있었다. 봉생은 멍석 가운데에 곡식이 쌓여 있는 것이 다행이라고 생각했다.

"나는 금강산에서 온 승려 길상이라고 하오."

승려가 먼저 수인사를 건넸다.

"아, 스님이셨군요. 나는 한양 사는 김가입니다."

봉생이 승려에게 공손하게 인사를 건넸다.

"새재는 무슨 일로 넘소?"

"친척집을 찾아가는 길입니다."

"나는 상주 천원사로 가는 길이오. 어디로 가시오?"

"상주 문대리로 갑니다."

"문대리는 내가 잘 알지. 거기 누구네 댁을 찾아가시오?"

"김참봉 댁입니다. 하도 오래간만에 가는데 향교 옆에 대추나무가 있는 집이라고 하더군요. 내일은 비가 오지 않아야 할 텐데……."

"부처님께서 섭리하시겠지요."

"예?"

"세상 모든 일이 부처님 뜻 아니겠소?"

"그야 그렇지요."

봉생은 승려의 말이 알 듯 모를 듯 했다. 그러나 더 이상 승려와 이야기가 하기 싫어 모로 누워 잠을 청했다.

비몽사몽 중이었다. 밖에서 누군가 그녀를 부르는 소리가 들렸다. 봉생이 놀라서 내다보자 빗속에 흰옷을 입은 남편 애격이 서 있었다.

'저이가 빗속에서 무슨 일이지?'

봉생은 의아하여 밖으로 나가려고 했다. 그러자 남편이 홀연히 사라지면서 꿈에서 깨었다. 봉생이 눈을 번쩍 뜨자 캄캄한 헛간이었다. 비가 내리고 있기 때문인가. 뒷덜미가 서늘하면서 오한이 느껴졌다.

'남편이 왜 꿈에 나타난 것일까?'

봉생은 몸이 떨려 바짝 웅크렸다. 빗소리와 추위 때문에 좀처럼 잠이 오지 않았다. 그러한 가운데도 다시 잠이 들었다.

이튿날은 다행히 비가 그치고 날이 개었다. 헛간에서 잠을 자던 승려는 날이 밝자 말을 타고 떠났다. 봉생은 주막에서 국밥 한 그릇을 뜨고 사람들을 따라 새재를 오르기 시작했다.


김애격은 풀숲에 버려져 있는 시신을 보고 가슴이 덜컥 내려앉는 것 같았다. 저것이 이지흌의 시체란 말인가. 이지흌이 정말 죽었다는 말인가. 이지흌은 누구에게 저렇게 살해되었다는 말인가. 김애격은 순간적으로 그런 생각을 했다. 이지흌의 죽음이 믿어지지 않았다. 그러나 죽은 시체가 입고 있는 옷은 이지흌의 옷이 틀림없었다. 시체의 얼굴은 흉기로 무수하게 얻어맞아 짓이겨져 있었다. 사람들이 시체를 둘러싸고 혀를 차면서 웅성거리고 있었다.

"옆에 돌맹이가 버려져 있고 피가 묻어 있습니다. 실인實因은 피타

사被打死입니다."

약방 조명근이 시신을 살피면서 신임 포도대장 임충식에게 말했다.

"상처는 얼굴에만 있나?"

"아닙니다. 뒤통수에도 있는 것을 보면 뒤통수를 먼저 가격한 뒤에 쓰러지자 돌멩이로 안면을 마구 때린 것 같습니다."

조명근의 말에 김애격은 몸을 부르르 떨었다. 포도청의 포교들과 포졸들이 둘러싸고 있는 가운데 검험이 실시되었다. 종사관 최귀열, 포교부장 신여철, 오작인 조명근 등이 검험에 참여했다. 김애격은 그들이 검험을 하는 것을 넋을 잃고 지켜보았다. 검험이 끝난 것은 거의 반 시진이 지났을 때였다.

"잘 보게. 노인네 아들이 틀림없나?"

임충식이 이승립에게 물었다.

"틀림없습니다. 내가 뭐라고 그랬습니까? 김애격이 죽였다고 하지 않았습니까?"

이승립이 통곡을 하면서 소리를 질렀다. 김애격은 이승립이 펄펄 뛰는 것을 보고 가슴이 답답했다. 저 노인네가 실성을 했나. 왜 나를 자꾸 살인범으로 몰아가고 있는 것인가. 그때 이지휼의 숙부 이호림이 달려왔다.

"이지휼의 시체가 맞는가?"

임충식은 이지휼의 숙부 이호림에게도 시체를 확인하게 했다.

"예, 맞습니다."

이호림이 시체를 들여다보고 말했다. 김애격은 하늘을 쳐다보았다. 이승립이 그를 살인범으로 지목하고 있어서 나설 수가 없었다.

"묶어라."

시체를 검시하는 것을 지휘하던 포도대장 임충식이 영을 내렸다. 포졸들이 당황한 얼굴로 웅성거렸다.

"뭣들 하느냐? 저자를 묶으라고 하지 않았느냐?"

임충식이 호통을 치자 포졸들이 마지못해 김애격을 포승줄로 묶었다.

"아니, 살인범을 잡아야지 왜 나를 체포합니까?"

김애격은 포도대장을 향해 소리를 질렀다.

"이놈, 살인범이 어디라고 생떼를 부리느냐?"

"살인범이라니요? 당치 않습니다. 소인이 왜 이지휼을 죽입니까?"

"닥쳐라. 네가 돈 때문에 이지휼과 시비를 하지 않았느냐?"

김애격은 말문이 콱 막혔다. 임충식은 이승립이 김애격을 고발한 사건을 잘 알고 있었다.

"시신을 철저하게 검험하고 저놈을 포청으로 끌고 가라."

임충식이 명을 내렸다. 그러자 포졸들이 우르르 달려들어 김애격을 끌고 가기 시작했다.

"대체 이게 어찌 된 일입니까?"

김애격은 종사관에게 물었다.

"이지휼이 김조일이라는 선비에게 이천 냥을 받은 것이 맞는가?"

"맞습니다."

"그런데 왜 그 돈을 이지흌에게 달라고 했는가?"

"김조일에게 돌려주기 위해서입니다."

최귀열이 김애격의 시선을 외면했다. 그도 김애격을 의심하고 있는 것이 분명했다.

"왜 돌려주려고 했는가?"

"저는 부정한 돈을 받지 않습니다."

"이지흌은 왜 돈을 받았는가?"

"김조일의 며느리가 간음을 하여 임신한 것을 숨겨달라고 했습니다."

"김조일의 며느리는 누구와 간음을 했는가?"

"종놈이라고 했습니다."

"왜 그 일을 숨겨달라고 했는가?"

"김조일은 명망 높은 사대부라 며느리가 간음을 하면 자녀안에 올라 벼슬길이 막힌다고 했습니다."

김애격은 이지흌과 만난 사내의 얼굴을 떠올렸다. 그가 이천 냥이나 내놓으려고 했다는 사실이 문득 수상하게 생각되었다.

"김조일이 어디에 살고 있는가?"

"왕십리에 살고 있습니다."

"알았네. 내 조사를 해보겠네."

최귀열은 김애격을 구류간에 하옥했다. 김애격은 구류간에 갇히자 황당했다. 그러나 더욱 어처구니가 없는 것은 최귀열의 말이었다.

"왕십리에 사람을 보내서 조사를 했는데 김조일이라는 사내가 살고 있지 않았네."

"그게 무슨 말씀입니까?"

"자네가 말한 집에 김조일이라는 선비가 없다고 하네."

"전 사헌부 장령을 지낸 사람이라고 했습니다."

"자네 말이 미심쩍어 사헌부에도 알아보았네. 사헌부에서는 근래에 김조일이라는 선비가 장령을 지낸 일이 없다고 했네."

"어떻게 그럴 수가……. 그럼 시체는 누가 인수해 갔습니까?"

"김조일이라는 자의 하수인이 인수해 갔네."

"그럼 김조일이 있는 것이 분명하지 않습니까?"

"김조일이야 있겠지. 허나 사헌부 장령을 지낸 선비는 아니라네."

최귀열이 냉랭하게 말했다.

"시신에서 나온 물건은 없나?"

"물건이라니요?"

"시신이 소중하게 간직하던 물건 말일세."

"패물을 이르는 것입니까?"

"패물일 수도 있고…… 소중하게 간직하고 있던 것이 없었나?"

"없었습니다."

김애격은 최귀열의 말을 이해할 수 없었다.

"검험은 봉생이 하지 않았나?"

"집사람이 했습니다."

"그럼 봉생에게서 들은 말이 없는가?"

"없습니다."

"봉생은 어디에 있는가?"

"상주에 갔습니다. 비밀리에 처리할 일이 있다고 했습니다."

"비밀리에 처리할 일이 무엇인가?"

"저에게도 말하지 않았습니다."

김애격은 문득 아내 봉생도 사건에 연루되어 있을지 모른다고 생각했다. 그렇다면 봉생의 목숨도 위태로워질 것이다.

'봉생에게 아무 일이 없어야 할텐데……'

김애격은 구류간의 창살 사이로 밖을 내다보면서 봉생이 무사하기를 간절하게 빌었다.


문대리 향교는 찾기가 쉬웠다. 향교에서 마을을 따라 오른쪽으로 돌자 대추나무가 보이고 사람들이 허름한 기와집 앞에 잔뜩 몰려와 있었다. 곳곳에 포졸들이며 융복을 입은 관리가 보이는 것으로 짐작건대 상주목사가 행차한 모양이었다. 봉생은 가슴이 세차게 뛰는 것을 느꼈다. 그런데 왜 이렇게 관리들이 벌집을 쑤신 것처럼 몰려와 웅성거리고 있는 것일까. 봉생은 서둘러 사람들 틈으로 다가갔다.

"아이고 이게 무슨 난리야? 하루아침에 일가가 몰살을 당했으니……"

아낙네들이 기와집을 살피면서 혀를 찼다.

"저 댁이 김참봉 댁입니까?"

"그렇소. 댁은 누구요?"

"지나던 과객입니다. 저 댁이 무슨 변을 당하셨습니까?"

"일가가 모두 죽임을 당했네. 도적이 흉악하기도 하지. 재물이나 훔쳐 가면 그만이지 왜 사람을 죽여?"

"도적이 여럿입니까?"

"여럿은…… 언년이 아버지가 논에 나가다가 봤는데 말을 타고 온 승려라더군."

"말을 타고 온 승려?"

봉생은 몽둥이로 뒤통수를 한 대 세차게 얻어맞은 듯한 기분이었다.

'승려가 말을 타고 다니다니 희한한 일이군.'

봉생은 그때 기이하게 생각했었다. 게다가 어젯밤에 그녀가 찾아가는 김참봉 집에 대해 말했다. 살인자에게 집을 가르쳐준 것이다.

'이는 옥갑과 관련이 있다.'

봉생은 소름이 끼치는 듯한 전율을 느꼈다. 상주목사는 시신을 검험하느라고 부산했다. 봉생은 상주목사에게 가서 인사를 올렸다.

"포도청에서 나온 다모라고?"

상주목사 이헌일이 봉생을 쏘아보았다.

"그렇습니다. 살인 사건 수사 때문에 왔습니다."

"무슨 사건?"

"젊은 여인이 살해되었는데 친가가 상주라고 해서 온 것입니다.

혹시 제가 살펴보아도 괜찮겠습니까?"

"음."

상주목사 이헌일은 망설이면서 대답을 하지 않았다. 봉생은 집으로 들어가 시신을 살폈다. 시신은 모두 네 구인데 안방에는 중년 부부가, 사랑에는 노인과 십오륙 세의 소년이 피투성이가 되어 죽어 있었다. 안방과 사랑이 온통 어질러져 있었는데 무엇인가 찾으려고 한 것이 분명했다.

'칼이 예리하다. 전문적인 검객의 솜씨야.'

봉생은 시체를 살피면서 가슴이 아팠다. 김참봉 일가의 죽음은 봉생이 안내를 해준 것이라고 해도 틀린 말이 아니었다.

"어떤가?"

"일반 도적이 아니라 전문적인 솜씨입니다."

"어찌 그것을 아는가?"

"칼로 난도질을 하지 않고 한칼에 베었습니다."

"옷가지며 이불을 뒤진 흔적이 있는데 도적이 아니라는 말인가?"

"한양과 충청도, 경기도 감영에 파발을 띄우십시오. 살인자는 승려 차림이고 지팡이를 짚고 있습니다. 오른쪽 눈 밑에 점이 하나 있습니다."

"네가 그자를 어찌 아느냐?"

"수안보 주막에서 그자를 보았습니다. 이 집에서 나오는 것을 목격한 사람도 있지 않습니까?"

이헌일이 고개를 끄덕거렸다. 검험은 상주 관아의 사람들이 먼저했다. 짚신의 족적이 한 사람이라고 했다. 봉생은 방 안 구석구석을 살폈다. 혹시라도 옥갑이 어딘가에 있을지도 모른다고 생각했다. 그러나 옥갑은 찾을 수 없었다. 봉생은 서둘러 한양으로 돌아가야 했다. 무엇인가 불길한 예감이 들었다. 길상이라는 살인자가 그녀를 뒤따라왔다면 남편 애격이 위험할 수도 있었다.

우르르. 뇌성이 울면서 번개가 하늘을 갈랐다. 효종은 눈을 지그시 감고 양쪽에 도열한 백관을 살피고 있었다. 오늘은 재야의 선비 유광표가 그의 명을 받고 대전에 들어오는 날이다. 정치달은 효종의 속내를 짐작하지 못해 그를 빤히 바라보고 있었다. 유광표는 그동안 임금이 불러도 오지 않았다. 수없이 벼슬을 주면서 불렀는데 늙고 병들었다는 핑계로 거절한 것이다. 그런데 무슨 일로 오는 것일까. 정치달은 유광표가 오는 것도 이해할 수 없었다.

조회에 많은 백관들이 참석한 것은 유광표 때문일 것이다.

이원표 대감은 흰 수염을 쓰다듬고 있었다. 조정은 유광표 대감을 따르는 좌당과 이원표 대감을 따르는 우당으로 나뉘어 있었다. 그래서 그들을 일컬어 이표라고 불렀다. 이원표는 자의정이었고 유광표의 오른팔인 오정일이 우의정을 맡고 있었다. 유광표의 좌당은 뱃속 깊이 북벌을 주장했고, 이원표의 우당은 겉으로는 북벌을 주장하면서도 내면으로는 화친을 주장하고 있었다.

"유학 유광표가 들었습니다."

대전 앞에서 내시가 큰 소리로 아뢰었다. 효종은 대답을 하지 않았다. 백관들이 일제히 웅성거렸다.

"전하, 유학 유광표가 들었사옵니다."

내시가 다시 아뢰었다. 그래도 효종은 대답을 하지 않았다. 대신들이 서로의 얼굴을 돌아보면서 웅성거렸다. 대신들은 빗소리 때문에 효종이 못 들은 것이 아닌가 하고 생각했다.

"전하, 유광표가 들었다고 하옵니다."

우의정 오정일이 아뢰었다.

"비가 오는데 왔는가? 유광표는 나에게 공부를 돈독하게 할 것을 말했다. 그가 왔으니 경연을 열 것이다. 유광표를 집현당으로 들게 하고 시독을 하게 하라."

효종이 오정일을 비웃듯이 영을 내렸다.

"예."

오정일은 어리둥절했다. 효종은 유광표가 대전에 들어왔는데도 인사도 받지 않고 집현당으로 내몬 것이다. 유광표에게 모욕감을 주려는 것이 분명했다. 대신들은 효종의 말을 이해하지 못하고 웅성거렸다. 그러나 효종이 벌써 일어나서 대전을 나가고 있다.

정치달은 효종이 완전히 대전에서 나가자 자리에서 일어났다. 대전을 나오자 밖에 유광표가 서 있고 좌당과 우당의 많은 대신들이 그를 둘러싸고 이야기를 나누기에 바빴다.

"산림의 선비가 마침내 나오셨군요. 선생을 뵙게 되어 흠모의 정을 감출 수 없습니다."

이원표가 유광표에게 공손하게 인사를 했다.

"시골 사는 한사寒士에 지나지 않습니다. 어찌 대감의 흠모를 받을 수 있겠습니까?"

유광표가 공손하게 대답했다. 겉으로는 서로에게 공손했지만 두 사람의 눈에서는 불꽃이 일어나고 있었다.

"자, 가시지요. 제가 모시겠습니다."

"고맙습니다."

좌당과 우당을 대표하며 첨예하게 대립하고 있었으나 두 사람은 만면에 미소를 지으면서 밖으로 나갔다. 그러자 양당의 하관들이 재빨리 기름 먹인 지우산을 씌우고 뒤를 따랐다.

정치달은 그들을 따라 경연장인 집현당으로 들어갔다. 안으로 들어가자 유광표 좌당과 이원표의 우당이 각각 세 명씩 절묘하게 배치되어 있었다.

'누가 이렇게 배치한 것일까?'

정치달은 좌석의 배치를 보고 경악했다.

"오늘 경연은 순에 대한 것이다."

효종이 심드렁한 목소리로 입을 열었다. 효종 앞에는 왕세자 이연이 단정하게 앉아 있었다.

"시독관은 강독하라. 『사기』 본기 중 오제본기의 순이다."

효종이 명을 내렸다. 유광표의 얼굴이 굳어지면서 오제본기를 낭독하기 시작했다.

"순은 기주冀州에서 태어나 역산歷山에서 농사를 짓고, 뇌택雷澤에서는 어부가 되어 물고기를 잡았으며, 하빈河濱에서는 질그릇을 굽고, 부하負夏에서는 장사를 해 크게 이익을 얻었다. 역산에서 농사를 지을 때는 사람들이 좋은 땅을 서로 양보했고, 뇌택에서 물고기를 잡을 때는 좋은 자리를 알려주었다. 질그릇을 구우면 깨어지거나 못 쓰게 되는 것이 하나도 없었다."

유광표는 낭랑한 목소리로 책을 읽었다.

"세자는 어찌 생각하는가?"

효종이 세자에게 물었다.

"순임금은 덕이 높아 무엇을 하든지 사람들이 따랐습니다. 군주가 어질어야 한다는 뜻입니다."

"그야 누구나 깨달을 수 있는 것이지."

효종이 퉁명스럽게 내뱉었다.

"순임금의 이야기에는 이용후생의 깊은 뜻이 있습니다."

"이용후생?"

정치달은 눈살을 잔뜩 찌푸렸다. 세자 이연의 학문이 상당히 뛰어난 것 같았다.

"순임금이 덕을 베풀어 백성들이 등 따습고 배를 두드리면서 살았다는 함포고복이라는 고사성어가 있습니다. 백성들이 배부르고 등

따습게 사는 것이 진정한 치도의 도리일 것입니다."

"시독관은 세자의 견해를 어떻게 보는가?"

"신은 시골의 한미한 선비라 대답을 드릴 수 없습니다."

유광표가 굳은 얼굴로 대답했다. 왕세자 이연이 이용후생에 대해서 이야기를 한 것이 그의 귀에 거슬렸던 것이다.

"그렇지가 않습니다. 재야의 선비들이 모두 유광표를 유림의 일대종사로 우러러 받들고 있습니다. 경연관으로 명하여 곁에 두소서."

좌의정 이원표가 아뢰었다. 밖에서 비난하지 말고 현실정치에 뛰어들라는 말이다.

"그 말이 옳다. 나는 선대왕의 굴욕을 갚기 위해 절치부심하고 있다. 심지어 공주가 비단옷을 해달라고 하는 것도 금지하면서 절약을 하고 있다. 내가 무엇을 위해 절약을 하겠는가?"

"망극하옵니다."

"군대를 양성하려면 재정이 있어야 한다. 한데 무슨 방법으로 재정을 늘리는가? 나는 진정한 신하를 원하고 있는 것이다. 천재일우라는 말을 아는가? 어진 군주와 현명한 신하가 만나는 것은 천 년에 한 번도 어렵다는 말이다. 내 비록 어질다고 할 수는 없어도 시독관 유광표가 현명한 신하라는 것은 알고 있다. 경이 나를 떠난다면 이는 내가 어질지 못하기 때문이다."

"망극하옵니다."

유광표는 자신도 모르게 머리를 조아렸다.

경연이 파하자 정치달은 밖으로 나왔다. 유광표는 확실히 좌당의 거물이다. 우당의 이원표를 비롯한 대신들이 바짝 긴장하고 있는 것을 보면 알 수 있었다. 양대 세력이 팽팽하게 대립하고 있는 가운데 효종이 유광표를 경연관에 임명했다.

좌당은 유광표를 에워싸고 대궐을 나갔다.

우당은 이원표를 둘러싸고 대궐에서 나갔다.


김애격은 정청에 앉아 있는 포도대장 임충식을 쏘아보았다. 임충식이 매서운 눈으로 그를 노려보면서 명을 내리고 있었다. 그 순간 김애격은 자신이 음모에 빠져 살아나기 어려울지도 모른다고 생각했다.

"이지흘의 처 김선합도 남편의 시신이라고 확인했다. 네가 이지흘을 죽이지 않았으면 누가 죽였다는 말이냐?"

임충식이 김애격을 노려보면서 호통을 쳤다. 애격은 정당 앞에 무릎을 꿇고 앉아 있는 선합을 쏘아보았다.

"그 시체는 얼굴을 알아볼 수 없습니다. 이지흘이 아닐 수도 있습니다."

"이지흘의 처가 확인하지 않았느냐?"

이지흘의 시체는 마당의 멍석 위에 놓여 있었다. 그 시체를 선합이 이지흘이 맞다고 확인한 것이다.

"이지흘이 누구에게 돈을 받았느냐?"

"김조일이라고 하였습니다. 소인이 이지흘과 함께 가서 확인했습니다."

"네 어찌 거짓을 고하느냐? 네가 간 집에는 김조일이라는 선비가 살고 있지 않았다. 그런데도 김조일에게 어음을 받았다고 하는 것이냐?"

"김조일이라는 선비가 그렇게 말하였습니다. 이지흘도 또한 어음을 받았다고 하였습니다."

"네 정녕 사실을 고하지 않을 것이냐?"

"소인을 풀어주시면 반드시 살인범을 잡아 올리겠습니다."

"닥쳐라. 저놈이 아직도 사실을 고하지 않으니 매우 쳐라."

임충식이 영을 내리자 사령들이 매섭게 곤장을 때리기 시작했다. 김애격은 엉덩이에 곤장이 떨어질 때마다 이를 악물고 피눈물을 흘렸다. 벌써 이틀째 임충식에게 조사를 받으면서 곤장을 맞고 있었다. 엉덩이에 계속 곤장을 맞아 살점이 너덜너덜해지고 피가 흘러내렸다.

'악독한 놈들. 내가 죽어서도 눈을 감지 않을 것이다.'

김애격은 곤장이 열 대에 이르자 정신을 잃었다. 이빨이 딱딱 부딪치는 고통에 눈을 뜨자 구류간이었다.

'아내는 어떻게 하고 있을까?'

김애격은 맹렬한 통증 속에서도 아내 봉생을 생각했다. 아내가 상주로 떠나지 않았다면 포도청에 잡혀 와 혹독한 고초를 겪고 있을지도 모를 일이었다.

'아내가 돌아오지 않아야 한다.'

김애격은 봉생이 한양으로 돌아오지 않기를 간절하게 빌었다. 밖에는 비가 오고 있는 것일까. 하루 종일 후텁지근한데 서늘한 기운이 느껴졌다. 아니, 온몸이 떨리는 오한이 느껴졌다.

"형씨, 무슨 일로 들어왔소?"

김애격이 몸을 바짝 웅크리고 누워 있는데 같은 구류간에 있는 사내가 물었다.

"모르겠소."

"포도대장이 직접 신문하는 것을 보면 중대한 죄를 지은 모양인데……."

"포교를 살해했다고 하오."

"하, 포교 놈을 살해해. 그래서 포도대장이 직접 신문하는 게야? 내가 듣기에는 뭔가 중요한 물건을 숨겼다고 하던데……."

"그게 무슨 말이오?"

"조그만 상자라고 하던데…… 무슨 옥갑이라고 하는 것 같고……."

김애격은 사내의 말을 이해할 수 없었다. 이지휼에게서도 옥갑에 대한 이야기는 들은 일이 없었다.

"옥갑이라니 그게 무슨 말이오?"

"우리가 어떻게 알아? 아까 포졸들이 하는 말을 들었는데 옥갑의 행방만 말하면 풀려날지도 모른다고 하더구먼."

김애격은 사내의 말에 눈살을 찌푸렸다. 옥갑은 대체 무엇인가. 나를 잡아 온 것이 옥갑 때문인가. 그렇다면 이지휼 살인 사건은 음모인가. 김애격은 빠르게 추리를 했으나 내막을 파악할 수 없었다.

"혹시 당신 부인이 가지고 달아난 것이 아니오?"

"난 옥갑을 본 일도 없소."

"부인도 본 일이 없다고 하오?"

"옥갑에 대해서 이야기하는 것을 들은 일이 없소."

"이상하네. 죽은 여자가 옥갑을 갖고 있었고 시체 옆에는 자네와 부인만 있었다고 하던데……."

"모르오. 나는 검험을 하지 않았소."

"그럼 죽어서 나갈 일밖에 없겠구먼."

사내가 돌아누웠다. 김애격은 비로소 정신이 환하게 맑아지는 듯한 기분이 들었다. 임충식이 그에게 사정없이 곤장을 때리는 까닭을 어렴풋이 짐작할 수 있었다. 임충식은 옥갑을 찾고 있는 것이 분명했다. 그런데 왜 나에게 옥갑이 있다고 생각하는 것일까. 이지휼은 정말 살해된 것일까. 이지휼은 이 사건에 무슨 연관이 있는 것일까. 수많은 생각이 두서없이 머릿속을 오갔다.

'이들이 나에게 옥갑이 있다고 생각하는 이유가 있을 것이다.'

김애격은 최근에 자신에게 일어난 일을 더듬어보기 시작했다. 그것은 아무래도 수구문 밖에서 시체가 발견된 일에서부터 비롯되었다고 생각했다.

'시체를 발견한 것은 나와 봉생이다. 봉생이 검험을 했으니 봉생까지 위험하지 않은가?'

음모를 꾸민 자들은 봉생에게도 손길을 뻗칠 것이다. 상주에 볼일이 있어서 내려간 것이 천만다행이지 않은가. 그런데 봉생은 무엇을 조사하기 위해 상주에 간 것일까. 대체 옥갑에 무엇이 들었을까? 김애격은 옥갑에 패물이 들어 있다고는 생각하지 않았다. 포도대장까지 연루되었으니 나라의 중요한 일과 관련이 있을 것이다. 포도대장이 교체되고 새 포도대장을 임명하여 옥갑을 찾으려고 하는 것은 옥갑에 중대한 비밀이 있기 때문이리라.

'옥갑에 숨긴 것은 역모의 증거다.'

생각이 거기에 미치자 김애격은 정신이 번쩍 들었다. 엉덩이의 통증이 격렬했으나 역모와 연루된 자들을 추리하느라고 잠을 이루지 못했다. 새벽에 잠깐 잠이 들었는데 빗발이 뿌리기 시작했다. 김애격은 눈을 뜨고 비가 내리는 밖을 내다보았다.

비가 오면 신문을 하지 않는 것이 관례다. 그러나 포도대장 임충식은 아침부터 김애격을 형틀에 묶어 놓고 신문을 하기 시작했다.

"네가 이지흉을 살해하지 않았느냐?"

"살해하지 않았습니다."

김애격은 형틀에 묶인 채 엎드려서 대답했다.

"네가 아직도 사실을 고하지 않을 것이냐?"

"살인을 하지 않았는데 어찌 자백을 하라는 것입니까?"

"네가 장하에 죽고 싶은 것이냐?"

임충식이 다시 곤장을 때리라는 영을 내리려고 했다.

"사또."

"말하라."

"사또는 제가 옥갑의 행방을 말하기를 기다리는 것입니까?"

김애격은 임충식을 날카로운 눈으로 쏘아보았다. 임충식의 얼굴이 하얗게 변했다.

"알고 있느냐?"

"옥갑에 무엇이 들어 있소?"

임충식이 당황하여 어쩔 줄을 몰랐다.

"사또도 모를 것이오. 허나 나는 알고 있소."

"무엇이 들었느냐?"

"역모의 증거요."

"뭣이! 네가 허튼소리를 하려는 것이냐?"

임충식이 의자에서 벌떡 일어났다. 형장에 있던 사람들도 경악하여 수군거렸다.

"이 자리에는 포졸이 십여 명이나 되고 종사관이며, 포교부장, 종들까지 삼십여 명이 있소. 이 사람들이 증인이오. 사또는 내가 하는 말을 똑똑히 기록하여 조정에 보고해야 할 것이오."

"무, 무슨 말이냐?"

"사또는 옥갑 때문에 포도대장에 임명되었소. 사또를 포도대장에 임명하게 한 사람은 조정에서 막강한 권력을 휘두르고 있는 사람일 것이오. 그러니 그자도 역모를 꾸민 자겠지. 나는 지금 역모를 고변하고 있으니 당장 전하께 고하시오. 전하께서 나를 친국하실 것이오."

"닥쳐라."

"당신이 은폐하려고 해도 소용이 없소. 내가 역모를 고변했다는 것은 여기 서른 명이 모두 들었소. 그러니 저들의 입을 모두 막을 수는 없을 거요."

"저놈이 실성했구나. 허무맹랑한 말을 하여 관장을 우롱하고 있으니 매우 쳐라."

임충식이 펄펄 뛰면서 영을 내렸다. 포졸들이 김애격의 엉덩이에 사정없이 곤장을 때리기 시작했다.

'아아, 내가 이제 죽겠구나.'

김애격은 이를 악물었다.

## 남편은 낚시질하고 부인은 채마밭을 가꾸리

잠이 들어도 깊지 않았다. 밤을 넘기는 동안 몇 번이나 다시 깨어났다가 다시 잠이 들고는 했다.

"안정을 취해라. 내가 놈을 반드시 죽일 것이다."

사내의 말이 이명처럼 귓전을 울렸다.

'세자 저하도 감시를 당하고 있는 것이다.'

밖에는 비가 내리고 있었다. 가슴의 통증은 점점 가라앉았다. 이제는 농가를 떠나 한양으로 돌아가야 한다. 놈도 상처를 입었으니 길에서 다시 습격을 하지는 않을 것이다.

'비가 그치면 한양으로 떠나자.'

봉생은 밖을 내다보면서 그렇게 생각했다.

상주에서 김참봉 일가 살인 사건을 조사하고 문경새재를 넘어 돌아오던 길이었다. 새재를 거반 넘어 수안보가 저만치 내려다보이는 골짜기의 작은 오솔길에서, 갑자기 사내 하나가 풀숲에서 뛰어나왔다.

"그, 그대는?"

봉생은 사내를 보고 깜짝 놀랐다. 그는 수안보 헛간에서 만난 승려였고, 김참봉 일가를 몰살시킨 자객이었다.

'아.'

그가 죽장에서 칼을 뽑아 들었다. 햇빛에 칼날이 번쩍 했다. 봉생은 소름이 오싹 끼치는 기분이 들었다. 그때 사내의 칼이 봉생의 얼굴을 그었다. 봉생은 재빨리 칼을 피했다. 그러자 사내의 칼이 다시 그의 목을 노리고 날아왔다. 봉생은 이번에도 피하고 달음질을 치기 시작했다. 그는 검술이 뛰어나 봉생이 당적할 수가 없었다. 사내가 맹렬하게 뒤를 쫓아왔다. 봉생은 필사적으로 달아나다가 돌부리에 채여 나뒹굴었다. 가까스로 정신을 차리는데 사내가 그녀의 가슴을 향해 칼을 찔렀다.

'내가 이렇게 허무하게 죽어야 하다니……'

봉생은 눈을 질끈 감았다. 내가 이제 죽는구나. 봉생은 순간적으로 그렇게 생각하면서 아득한 절망감을 느꼈다. 칼이 그녀의 가슴을 찔렀다. 가슴이 화끈하면서 피가 솟구쳤다.

"멈춰라."

그때 날카로운 고함 소리가 들리면서 사내가 멈칫했다. 사내가 봉생의 가슴에서 칼을 뽑자 피가 분수처럼 솟구쳤다. 소리를 지른 삼십 대 사내와 승려가 맹렬하게 칼싸움을 벌였다. 봉생은 가슴을 움켜쥐고 눈을 감았다. 정신이 혼미해져왔다. 이를 악물고 정신을 잃지 않으려고 했으나 숨이 차면서 머릿속으로 캄캄한 어둠이 밀려왔다. 봉생이 정신을 차린 것은 오랜 시간이 지난 뒤의 일이었다. 그녀의 가슴은 지혈이 되어 있었고 이불이 덮여 있었다.

"정신이 들었소?"

수염이 텁수룩한 사내가 봉생을 근심이 가득한 눈으로 내려다보고 있었다.

"여기는……?"

봉생은 깜짝 놀라 방 안을 둘러보았다.

"농가요. 놈에게 자격을 당해 내가 여기까지 업고 왔소. 의원이 치료를 했는데 치명적인 요혈은 피했다고 하오."

"고맙습니다. 생명을 구해주셨으니……."

"사례는 할 필요 없소. 농가와 의원에게 사례를 했으니 몸이 좋아지면 한양으로 돌아오시오. 나는 저하께 보고를 해야 해서 서둘러 올라가야 하오."

세자 이연이 보낸 사람이었다.

"함자가 어찌 되시는지……."

"김재순이오. 놈은 나에게 부상을 당해 다시 공격하지 못할 것이오."

"제가 찾아가려고 하면 어디로 가야 합니까?"

"저하께서 지시한 집이오."

김재순은 수염이 텁수룩했다. 그가 봉생을 그윽한 눈빛으로 내려다보다가 방을 나갔다. 봉생은 간신히 몸을 일으켜 그가 떠나는 모습을 눈으로 배웅했다.


'서방님은 어떻게 하고 계실까? 나를 살해하려던 놈들이 서방님에게 해코지를 하지 않았을까?'

봉생은 애격의 안위가 걱정이 되었다. 김재순이 떠난 지 어느덧 닷새가 지났다. 의원이 하루에 한 번씩 와서 약을 주고 갔다. 봉생은 닷새 동안 내내 농가에서 누워 지냈다.

'어떻게 한양으로 가지?'

봉생은 말을 세내어 한양으로 돌아가야 하겠다고 생각했다. 애격의 안위가 걱정이 되어서 농가에서 요양하고 있을 수가 없었다. 봉생은 농가 주인을 불러 말을 세내게 해달라고 청했다. 농가 주인은 한나절이 되어서야 말을 끌고 왔다. 봉생은 말을 타고 목계 나루로 갔다. 한양까지 말을 타고 갈 수가 없었다.

'어찌 비가 와서 내 걸음을 막는 것인가?'

봉생은 비가 쉬지 않고 내리는 하늘을 슬픈 눈빛으로 쳐다보았다. 목계 나루에서 비 때문에 이틀을 묵은 뒤에 배를 탔다.

배는 이틀이 걸려서 마포 나루에 이르렀다. 봉생은 마포 나루에서 곧장 집으로 돌아왔다. 그런데 애격은 보이지 않고 방에 먼지가 수

북이 쌓여 있을 뿐 아니라 옷가지들이 마구 흐트러져 있고 발자국이 어지럽게 찍혀 있었다.

'우리 집을 뒤졌구나.'

봉생은 집 안 모양을 보고 망연자실했다. 애격은 어디에 있는 것일까. 집에 도착한 때가 한밤중이라 애격을 찾을 수 없어서 봉생은 집 안을 대충 치우고 누웠다. 그러나 잠이 오지 않았다. 애격이 어떻게 되었는지 알 수 없어서 불안했다. 이튿날 아침 봉생은 날이 밝자 이지흘의 집으로 갔다. 이지흘은 애격의 행방을 알 수 있으려니 생각한 것이다.

"남의 남편 죽여놓고 왜 왔어?"

선합이 그녀를 보자마자 눈을 치뜨고 악다구니를 퍼부었다.

"무슨 소리야? 남의 남편을 죽이다니……."

봉생은 어리둥절했다.

"네 서방이 내 남편을 죽였잖아?"

"이 서방이 죽었다는 말이야? 어떻게 하다가?"

봉생은 이지흘이 죽었다는 말에 경악했다.

"모른 체하지 마. 둘이 공모해서 살인을 했잖아? 내 남편 살려내."

선합이 봉생의 멱살을 움켜쥐고 소리를 질렀다. 그때 이지흘의 아버지 이승립과 숙부 이호림까지 뛰어나와 봉생에게 마구 삿대질을 하고 욕설을 퍼부었다. 그들이 바락바락 소리를 지르자 이웃 사람들까지 몰려왔다. 봉생은 도망을 치듯이 선합의 집을 나왔다.

'대체 선합이 무슨 소리를 하는 거야?'

봉생은 포도청 종 덕보의 집을 찾아갔다. 포도청의 외가노비인 덕보는 마침 포도청으로 출근하려는 참이다. 덕보는 봉생을 보자 깜짝 놀란 듯한 표정이었다.

"아저씨, 이지흉이 죽었다는데 어떻게 된 거예요?"

덕보는 입을 잔뜩 벌리고 어쩔 줄을 몰랐다.

"포도청이 발칵 뒤집혔는데 대체 어딜 가 있었어? 이지흉이 죽은 것을 모르나?"

"몰라요. 대체 어떻게 된 일이에요?"

"김 포교와 이 포교가 돈 때문에 다투고 헤어졌는데 다음 날 이 포교 아버지가 김 포교를 고발했어."

"그런데 이지흉이 왜 죽어요?"

"이지흉의 집 근처 풀숲에서 시체가 발견되었는데 이지흉이었어. 그래서 김 포교를 잡아다가 형신을 했어."

"형신이라고요?"

봉생은 눈앞이 캄캄해지는 것을 느꼈다. 포도청 사람들이 자신들과 한식구나 다름없는 애격에게 형신을 가했다는 것은 있을 수가 없는 일이었다.

"구류간에 있어. 다 죽어가는 것 같던데……."

덕보가 혀를 찼다. 봉생은 정신없이 포도청으로 달려가 구류간에 쓰러져 있는 김애격을 보았다. 애격은 이미 사경을 헤매고 있었다.

'아아, 어찌 이럴 수가 있는가?'

봉생은 애격의 처참한 모습을 보고 넋을 잃었다. 종사관 최귀열에게 구류간에 들어가게 해달라고 부탁했다. 최귀열은 난처해했으나 포도대장 임충식을 만난 뒤에 허락해주었다. 봉생은 구류간에 들어가 애격의 몸을 살폈다. 애격은 이미 의식을 잃었고 간신히 숨결만 붙어 있었다.

'서방님, 죽으면 안 돼요.'

봉생은 애격을 끌어안고 울었다. 애격이 며칠 동안에 이런 변을 당한 것이 현실이 아니라 꿈인 것 같았다. 의원이자 약방인 조명근에게 부탁하여 약을 달여 숟가락으로 애격의 입속에 떠 넣어주었다. 그러나 애격은 약을 목으로 넘기지 못했다.

"어르신, 어떻게 해요? 우리 서방님을 살릴 수 있는 방법이 없어요?"

봉생은 조명근에게 애원했다.

"봉생아, 아무래도 김 포교를 떠나보낼 준비를 해야 할 것 같구나."

조명근이 침중한 표정으로 말했다. 봉생은 눈앞이 캄캄해지면서 두 다리가 후들거렸다. 아아, 이제는 살아날 길이 없다는 말인가. 의원이라는 자가 어찌 사람을 살리지 못한다는 말인가. 봉생은 쓰러지지 않기 위해 이를 악물었다.

"어르신, 제 남편을 살릴 수 있는 방법이 없습니까?"

봉생은 피가 나도록 입술을 깨문 뒤에 조명근에게 물었다.

"며칠을 넘기기 어려울 것이야. 병이 심장까지 침입했으니 관과

수의壽衣를 준비하는 것이 좋겠다.”

조명근이 슬픈 표정으로 말했다. 봉생은 그가 구류간을 나가자 소리를 죽여 흐느껴 울었다. 애격은 얼굴이 창백했다. 몸은 바짝 마르고 눈빛이 흐릿했다.

‘아아, 서방님이 가버리면 나는 어떻게 하란 말이에요?’

봉생은 애격의 손을 잡고 소리 없이 울었다. 애격은 거짓말처럼 의식이 없었다. 맥이 가늘게 뛰고 있었다. 봉생은 그날 밤을 애격 옆에서 새웠다. 애격은 간간이 의식이 돌아오기는 했으나 기운 없는 시선으로 그녀를 바라보기만 할 뿐 말을 하지 못했다. 얼마나 시간이 지났을까. 봉생이 졸다가 눈을 뜨자 애격이 또 희미하게 눈을 뜨고 있었다.

“아무래도 내가 먼저 가야 할 것 같소.”

애격이 봉생의 손을 잡고 기운 없는 목소리로 말했다. 곤장을 맞은 상처에서 통증이 느껴지는지 간간이 얼굴을 찡그렸다.

“서방님, 그게 무슨 말씀이세요? 약한 말씀 하지 마세요.”

“나는 음모에 빠졌소. 진작에 이를 알아챘어야 했는데…… 너무 늦은 것 같소.”

애격의 눈에서 눈물이 흘러내렸다. 장부가 울고 있었다.

“안 돼요. 서방님은 우리 둘이 검은 머리가 흰머리 되도록 함께하자고 약속한 말을 벌써 잊었어요?”

“상제께서 나를 부르시니 도리가 없구려. 나도 당신과 함께 오랫동안 살고 싶었소."

봉생는 입술을 깨물면서 눈물을 참았다. 애격은 힘이 드는지 더이상 말을 못했다. 무엇인가 말을 하고 싶어 했으나 의식이 희미해져가는 것 같았다. 슬픔 속에서 여러 날이 흘러갔다. 봉생은 구류간을 드나들면서 애격을 간호했다. 애격은 의식을 잃고 숨이 넘어가려는지 그르렁대는 소리만 냈다. 봉생은 슬픔이 복받쳐서 그의 앞에 앉아서 하염없이 울었다.

'어쩌면 단지斷指를 하면 살 수 있을지도 몰라.'

봉생은 애격의 창백한 얼굴을 내려다보면서 그렇게 생각했다. 그녀는 어금니로 손가락을 깨물었다. 그리고 피가 흘러나오기 시작하자 그것을 입으로 빨아서 애격의 입속에 흘려 넣었다. 애격은 반 시각이 지나자 호흡하는 소리가 잦아들면서 희미하게 눈을 떴다. 봉생은 애격을 슬픈 눈빛으로 내려다보았다.

"당신이구려."

애격이 간신히 입을 열어 말했다.

"네."

"이제 당신과 이별을 할 때가 온 것 같소."

"당신은 가시면 안 돼요."

봉생은 애격의 가슴에 쓰러져 울었다.

"부탁이 있소."

애격이 허허로운 목소리로 말했다.

"말씀하세요."

"내가 갈 때…… 당신의 품속에서 가고 싶소. 형님에게는 그리 부탁을 해놓았소. 남자가 죽을 때 부녀자의 품에서 임종을 하는 것이 아니라고 하지만…… 당신의 체취를 맡으면서 가고 싶소."

애격이 애잔한 목소리로 말했다.

"약속해주오."

"약속해요."

"이지흉은 죽지 않았을 것이오. 나를 위해 복수하겠다고 약속해주오."

"약속해요."

봉생은 그의 말을 듣고 목이 메어 울었다. 애격은 더 이상 말을 하기가 힘이 드는지 눈을 감았다. 밤이 점점 깊어갔다. 밖에는 포도청 사람들이 와서 서성대고 있었다. 애격과 봉생이 무슨 말을 하는지 엿들으려고 했다. 애격의 호흡이 다시 가빠졌다. 애격은 몇 번이나 의식이 나갔다가 돌아오고는 했다. 의식이 돌아올 때면 희미하게 눈을 뜨고 그녀가 옆에 있으면 안심을 했다.

삼경이 되었다. 애격이 더욱 위중해지자 봉생은 그를 품속에 안았다. 그의 유언을 지키고 싶었다. 임종을 맞이하고 있는 애격 앞에서 울음을 터트리고 싶지는 않았다. 그가 조용히 갈 수 있도록 배려해야 했다. 그의 임종을 기다리는 시간은 지루하면서도 길었다. 새벽닭이 울었다. 봉생은 애격을 안은 채 깜박 잠이 들었다. 그런데 애격이 안개가 자욱한 언덕으로 도폿자락을 휘날리며 걸어가고 있었다. 봉생은 놀라서 애격을 불렀다. 안개가 캄캄한 어둠 속에서 이리저리 바람에 쓸려 다니고 있었다. 애격은 안개 속에서 뒤도 돌아보지 않고 훠이훠이 걸어갔다. 봉생은 애격을 따라가면서 목이 터져라 그를 불렀다. 그때 꿈이 깼다. 동시에 애격이 희미하게 눈을 뜨고 그를 쳐다보았다. 꿈이었구나. 봉생은 가슴이 서늘하여 애격을 내려다보았다. 애격의 눈언저리에 눈물 자국이 말라붙어 있었다.

"사랑해요. 당신을 사랑해요."

봉생이 애격을 안고 몸부림을 치면서 속삭였다.

"나 먼저 가리다."

애격이 눈을 감았다. 봉생은 애격을 더욱 으스러져라 껴안았다. 마치 그가 이승에서 저승으로 떠나는 것을 막으려는 듯이 그를 껴안고 몸부림을 치면서 울었다.

애격은 날이 훤하게 밝을 무렵에 숨이 넘어갔다. 포도청 사람들이 구류간으로 들어와 시신에서 그녀를 떼어놓았다. 봉생은 벽을 두드리며 오열했다.


왕세자 이연은 허공을 우두커니 바라보고 있었다. 대궐의 뜰에 빗발이 흩날리고 있다. 이연은 슬픔에 잠겨 있을 봉생을 생각하자 가슴이 무거웠다.

'참으로 지독한 자들이구나.'

이연은 쓸쓸한 기분이었다.

"내가 봉생에게 일을 맡긴 것이 잘못이었던가. 나 때문에 그들이 위험에 빠진 것인가?"

이연이 혼잣말처럼 김재순에게 물었다.

"저하, 그들은 저하를 만나기 전에 이미 사건에 연루되어 있었습니다."

김재순이 머리를 깊숙이 조아렸다. 내금위장 김성일이 유광표의 사람인 것 같아 이연은 어영대장 이완에게 부탁하여 김재순을 호위 무사로 발탁한 것이다.

"무슨 소리냐?"

"궁녀 귀덕의 시체를 발견한 것이 김애격과 이지휼이라고 합니다. 그 시체를 검시한 사람이 포도청 다모 봉생이구요."

이연은 동궁전에서 나와 집현당을 향해 걷기 시작했다. 집현당에서 봉생을 인견했었다.

"김애격은 어찌 되었는가?"

"포도청에서 초복을 올렸습니다."

"초복이라고? 무슨 죄명으로?"

이연이 걸음을 우뚝 멈추고 김재순을 돌아보았다.

"이지휼에 대한 살인죄입니다."

"이지휼을 살해했다고? 그렇지 않을 것이다. 김애격은 조선의 천재라고 불리는 인물이다. 그는 분명 누명을 쓴 것이다. 어쩌면 나 때문에 누명을 썼을 것이다."

"포도대장 임충식이 유광표의 지시를 받고 있는 것 같습니다."

"그렇다면 전하께서 초복을 실시하시면 되겠군. 문안을 드리러 가자."

"예."

이연은 효종이 거처하는 대전으로 발을 옮기기 시작했다.

"봉생은 어찌 되었는가?"

"새재에서 자격을 당한 뒤에 어젯밤에야 한양에 올라왔습니다."

"옥갑을 찾았을까?"

"찾기 어려웠을 것으로 보입니다."

"옥갑을 어찌 찾아야 할지 난제로구나."

"소인이 밖에 나가 찾도록 하겠습니다."

"나도 미행을 나갈 것이다."

세자 이연의 말에 김재순이 눈살을 찌푸렸다. 이연은 효종이 있는 대조전으로 걸음을 서둘렀다. 효종은 상소문을 읽다가 이연을 사랑이 담긴 눈빛으로 맞이했다. 소현세자의 두 아들이 비명에 죽은 것을 본 효종은 세자 이연에 대한 사랑이 유난했다. 이연은 역관 출신의 포교 김애격에 대한 일을 자세하게 고했다.

"역관 김애격을 살려야 한다고?"

효종이 주위를 물러가게 한 뒤에 이연을 살폈다.

"옥갑 때문에 음모에 걸려들었습니다."

"김애격이라면 조선의 천재라는 자가 아니야?"

"예."

"허면 어떻게 살리라는 말이냐?"

"초복을 행하십시오. 형조에서 김애격에 대한 문안文案도 올릴 것입니다."

"우리가 노골적으로 김애격을 살리면 좌당이 그냥 있겠느냐?"

"우리를 위하여 일하는 사람은 반드시 살려야 합니다."

"알았다."

효종은 즉시 양정합에서 초복을 실시한다고 영을 내렸다. 형조에서 초복 문안이 올라온 것은 한나절이 가까워졌을 때였다. 형방승지가 가져온 문안에 포도청 포교 김애격에 대한 것이 있었다.

"포도청의 죄수 김애격이라는 자는 그의 처제 김선합의 집에서 물건을 추심하여 돌아오던 길에 도주하였는데, 이지휼의 아비 승립承立이 '애격이 재리財利를 가지고 서로 다투다가 몰래 나의 아들을 죽인 것이다.'는 말로 포도청에 고발하여 소송을 걸었다. 지휼의 숙부인 호림豪林이 또 길가의 시체를 지휼이라고 하고 지휼의 처 선합先合이 또 이를 시인하였다. 이지휼과 김애격은 동서 간이다. 또한 이지휼과 김애격은 포도청 포교이다. 법을 다스리는 자가 재물에 눈이 어두워 동서를 살해했으니 윤상의 죄를 어긴 것이다. 이에 일률로 다스릴 것으로 결안하였다."

일률로 다스린다는 것은 사형에 처한다는 말이고 윤상의 죄는 윤리를 어긴 죄로 십악대죄에 해당하니 참수형을 선언한다는 뜻이다.

"문안이 참으로 해괴하다. 김애격이 다투었다고 하였지만 살인을 한 것을 본 자도 없고 살인을 했다고 자백하지도 않았다. 그런데도 윤상의 죄를 어겼다고 하니 법을 집행하는 관리가 어찌 이렇게 황당한가. 단지 이지휼의 아비 이승립이 고발했다고 하여 살인자라고 보는가. 김애격을 석방하고 포도대장을 엄히 추고하라."

효종이 승정원에 영을 내렸다. 승정원이 발칵 뒤집혀 효종의 영을 받든 공문을 가지고 서리가 좌포도청으로 달려갔다. 그러나 승정원 서리가 좌포도청에 도착했을 때 김애격은 이미 숨이 끊어져 있었다.

'잔인한 놈들……'

왕세자 이연은 포도대장 임충식도 유광표의 좌당이라고 생각했다. 이연은 김애격이 죽었다는 보고를 받자 그의 죽음으로 처참한 슬픔에 잠겨 있을 봉생을 위로하기 위해 미행을 나갔다.


첩첩산중에 어둠이 내리기 시작했다. 봉생은 애격의 시체를 산에 매장했으나 도무지 그 자리를 떠날 수가 없었다. 애격의 죽음이 거짓말 같기만 했다. 그러나 엉성하게 만들어진 애격의 봉분, 애격의 관을 묻을 때 그녀의 옷에 묻은 붉은 핏자국이 애격의 죽음을 새삼스럽게 일깨워주고는 했다.

곤장을 때리면서 신문을 하는 것을 형신刑訊이라고 한다. 그러나 형신도 난장亂杖이나 박살撲殺 같은 것은 죽이기 위해 때리는 것이다.

난장은 닥치는 대로 때리는 것이고 박살은 죽을 때까지 때리는 것이다. 김애격은 포도청에서 난장이나 박살을 당한 것이었다.

애격을 집으로 업고 온 봉생은 몸부림을 치면서 울었다.

"용서하지 않겠어요. 서방님을 죽게 만든 자들을 용서하지 않겠어요."

봉생은 피눈물을 흘리면서 울었다. 애격을 끌어안고 밤새도록 울었다. 그러나 애격의 시체는 점점 싸늘하게 굳어져가고 있었다. 봉생은 선합의 집으로 달려갔다.

"똑바로 말해. 김 서방이 이 서방 죽이는 것을 봤어?"

봉생은 선합을 밖으로 끌어내어 울부짖었다.

"형부가 아니면 누가 내 남편을 죽이겠어? 언니가 없을 때 형부와 이 서방이 대판 싸웠단 말이야."

선합도 지지 않고 악다구니를 퍼부었다.

"거짓말이야."

"흥! 왜 우리한테 와서 이래? 우리가 형부를 죽였어? 포도청에서 매 맞아 죽은 거 아니야?"

"너희들이 포도청에 고발했기 때문에 억울하게 죽은 거잖아!"

그때 이지흘의 아비 이승립과 숙부 이호림이 달려 나왔다.

"뭣이 어째? 우리 아들 죽인 요망한 여편네가 여기가 어디라고 와서 행패를 부려? 요망한 것아, 내 아들 살려내라."

이승립과 이호림이 봉생의 머리카락을 움켜쥐고 휘둘렀다. 그들은 봉생을 발로 차고 주먹으로 때렸다. 봉생이 처절하게 울부짖자 마을 사람들이 달려왔다. 이승립과 이호림은 봉생을 마당 밖으로 끌어내어 팽개쳤다.

"서방님……."

봉생은 땅을 치면서 울었다.

"그만 집으로 가세."

김재순이 그녀의 손을 잡아 부축하여 집으로 데리고 왔다.

"억울한 일은 나중에 밝히고 우선 고인을 매장해야 하네."

김재순의 뒤에는 변복을 한 세자 이연도 와 있었다. 이연이 착잡한 시선으로 봉생을 살폈다.

시신을 염한 것은 김재순이었다. 세자 이연은 마을 사람들을 시켜 관을 사고 가까운 산에 매장하게 했다. 상여는 쓰지 않았다. 상주라고는 청상에 과부가 된 봉생뿐이었다. 김재순이 지게에 관을 싣고 세자 이연과 봉생이 뒤를 따랐다.

"봉분은 나중에 세우기로 하세. 뒤에 사람 인ㅅ 자로 벌어진 소나무가 있으니 내 이 앞에 바위를 하나 갖다가 놓겠네."

김재순은 낑낑대면서 평평한 바윗돌 하나를 갖다 놓았다. 비석을 세우지 않아도 쉽게 찾으라는 뜻이었다.

해 질 무렵이 되자 김재순과 이연은 산을 내려갔다. 봉생은 그들이 내려가자 비로소 서럽게 울기 시작했다. 봉생은 애격의 무덤 앞에 쓰러져 목을 놓아 울었다. 어머니가 죽었을 때보다도 더 크고 진한 슬픔이 가슴 밑바닥에서 목을 타고 올라왔다. 봉생은 목이 붓도록 울었다.

'아아, 진작에 그의 말대로 산속에 들어가지 않은 것이 후회되는구나.'

봉생은 처연한 눈빛으로 무덤을 응시했다. 애격은 틈만 나면 깊은 산속에 들어가 살고 싶어 했다.


　향기로운 벼 이삭에 빗줄기 뿌릴 때
　창문 열고 낮 꿈에 빠져들었지
　병이 많다 보니 부처를 받들고
　명예를 끊었으나 글 읽기를 탐하네
　외가 익으니 참외꼭지가 생기고
　벌레가 작은 물고기로 변하여 놀고 있네
　진실로 다섯 이랑의 밭이 있다면
　남편은 낚시질하고 부인은 채마밭을 가꾸리
　雨脚侵香穗
　疏窓吾夢初
　病多仍奉佛
　名斷尙貪書
　瓜熟生眞蔕

蟲遊化小魚
苟能謀伍畝
夫釣婦看蔬

　이 시는 마치 애격의 소박한 심정을 표현한 것이다. 그는 다섯 이랑의 밭만 있어도 만족하겠다고 했다. 그 소원을 이루기 전에 죽음을 당하여 너무나 비통했다. 그와 함께 보낸 날들이 아련하게 떠올랐다. 그와 사랑을 나누고, 그의 팔베개를 하고 잠을 잤다. 그럴 때는 죽어도 좋다고 생각했다. 그러나 이제는 두 번 다시 그의 팔베개를 하고 잘 수 없다. 그는 차가운 땅속에 묻혀 있고 나는 그의 체취를 그리워하면서 울고 있다. 봉생은 그렇게 울다가 기진하여 무덤 앞에 쓰러져 잠이 들었다. 봉생이 잠이 깬 것은 기온이 내려가 몸이 선뜩선뜩해지는 것을 느끼고서였다. 눈을 뜨자 사방이 캄캄했다. 그녀는 몸을 일으켜 사방을 휘둘러보았다. 밤이슬이 축축하게 내리는 가운데 어디선가 접동새가 피를 토하듯이 울고 있었다. 의붓어미 시샘에 죽은 소녀가 새가 되었다는 전설을 갖고 있어서인지 슬프디슬픈 접동새 울음소리가 온 산을 쩌렁쩌렁 울리고 있었다.
　'복수를 한 뒤에 나도 당신을 따라 죽겠어요.'
　봉생은 애격의 무덤을 향해 두 번 절을 했다. 애격의 무덤을 두고 차마 걸음이 떨어지지 않았으나 억지로 산을 내려오기 시작했다.

제2부
저 산 위의 외로운 소나무

아득한 산 위에 한 그루 소나무
몇만겹 시간이 흘러도 홀로 우뚝 서 있네

· 죽은 남자를 사랑하는 여자 ·

눈이 자욱하게 내리고 있었다. 마치 하얀 매화가 하늘에서 떨어지 듯 흰 눈송이들이 천지 사방을 하얗게 물들이면서 내리고 있었다. 산 으로 오르는 걸음이 더욱 무거웠다. 이러다가 길이 눈 속에 파묻히는 것이 아닐까. 길이 눈 속에 파묻히면 산속에서 얼어 죽을 수도 있다. 그런 생각을 하자 한 줄기 서늘한 냉기가 뒷덜미를 스치고 지나갔다. 하필 오늘 같은 날 눈이 쏟아지다니. 봉생은 걸음을 재촉하다가 멀리 산을 바라보았다. 자욱하게 내리는 눈 때문에 산의 모습이 제대로 보 이지 않았다. 만리재가 있는 산이다. 문득 눈 오는 모습을 방에 앉아 홀린 듯이 내다보고 있던 남편 애격의 얼굴이 떠올랐다.

'눈이 와서 서방님이 좋아하실까?'

봉생은 애격의 백옥처럼 빛나던 얼굴을 생각하자 가슴이 묵지근하게 저려왔다. 어쩌면 저렇게 아름다운 남정네가 있을까. 임풍옥수라고 하더니 그 말이 틀림없구나. 언젠가 부엌에서 나오던 봉생은 눈 오는 밖을 내다보고 있는 애격의 모습에 가슴이 설레었다.

마른 내 건너 남촌에 사는 그대여
소상강처럼 아름다운 미소년 종지를 능가하네
손가락으로 푸른 하늘을 가리키면
하얗게 빛나는 옥수가 바람 앞에 나부끼는 듯하고
눈썹은 먹으로 그린 것 같고 혀는 향기롭고 부드러우며
코는 오뚝하니 다른 것은 더 묻지 마셔요
그걸로 족하답니다 무엇을 더 바라겠어요

장안의 유명한 기생 홍도가 애격을 보고 지었다는 시다. 어느 여자라고 애격에게 반하지 않을까. 꽃 같은 미소년에 문장은 조선의 천재라는 소문이 자자하니 기생들이 줄을 지어 명함을 들고 찾아왔다고 했다. 봉생이 혼례를 올리기 전의 일이었다. 애격은 조선의 천재로 유명했다. 읽지 않은 책이 없고 한 번 본 글을 외우지 못하는 법이 없었다.

"서방님, 무얼 그렇게 넋을 잃고 보셔요?"

봉생이 시린 눈빛으로 애격을 보고 물었다.

"아, 눈이 오는 것을 보고 있소."

애격이 잔잔하게 웃으면서 대답했다.

"이리 나오세요."

"응?"

"눈이 이렇게 오니 눈 구경을 해야지요. 어찌 방구들만 지고 계십니까?"

"여기서도 눈이 오는 것이 잘 보이는데……."

"나오세요. 설화雪花가 핀 것을 보셔야지요."

만리재로 오르는 길에 천도天桃복숭아밭이 있고 그 위에 살구나무가 숲을 이루고 있었다. 봄에는 복숭아꽃과 살구꽃이 흐드러지게 피고 여름에는 복숭아와 살구가 주저리주저리 열렸다. 봉생은 그곳을 지날 때면 땅에 떨어진 과일을 주워 먹고는 했다.

"알겠소."

애격이 툇마루로 나오자 봉생은 그의 발에 갓신을 신겨주었다. 다른 때 같았으면 짚신을 신겼을 테지만 눈이 온 탓에 발이 젖을까 봐 가죽신을 신긴 것이었다. 마당을 나오자 청파동 넓은 들이 한눈에 내다보였다. 아득하게 펼쳐진 넓은 들판과 퇴락한 초가 마을, 낮은 야산이 온통 눈으로 덮여 있었다.

"서방님, 저기까지 갈래요?"

봉생이 애격의 팔짱을 끼면서 말했다. 만리재를 넘어가는 낮은 야산의 꼭대기에 소나무가 한 그루 우뚝 서 있었다.

"길이 미끄러울 텐데……."

"괜찮아요. 이렇게 푸짐하게 눈 오는 것이 흔치 않잖아요?"

봉생은 애격을 졸라서 만리재 고갯마루로 올라갔다. 청파동 사람들이 남대문이나 서대문으로 들어갈 때면 반드시 넘어야 하는 고갯마루였다. 그 고개를 지날 때마다 소나무가 참으로 외로울 것이라고 생각했다

"고고한 소나무야. 모진 바람과 추위를 견디면서 세상 티끌을 내려다보고 있지."

애격은 눈보라 치는 날 그 소나무를 하염없이 바라보았었다. 그날도 소나무까지 갔다가 돌아왔다.

"내 죽으면 소나무 밑에 묻어주오. 만리재에 소나무가 한 그루 있더군."

하루는 애격이 지나가는 말로 말했다.

"왜 그런 말씀을 하세요? 그런 말씀 싫어요."

봉생은 애격의 말에 가슴이 철렁했다.

"혹시나 해서 하는 말이오."

"서방님이 죽으면 나도 같이 죽을 거예요."

봉생은 눈이 하염없이 내리던 그날 애격에게 하얗게 눈을 흘기면서 말했었다.

"그 말이 참말이오?"

"참말이에요."

"그러면 나도 외롭지 않겠군."

애격은 불길하게 자신의 죽음을 예감하고 있었다. 그런데 그는 죽고 나는 살아 있다. 스물일곱 살, 사람들은 하늘이 그의 재주를 시기하여 일찍 데리고 간 것이라고 하였다. 그러나 그는 억울하게 죽었다. 나는 반드시 그를 죽인 자를 찾아서 복수할 것이다. 복수를 한 뒤에 그와 나란히 묻히고 그의 소나무 옆, 한 그루의 소나무가 될 것이다. 봉생은 마음이 흔들릴 때마다 모질게 입술을 깨물고는 했다.

왕세자 이연이 그가 죽은 뒤에 시를 지어주었다.


오색으로 아름답고 비범한 새가

우연히 지붕 위에 날아와 앉았네

사람들이 다투어 달려가보니

놀라 일어나 홀연 자취를 감추었네

伍色非常鳥

偶集屋之脊

衆人爭來看

驚起忽無跡


이연이 지은 시를 읽고 봉생은 깊은 감동을 받았다. 오색으로 아름다운 새는 애격의 천재성을 찬미하는 말이고 홀연히 자취를 감추었다는 것은 죽음을 의미하는 것이었다. 전체적으로 천재가 일찍 목숨을 잃었다는 내용의 시였다.

'이지흘을 반드시 찾을 거야.'

봉생이 애격을 산에 묻고 돌아오자 선합의 일가는 야반도주를 하고 없었다. 선합이 가지고 간 저고리를 찾으러 갔던 봉생은 어이가 없었다. 그녀는 아무도 없는 텅 빈 집에서, 선합이 야반도주를 하고 이지흘이 죽은 이유를 곰곰이 추리했다. 그리고 이지흘이 결코 죽지 않았을 것이라고 결론을 내렸다.

'이승립이나 선합이 이지흘이라고 말한 사람은 다른 사람이다. 이지흘이 다른 사람을 죽여놓고 자기가 죽은 것이라고 서방님을 고발하게 한 거야.'

봉생은 포도청에 들어가서 애격에 대한 발사跋辭*를 자세히 살폈다. 그 결과 발사에 이지흘이 김조일에게 받은 이천 냥을 두고 싸웠다는 이야기가 기록되어 있었다. 애격은 이지흘에게서 어음을 받아 김조일에게 돌려주려다가 싸웠고, 결국은 이지흘을 살해하게 되었다는 것이다. 물론 그것은 포도대장 임충식이 신문하면서 기록한 것이었다. 이지흘의 어음 부분은 선합으로부터 나온 진술이었다.

봉생은 그때부터 선합과 이지흘을 찾아 다녔다. 그들을 찾는 일이 결코 쉬울 것이라고는 생각하지 않았다. 처음에는 한양 장안을 이 잡듯이 뒤졌다. 다음에는 강화부로 가서 집집마다 찾아다녔다. 그러

---

* 살인 사건 보고서

다 보니 여름이 가고 가을이 왔다. 가을 내내 강화부를 샅샅이 수색하였으나 선합과 이지휼의 행적은 끝내 찾을 수 없었다.

'서방님이 내 길을 인도할 것이다.'

그렇게 가을이 가고 겨울이 오자 한양으로 돌아온 것이다.

봉생은 휘항揮項*을 깊이 눌러쓰고 걸음을 재촉하기 시작했다. 눈이 쌓이면서 걸음이 잘 떨어지지 않았다. 그래도 지난 여섯 달 한양과 강화부를 샅샅이 누비고 다녔다. 처음에는 발이 부르트고 종아리가 땅겼으나 점점 익숙해졌다.

'눈이 그치지를 않는구나.'

봉생은 반 시진을 걸어서 소나무 밑에 이르렀다. 소나무에서 세 걸음 앞에 허물어진 봉분이 있고, 그 앞에 넓은 바위가 있었다.

"서방님, 여섯 달 만에 왔네요. 나 보고 싶었어요?"

봉생은 눈이 덮인 무덤을 보면서 속삭이듯이 중얼거렸다. 저절로 눈물이 맺혔다. 아, 인생의 덧없음이여! 사랑하는 임은 죽고 나는 그의 그림자를 쫓아 무덤을 찾아왔거늘 그의 다정한 목소리조차 들을 수 없구나. 봉생은 자기 설움에 겨워 꺼이꺼이 울기 시작했다. 산위라 보는 사람도 없고 듣는 사람도 없었다. 사방이 고적한데 눈이 하염없이 내리고 있어서 더욱 서러웠다. 봉생은 그렇게 한참을 울다가 등에 짊어진 바랑에서 거적을 꺼내 깔고, 바위의 눈을 치우고, 음식

---

* 겨울 모자

몇 가지를 진설했다. 왕세자 이연이 보내준 음식이었다.

"왕세자 저하께서 보내주신 제수예요."

봉생은 애격에게 속삭이듯이 말했다.

"자식이 없으니 술 올릴 상주가 없네요. 내가 상주 대신한다고 탓하지 마세요. 서방님이 눈 흘기면 나도 개가할 거예요."

봉생은 향을 피우고 술을 따랐다.

"나 보고 싶었어요? 나는 서방님이 보고 싶었는데……."

봉생은 눈물을 흘리면서 애격의 무덤에 절을 했다. 음식과 술에도 눈이 자욱하게 쏟아졌다. 봉생은 제사상의 술잔을 들어 무덤 앞에 세 번 뿌리고 반은 자신이 마셨다.

"술이 달지요? 그럼 한 잔 더 하세요."

봉생은 혼잣말로 중얼거리고 혼자서 술을 따라 마셨다.

"이것은 서방님 잔……."

빈속에 술을 마신 탓일까. 금세 취기가 오르기 시작했다.

"이것은 내 잔……."

봉생은 애격과 대작을 하듯이 중얼거리면서 호리병의 술을 모두 비웠다.

"나도 서방님 옆에 누울래요."

봉생은 취기가 오르자 무덤에 등을 기대고 누웠다. 잿빛 하늘에서는 눈이 더욱 자욱하게 쏟아지고 있었다.

하늘은 잿빛으로 낮게 흐려 있었다. 바람이 일 때마다 의장기가 펄럭거렸다. 왕세자 이연은 서교로 향하는 말 위에 앉아서 얼굴을 찌푸렸다. 좌포도청 다모 봉생이 한양으로 돌아왔다. 그녀가 떠나기 전에 만나야 했으나 청나라 사신을 영접해야 했기 때문에 시간을 낼 수 없었다. 왕세자 이연은 봉생을 생각하자 가슴이 타는 것 같았다.

'청나라에서 태학사가 사신으로 왔으니 격이 다르다.'

그러다 문득 청나라 사신을 생각하자 긴장이 되었다. 청나라에서 조선에 보낸 사신이 이미 서교에 도착해 있었다. 한림원 태학사이자 태자 소부인 액색흑이 인영대군 이한李韓의 수하가 화약을 사가지고 돌아오다가 발각되었기 때문에 그 죄를 추궁하기 위해 온 것이다. 이한은 북벌에 필요한 화약을 사가지고 오다가 화를 자초했다. 효종이 지시하지 않은 일을 하여 조정을 위태롭게 했다.

"봉생은 무엇을 하고 있는가?"

이연은 호위무사인 김재순에게 물었다.

"애격의 무덤에 제사를 지내고 있다고 합니다."

"제수를 보냈느냐?"

"예, 몇 가지 간소하게 보냈습니다."

김재순이 전방을 쏘아보면서 대답했다. 저 멀리 청나라 사신 일행이 보였다. 사신단은 벌판에 커다란 차일을 치고 주위에 의장기를 빽빽하게 꽂아놓고 있었다. 사신단을 호위하는 병사들도 수백 명이 넘어 보였다. 이연은 말에서 내려 청나라 사신의 차일로 다가갔다.

차일에서 정사 일행이 나왔다.

"원로에 고생이 많으셨습니다. 조선국 왕세자 이연이 삼가 영접합니다."

이연은 액색흑에게 인사를 했다.

"왕세자께서 친히 영접해주시니 깊이 감사드립니다."

액색흑이 두 손을 앞으로 모아 답례를 했다.

"태학사께서 학문이 높다는 말을 듣고 평소 우러러 마지않았는데 이렇게 뵙게 되어 무한한 기쁨을 감출 수 없습니다."

"과찬의 말씀입니다."

이연은 액색흑의 차일로 안내되어 차를 대접받고 청 황제의 칙서를 받았다.


물화의 매매를 금하는 것은 정해진 규례가 뚜렷하므로 예부를 경유하여 그대 나라에 공문을 보냈다. 지난번 그대의 아우 이한이 국경을 넘어 살인을 한 죄를 너그럽게 용서해준 것으로 인하여 감사를 전하는 사신으로 북경에 왔으니, 이치상 마땅히 지난 잘못을 통렬히 반성하고 더욱 충성을 다해야 마땅하다. 그런데 일을 마치고 돌아갈 때, 수행하던 일행이 금법을 어기고 멋대로 화약火藥을 사가지고 가다가, 봉황성鳳凰城에 이르러 성을 지키던 장경章京*에게 수색을 당해 압수되자, 이한의 이름을 들어

---

* 청나라 군대 팔기의 하나

그 사매私買한 사람을 잡아 보내지 않고 도리어 용인해줄 것을 청하였다. 이한은 이를 금지시키지 못했을 뿐 아니라 일이 발각되자 도리어 은폐하려 하였으니, 허물을 면하기 어렵다. 이에 태자 소부 내한림 국사원 태학사 액색흑과 태자 소보 도찰원 좌참정 능토, 봉생 좌시랑 천대를 귀국에 보내어, 왕과 함께 사매私買의 실정과 폐단을 살펴 자세히 조사한 뒤에 아뢰도록 특별히 효유하노라.

청 황제의 칙서는 비교적 온건했다. 이연은 무릎을 꿇고 칙서를 받들었다. 이한이 화약을 사가지고 오다가 발각된 것은 북벌을 위해서다. 이한은 인조의 아들로 좌당인 유광표와 가까웠다. 화약을 사가지고 오려고 한 것도 유광표의 지시를 받았을 가능성이 높았다.

이연은 모화관으로 청나라 사신 일행을 안내했다.

"원로에 조선까지 오시느라고 고생이 많으셨습니다. 인삼차가 피로를 풀어드릴 것입니다."

이연은 액색흑에게 인삼차를 대접했다.

"고맙습니다. 왕세자 저하의 학문이 높다고 들었는데 이렇게 뵙게 되어 참으로 기쁩니다."

액색흑이 두 손을 머리까지 들어 올리고 답례를 했다.

"오시면서 조선의 풍광을 본 소회가 어떻습니까? 저는 심양에서 태어나 어린 시절을 보냈습니다. 심양의 아름다운 모습을 아직도 잊을 수가 없습니다."

"그러시군요. 조선의 풍광 또한 오밀조밀하고 아름다웠습니다. 백성들은 순박하고 전쟁을 모르니 동방예의지국이라는 말이 틀리지 않았습니다."

이연은 액색흑과 한담을 나누고 원로에 고생이 많았을 터이니 쉬라고 이르고 대궐로 돌아왔다.

"사신은 어떤 자더냐?"

효종이 이연에게 물었다.

"나이는 오순이 넘었고 흰 수염이 탐스러웠습니다. 학문이 높아 한림원 태학사입니다."

이연은 효종의 수척한 얼굴을 바라보면서 대답했다. 이한 때문에 청나라에서 군사를 일으키려고 한다는 소문이 돌아 조정이 바짝 긴장했었다. 부랴부랴 좌의정 이원표를 사신으로 보내 사죄하고 전쟁의 위험을 막았으나 정신적으로 많은 고통을 받은 것이다.

"크게 낭패를 당할 일은 없겠구나."

"예, 그런 것 같습니다."

"수고했다. 물러가 쉬어라."

이연은 효종에게 청 황제의 칙서를 바치고 대전을 물러 나왔다.

"박인수는 돌아왔느냐?"

이연은 동궁전으로 향하면서 김재순에게 물었다. 바람이 더욱 심해져 흙먼지가 자욱하게 날리고 있었다.

"아직 돌아오지 않았습니다."

"사복시에 명하여 말을 준비하라."

"저하."

"지금 만나지 못하면 또 얼마나 걸릴지 모른다."

이연이 날카롭게 말했다. 김재순이 고개를 숙이고 물러가 말을 끌고 왔다. 이연은 불안해하는 김재순을 아랑곳하지 않고 말을 타고 대궐을 나갔다. 서소문을 지나 만리재에 이르자 박인수가 돌아오는 것이 보였다.

"떠났느냐?"

이연은 말에서 내려 절을 하는 박인수에게 다급하게 물었다.

"예."

"어디로 갔느냐?"

"마포 나루로 갔습니다."

마포 나루로 갔다면 따라갈 수 없다. 나루에서 배를 타고 어느 방향으로 갔을지 종잡을 수 없는 것이다. 이연은 말을 타고 망원정으로 달려갔다. 망원정에 오르자 우쭐렁대며 흐르는 한강이 한눈에 내려다보였다. 한강에는 여러 척의 배들이 떠서 유유자적하고 있었다.

'어느 배에 타고 있을지 알 수 없구나.'

이연은 봉생의 얼굴을 아련하게 떠올렸다. 봉생은 그가 왕세자라는 것을 알고는 깜짝 놀란 듯했다. 눈이 커지더니 입을 딱 벌리고 다물지를 못했다.

'어찌 저렇게 아름다운 여인이 있는가? 꽃보다 더 아름답구나.'

이연은 한강을 오르내리는 배를 보면서 가슴이 먹먹해지는 것을 느꼈다. 그녀와의 인연은 왜 이렇게 엇갈리는 것일까. 봉생은 장통방에서 장정들에게 쫓길 때 처음 만났다. 그녀는 장정들에게 들키지 않기 위해 그를 풀숲에 납작 엎드리게 한 뒤에 바짝 끌어안았다. 그때 그녀의 가슴에 이연의 얼굴이 짓눌렸다.

'아!'

이연은 여인의 가슴에 얼굴이 닿자 황홀했다. 가슴이 찌르르 울리고 얼굴이 화끈거렸다. 그녀의 가슴은 한없이 부드럽고 따뜻했다. 그는 자신이 위기에 빠져 있다는 사실도 잊은 채 눈을 감았다. 봉생의 따뜻하고 부드러운 가슴에 깊이 파묻혔다. 돌아올 때는 그녀의 등에 업혔다. 내시의 등에 업혔을 때와는 느낌이 전혀 달랐다.

'이 여자를 내 여자로 만들고 싶다.'

이연은 봉생의 등에 업혀서 그렇게 생각했다. 동궁전에 들어온 봉생은 눈이 부시게 아름다웠다. 대궐에도 아름다운 여인들은 많이 있었다. 그는 왕세자였기 때문에 수많은 궁녀들에게 얼마든지 손을 뻗칠 수 있었다. 그러나 봉생은 길가에 핀 야생화처럼 청초하고 눈이 맑았다. 그녀의 눈을 바라보고 있으면 빨려 들어갈 것 같았다. 그러나 그녀는 남정네가 있었다.

'나와 인연이 아니라는 말인가?

조선의 천재라고 불리던 사내였다. 그 사내는 억울하게 죽음을 당했다. 봉생은 지금 남정네를 함정에 빠트린 범인을 잡기 위해 전국을 돌아다니고 있다. 왕세자의 신분이 아니라면 그녀와 함께 돌아다니고 싶다.

'이제 내년에나 한양으로 돌아오겠지.'

이연은 한강에 떠 있는 배를 살피면서 가슴속으로 울었다.

보고 싶다.

봉생이 사무치게 보고 싶다.

이연은 한강이 내려다보이는 망원정에서 떠나기가 싫었다. 망원정은 효령대군이 지은 정자였다. 오랫동안 가뭄이 들어 근심을 하다가 망원정에서 기우제를 지낸 세종이 비가 내리자 기뻐하여 희우당喜雨堂이라고 이름을 지어주었다. 훗날 성종이 효령대군에게서 정자를 얻어 형인 월산대군에게 선물하고 망원정이라고 불렀다.

"들으라."

이연이 김재순에게 명을 내렸다.

"예."

김재순이 달려와 머리를 조아렸다. 이연은 한강을 오랫동안 바라보다가 명을 내렸다.

"박인수에게 명을 내려 봉생을 따라다니면서 보호하게 하라. 봉생의 눈에 띄지 않게 비밀리에 보호하라."

봉생이 여자의 몸으로 전국을 헤매고 다니면 무수한 위험에 처할 것이다.

"예."

김재순은 당황했으나 머리를 조아리면서 대답했다.

고갯마루에 올라서자 먼 들판과 초가 마을이 한눈에 들어왔다. 산 아래 들판도 봄빛이 완연했다. 아롱아롱 아지랑이가 피어오르는 들에는 파릇파릇 새싹이 돋아나고 밭두렁이며 논두렁에는 살구꽃이며 복숭아꽃이 흐드러지게 피었다. 봄꽃이 살구꽃과 복숭아꽃뿐인가. 앵두꽃도 피고 민들레도 피었다. 산마다 들마다 벚꽃이 하얗게 피어 바람이 일 때마다 꽃잎이 자욱하게 떨어지고 있었다.

"봄이로구나."

봉생은 마을을 내려다보면서 혼잣말로 중얼거렸다. 명치끝이 묵직하게 저려왔다. 애격을 죽음으로 이끈 자들을 찾아 나선 지 어느덧 이 년이 되고 있었다.

'왜 야반도주를 한 것일까?'

봉생은 선합의 일가가 야반도주를 한 사실을 이해할 수 없었다.

'선합에게 무엇인가 있다. 이지흅은 죽은 것이 아니라 살아 있는 것이다.'

봉생은 그렇게 생각했다. 그러나 이지흅이 살아 있다는 사실을 증명할 수 없었다. 그런데 어느 날 이지흅이 살아 있다는 소문이 들려왔다. 이지흅을 이천장에서 보았는데 알은체를 하려고 하자 화를 벌컥 내면서 달아났다는 것이었다. 그는 한때 좌포도청에서 포졸로 근무하다가 그만둔 사내였다. 전국을 떠돌면서 장사를 하는 보부상이었는데 청파동 배다리에서 만나자 그 이야기를 했다. 애격의 사십구재를 지내고 산을 내려오던 날이었다. 봉생은 그 말을 듣고 이천 일대를 샅샅이 뒤지고 다녔다. 그러나 이지흌의 행방을 찾을 수 없었다.

'이지흌이 살아 있다면 선합이 장례를 치른 시체는 이지흌이 아니다.'

봉생은 이지흌의 모습을 가만히 생각해보았다. 그의 몸에 어떤 특징이 있었던가. 그러자 그가 이빨이 썩어 왼쪽 어금니가 없다고 투덜대던 일이 떠올랐다. 그의 시체를 굴검掘檢하여 왼쪽 어금니가 있는지 없는지 살피면 알 수 있을 것이다. 굴검은 산소를 파헤쳐 다시 검험을 하는 것이다. 그러나 조선은 예禮의 나라이기 때문에 산소를 파헤치는 것을 엄격하게 금지하고 있었다.

'남의 산소를 파헤칠 수 없으니 격쟁擊錚을 해야겠구나.'

격쟁은 억울한 일을 당한 사람이 임금이 행차할 때 징을 쳐서 호소하는 것이다. 봉생은 오랫동안 벼르다가 효종이 종묘에 행차할 때를 기다렸다가 징을 쳤다. 임금의 행차에는 취타대를 비롯하여 의장대, 내금위, 포도청과 어영청까지 수많은 군사들이 동원되어 경호를 하고 백관이 따른다. 봉생이 징을 치자 기치창검이 나부끼던 대열이 일시에 멈춰 섰다. 이어 행렬을 인도하던 군사들이 물결처럼 갈라지면서 선전관이 달려왔다.

"네가 격쟁을 하였느냐?"

선전관이 봉생을 쏘아보면서 물었다.

"예."

봉생은 무릎을 꿇고 납작 엎드렸다.

"어디에 살고 이름은 무엇이냐?"

"청파동에 사는 다모로 이름은 봉생이라고 하옵니다."

"무엇 때문에 격쟁을 했느냐?"

"남편의 억울한 죽음을 밝혀달라고 청을 올리기 위해 징을 쳤습니다."

선전관이 봉생의 말을 듣고 어가로 달려갔다. 봉생은 바짝 긴장하여 기다렸다. 임금이 행차할 때 거짓으로 징을 치거나 북을 쳐서 행차를 가로막으면 엄벌에 처해지기 때문에 격쟁이나 격고를 하는 일은 조심스러웠다. 이내 선전관이 와서 봉생을 어가 앞으로 끌고 갔다. 봉생은 어가 앞에 이르자 공손히 절을 올렸다.

"그대는 무슨 일로 징을 쳤는가?"

효종이 발 사이로 봉생을 살피면서 물었다.

"소인의 남편 김애격이 김선합의 남편 이지휼을 살해했다는 누명을 쓰고 포도청에서 매를 맞고 죽었습니다. 헌데 이지휼이 죽지 않고 살아 있다고 하니 시체를 굴검하여 확인하게 해주십시오."

봉생은 납작 엎드려서 아뢰었다. 효종을 수행하던 대신들이 일제히 웅성거렸다. 그들 중에는 좌당을 대표하는 유광표 대감과 우당을 대표하는 이원표 대감도 있었다.

"시체를 보면 확인할 수 있는가? 이미 부패하여 형체를 알아볼 수 없을 것이다.”

“이지흅은 왼쪽 어금니가 썩어서 빠졌습니다. 시체는 부패해도 이 빨은 그대로 남아 있을 것이니 굴검하게 하여주십시오.”

효종은 재상들과 협의하여 알려주겠다고 하고 종묘로 행차를 했다. 굴검에 대한 지시는 이튿날 아침에 내려왔다. 대신들이 완강하게 반대했으나 격쟁이 있었으니 굴검을 해야 한다고 효종이 명을 내린 것이다. 그것은 왕세자 이연이 옆에서 도와준 덕분이었다. 봉생은 포도청 사람들과 함께 이지흅의 묘를 파혜쳤다. 시체는 부패하여 형체를 알아볼 수 없었으나 왼쪽 이빨이 멀쩡했다. 시체가 이지흅이 아니었던 것이다.

‘역시 이지흅이 아니었어.’

봉생은 그날 통곡을 하고 울었다.

“협잡과 무고가 어찌 이리 심한가. 이지흅의 아비 이승립은 엉뚱한 시체를 자신의 아들이라고 포도청에 고발했고, 포도대장 임충식은 실상을 자세하게 파악하지도 않고 김애격에게 형장을 때려 죽음에 이르게 하였다. 임충식은 유배를 보내고 이승립과 김선합은 속히 잡아들여 일률로 다스리라. 이지흅 또한 속히 잡아들여 공모 여부를 밝히라.”

효종이 명을 내렸다. 임충식은 유배를 갔으나 이승립과 김선합은 찾을 수가 없었다. 일률로 다스리라는 것은 사형에 처하라는 뜻이다.

‘내가 반드시 이 자들을 찾을 것이다.’

멀리 소나무가 보이기 시작했다. 봉생은 가쁜 숨을 고르면서 걸음을 재촉했다. 애격의 무덤이 가까워질수록 가슴도 설레었다. 산에는 벌써 나무를 하는 사람들과 산나물을 캐는 아낙네들이 보였다. 한식이라 성묘를 하러 온 사람들도 눈에 띄었다.

날씨가 따뜻해서 좋았다.

곳곳에 진달래가 무더기로 붉게 피어 있었다.

"서방님, 나 왔어요. 추운 겨울에 잘 지냈어요?"

봉생은 애격의 무덤에 이르자 속삭이듯이 낮게 중얼거렸다. 지난 겨울에 찾아오고 두 번째 찾아온 길이었다. 소나무는 여전히 청정했고 봉분의 떼도 푸른 싹이 돋아나고 있었다. 봉생은 바위 위에 음식물을 진설하고 향을 피웠다. 애격의 무덤에 돌아오자 집에 돌아온 것처럼 기뻤다. 언젠가처럼 술을 따르고 절을 한 뒤에 털썩 주저앉았다.

"술 한 잔 드세요. 나도 한 잔 마실 테니……."

봉생은 애격의 봉분에 술을 부었다.

"경기도 일대를 돌았어요. 다음에는 함경도로 가야 할 것 같아요. 마을마다 돌아다니다 보면 꼭 찾아낼 수 있을 거예요."

봉생은 술을 따라 천천히 마셨다.

선합을 찾아 발이 부르트도록 경기도 일대를 돌아다녔으나 찾을 수 없었다. 비가 올 때는 비를 흠뻑 맞으면서 들판을 걸었고, 눈보라가 칠 때는 울면서 산을 넘었다. 뙤약볕이 내리쬘 때는 얼굴이 벌겋게 익었으나 걸음을 멈추지 않았다.

"이런 사람을 보신 일이 있나요?"

사람들에게 이지흉과 김선합의 용모파기를 보여주면서 그들을 찾았다. 산속의 절에서 남장을 하고 지낸 일도 있고, 도적을 만나 목숨을 잃을 뻔한 일도 있었다. 깊은 밤중에 농가의 헛간에서 잠을 청하고 있노라면 설움이 복받쳐 눈물이 흥건하게 쏟아지고는 했다.

오랫동안 돌아다녀야 하니 돈이 필요했다. 잠은 농가의 헛간에서 잔다고 해도 먹을 것이 필요했다. 봉생은 그럴 때마다 허드렛일을 하여 돈을 마련했다. 삯바느질도 하고 밭일도 했다. 담배를 가꾸는 농가에서는 며칠 동안 담뱃잎을 따기도 했다.

"허, 원수를 어디 가서 찾는다고 이 고생인가?"

사람들은 그녀가 원수를 찾는다고 하면 혀를 차면서 동정했다.

"괜한 고생 하지 말고 개가를 하지. 얼굴도 얌전하게 생겼는데……."

봉생은 사람들이 그런 말을 할 때면 더욱 입술을 깨물었다. 약해지지 않으리라. 사람들의 동정하는 말에 흔들리지 않으리라. 봉생은 피가 나도록 입술을 깨물면서 맹세했다.


해가 중천에 떠오르자 햇살이 한결 따뜻했다.

술을 몇 잔 마시자 취기가 오르기 시작했다. 봉생은 애격의 무덤을 찾아올 때면 으레 술을 마셨다. 술을 마시고 흠뻑 취해 한없이 울다가 내려오고는 했다. 애격이 절절하게 그리웠다. 시간이 흘러도 그의 죽음이 실감되지 않았다.

문득 시구문 밖에서 살해당한 여자의 얼굴이 떠올랐다. 그녀를 죽인 자는 왜 그렇게 잔인하게 고문했을까. 시체가 포도청으로 들어왔어도 조사를 할 수 없었다. 하루 종일 용모파기를 가지고 다니면서 대궐에서 도망쳐 나왔다는 궁녀 귀덕을 수색하느라고 바빴던 것이다.

등줄기로 식은땀이 흥건하게 흘러내렸다. 잠이 들면 황천이 보이고, 황천에서 헤매고 있는 애격이 그를 부르고는 했다. 그의 얼굴은 거의 해골밖에 남아 있지 않았다. 처음에는 얼굴이 멀쩡하다가도 그에게 가까이 다가가면 살이 흙처럼 부서져 내리고 해골만 남았다. 이상하게 그가 죽인 자는 기억에 남아 있지 않고 포도청에서 죽음을 당한 애격만 또렷이 기억나고는 했다.

'죽은 놈은 살아서 올 수가 없어.'

이지흘은 어둠 속에서 허공을 노려보고 눈을 부릅떴다. 애격이 죽으면서 천 냥짜리 어음이 그의 수중에 들어왔다. 애격을 죽게 만들지 않았다면 그 큰돈이 그의 수중에 들어오지는 않았을 터다.

"옥갑을 찾아라. 옥갑을 찾으면 천 냥을 더 줄 것이다."

김조일이라는 사내가 이지흉에게 말했다.

"옥갑이라니요?"

"봉황이 새겨져 있는 것이다. 죽은 계집이 갖고 있었을 것이다."

"시체에 옥갑은 없었습니다."

"옥갑이 없었다면 그 안에 있던 종이라도 있었을 것이 아니냐?"

"종이요? 저는 금시초문입니다."

"종이에는 수결이 찍혀 있고 이호라는 이름이 적혀 있다."

"이호?"

"그 이름을 함부로 부르지 마라. 그 이름을 함부로 부르면 죽음을 면치 못할 것이다."

김조일의 말에 이지흉은 가슴이 섬뜩했다. 시체를 가장 먼저 검험을 한 것은 처형인 봉생이었다. 봉생이 종이를 가지고 있을지 모른다고 생각하여 그 집을 샅샅이 뒤졌다. 그러나 종이는 끝내 찾을 수 없었다.

'봉생의 집에 없다면 어디에 있을까?'

이지흉은 죽은 여자의 시체에 있을지도 모른다고 생각했다. 죽은 여자는 대궐에서 도망을 친 궁녀 귀덕이라고 했다.

'대궐에서 나온 여자라면 종이에 중요한 내용이 기록되어 있을 것이다. 그래서 김조일이 찾으려고 하는 것이 아닌가?'

이지흉은 자신이 음모에 말려들었는지 모른다고 생각했다.

"죽은 여자의 시체는 어떻게 했습니까?"

"샅샅이 조사한 뒤에 산에 묻었다."

"어느 산입니까?"

김조일은 이유를 묻지 않고 귀덕의 무덤을 가르쳐주었다. 귀덕은 살해된 곳에서 가까운 숲에 묻혀 있었다.

이지휼은 해가 설핏 기울고 있을 무렵 연장 망태기를 들고 귀덕의 무덤을 찾아갔다. 산 어디에선가 접동새가 울기 시작했다. 접동새 우는 소리가 숲을 쩌렁쩌렁 울렸다. 무덤을 파헤치는 일이라 두려움을 없애기 위해 호리병에 받아 온 술을 어두워질 때까지 마셨다. 그가 술을 마시고 있는 동안 해가 서산으로 떨어지고 어둠이 하늘을 쓸어왔다. 이지휼은 어둠이 완전히 내리자 삽으로 무덤을 파기 시작했다. 산속이라 찾아올 사람은 없었으나 어둠 때문에 서늘한 공포가 몰려왔다.


'빨리 파자.'

이지휼은 땀을 뻘뻘 흘리면서 무덤을 팠다.

산골짜기 어디쯤에선가 또 접동새가 울기 시작했다. 피를 토하는 듯한 애절한 울음소리였다. 울음소리는 숲의 정적을 깨뜨리며 건너편 산까지 메아리치고 있었다. 캄캄하게 어두운 숲 속의 공기가 파르르 떨리는 느낌이었다.

이지휼은 접동새 울음소리에 잠시 귀를 기울였다. 달이 떠오른 것은 이지흌이 흙을 파내기 시작한 지 한 시진쯤 되었을 때였다. 이지흌은 그동안 한 번도 쉬지 않고 흙을 퍼냈으나 봉분을 편편하게 만들어놓은 데 그쳤을 뿐이다. 그것은 뜻밖에 몹시 힘이 드는 일이었다. 이지흌은 삽을 팽개치고 다시 호리병의 술을 마셨다. 온몸이 땀으로 흠뻑 젖어 있었다.

'내가 공연히 이런 짓을 하고 있는 것이 아닐까?'

이지흌은 문득 자기가 하고 있는 짓이 후회되었다. 김조일이라는 자가 주는 돈에 눈이 멀지 않았다면 이런 고생을 하지 않아도 되었을 것이다. 그러나 엎질러진 물이라는 생각이 들자 중도에서 포기할 수가 없었다.

이지흌은 다시 삽질을 하기 시작했다. 마을 어디에선가 개들이 요란하게 짖어대고 숲으로 짐승이 지나가는 바스락 소리가 들릴 때마다 이지흌은 가슴이 철렁했다. 심장은 삽질과 공포 때문에 콩알만 해져 있었다.

다시 한 시진이 흘러갔다. 이지흌의 삽 끝에 무엇인가 딱딱한 물체가 걸렸다. 이지흌은 자신도 모르게 입술을 꼭 깨물었다. 딱딱한 물체가 관이라고 생각한 순간 갑자기 뒷덜미가 서늘해졌던 것이다. 그 공포를 이겨야 했다. 그러기 위해서 술까지 마시지 않았던가. 이지흌은 더욱 부지런히 삽질을 했다. 이미 벌어진 일이었다. 이제 와서 포기한다고 해도 죄가 없어지는 것은 아닐 것이다.

서서히 관의 모양이 드러나기 시작했다. 나무로 짠 관이었다.

이지흉은 관이 완전히 드러나자 비로소 삽질을 멈추었다. 땀이 비 오듯 흐르고 있었다. 이지흉은 잠시 천천히 가쁜 호흡을 진정시켰다.

가슴이 마구 뛰고 있었다. 이제 관을 열어야 했다. 이지흉은 손등으로 이마의 땀을 문질러 닦았다. 달이 중천에 떠 있었다. 관 뚜껑을 밀어보았다. 별달리 뚜껑이 움직이지 않도록 장치를 해놓은 것도 없는데 뚜껑이 움직이지 않았다. 이지흉은 삽을 뚜껑 틈새에 밀어 넣고 힘껏 잡아당겼다. 그러자 관 뚜껑이 끼익끼익 하는 소리를 내며 밀려났다. 소름 끼치게 기분 나쁜 소리였다.

이지흉은 비로소 삽을 놓고 관 뚜껑을 힘껏 들어 올린 뒤 옆으로 젖혔다. 관 뚜껑이 쿵 소리를 내며 파헤쳐놓은 흙 위에 떨어졌다.

'아!'

이지흉은 또 가슴이 철렁했다. 관 속에는 소복을 입은 시체가 반듯하게 누워 있었다. 제대로 염을 하지 않은 시체였다. 그러나 시체는 이미 부패하여 고약한 악취가 풍겼다. 이지흉은 다리가 후들후들 떨리는 것을 진정시키기라도 하듯이 과도를 손에 들고 시체를 노려보았다. 금방이라도 시체가 벌떡 일어나서 달려들 것 같은 공포가 엄습했다.

이지흉은 깊게 심호흡을 했다. 터질 것처럼 뛰고 있는 가슴을 진정시키기 위해서였다.

이내 이지흉은 시체를 향해 몸을 구부렸다. 그리고 시체의 몸을 더듬었다. 시체가 흐늘흐늘하여 기분이 이상했다. 그는 시체의 저고리와 치마를 벗겼다. 단속곳까지 벗겨서 둘둘 말아서 후닥닥 산을 내려가기 시작했다. 애초에는 시체의 옷을 조사한 뒤에 다시 묻어줄 요량이었다. 그러나 산속에서 시체와 같이 있는 것이 너무나 두려웠다.

"웬 옷이오?"

이지휼이 허겁지겁 집으로 돌아오자 선합이 눈을 크게 뜨고 물었다. 이지휼은 방으로 들어가자마자 냉수를 달라고 하여 벌컥벌컥 들이켰다.

"땀 좀 봐."

선합이 베수건으로 이지휼의 땀을 닦았다. 이지휼은 선합의 손을 뿌리치고 무덤에서 가지고 온 흙투성이 옷을 살피기 시작했다.

'없다!'

이지휼은 옷을 샅샅이 뒤졌으나 종이를 찾을 수 없자 눈이 뒤집어질 것 같았다. 옥갑의 종이가 옷 속에 있으려니 했는데 없는 것이다.

"무얼 찾아요?"

"옥갑의 종이…… 옷 속에 있을지 모른다고 생각했는데 없어."

이지휼은 허망하여 방바닥에 털썩 주저앉았다. 저 깊은 땅속으로 추락하는 것 같은 절망감이 엄습해 왔다.

"아무래도 이상해요. 오늘 밤 이곳을 떠나요."

잠시 생각에 잠겨 있던 선합이 말했다.

"무슨 말이야?"

"낮부터 수상한 자들이 기웃거리기 시작했어요. 왠지 기분이 이상

해요."

이지흌은 놀라서 선합의 얼굴을 쳐다보았다. 갑자기 뒷덜미가 서늘해지는 기분이었다.


서대문을 지나 도성으로 들어갔다가 동대문으로 나와 제기현으로 향하는데 빗발이 추적댔다. 봉생은 비를 피하고 갈까 하다가 내쳐 걸음을 옮겼다. 제기현 고개를 미처 넘기도 전에 빗줄기가 쏴아아 하고 쏟아졌다. 봉생은 괴나리봇짐을 지고 울창한 숲 속으로 터벅터벅 걸음을 떼어놓았다. 마땅하게 비를 피할 곳이 없어서 계속 걸었다. 여름철이라 비만 개면 한나절도 되지 않아 젖은 옷이 마를 것이고 비도 차갑지 않았다.

애격이 죽은 지 삼 년이 되었고 이지흌을 찾아 나선 지 삼 년이 되는 초여름이었다. 지난밤이 그가 죽은 지 삼 년째가 되는 날이었기 때문에 무덤을 찾아가 절을 올리고 다시 길을 나선 것이다. 이번에는 먼 함경도 길이다.

'언제 다시 돌아올 수 있을까?'

봉생은 제기현에 오르자 뒤를 돌아보았다. 애격의 무덤이 있는 만리재를 슬픈 눈으로 응시했다.


아득한 산 위에 한 그루 소나무
몇만겁 시간이 흘러도 홀로 우뚝 서 있네

첩이 원수를 갚아 가슴속의 한을 푼 뒤

다시 볼 수 있으리니 서방님 잘 있어요

蒼茫山上一株松

獨高時流幾萬重

妾怨報後胸限解

他年再見好在郎


봉생이 지은 시였다. 한양을 떠나려고 하는데 이상하게 걸음이 잘 떨어지지 않았다.

'선합의 생모가 살던 곳이 부령이니 그곳에 있을지도 몰라.'

봉생은 그렇게 생각했다. 목숨이 다할 때까지 이지흅을 찾아야 한다. 이지흅이 갔을 만한 곳은 선합의 생모 친정일지도 모른다고 생각했다.

'비가 장하게도 오는구나.'

제기현을 넘어 청량리에 이르렀다. 한여름에도 시원한 바람이 분다고 하여 청량리로 불렸다. 농가의 처마 밑에서 비를 피하다가 영평永平*으로 길을 잡았다. 청량리에서 퇴계원으로, 퇴계원에서 영평으로 갈 예정이었다. 퇴계원의 넓은 들에 이르자 모내기가 한창이었다.

"과객은 바쁘지 않으면 들밥 한 그릇 들고 가시오."

---

* 지금의 포천

논둑길을 지나는데 마침 들밥을 먹고 있던 농부들이 그를 불렀다. 넉넉한 것이 시골 인심이고 푸짐한 것이 농부들의 마음이었다. 봉생이 남장을 했기 때문에 남자로 알고 있는 것 같았다.

"폐가 되지 않겠습니까?"

봉생은 군침이 돌았으나 사양하는 체했다.

"핫핫! 밥이 있어서 젓가락 하나 더 놓으면 되는데 무슨 폐가 되겠소?"

농부들이 일어나서 봉생의 손을 잡아끌었다. 봉생은 못 이기는 체하고 그들과 함께 논두렁에 둘러앉아 밥 한 그릇을 얻어먹었다.

"밥을 얻어먹었으니 밥값을 해야 하겠습니다. 일손이 부족한 것 같은데 모내기를 거들겠습니다."

봉생은 배가 부르자 오순 정도 되어 보이는 농부에게 말했다.

"허허. 말씀은 고마우나 우리는 품삯을 줄 형편이 못 되오."

농부가 손을 흔들었다.

"품삯을 바라지 않습니다. 일이 끝날 때까지 먹여주시고 재워주시기만 하면 됩니다."

"그것은 어렵지 않소."

농부가 허락하자 봉생은 그들의 모내기를 거들었다. 봉생이 모내는 일을 거들겠다고 한 것은 마을 사람들에게 이지훌의 행방을 수소문하기 위해서였다. 하루 종일 모를 내는 일은 허리가 부러질 정도로 아팠다. 그러나 해가 질 때까지 쉬지 않고 모를 냈다.

"저는 헛간에서 자겠습니다."

저녁을 먹고 나자 봉생이 농부에게 말했다.

"아니, 손님인데 그럴 수는 없습니다."

농부가 웃으면서 말했다.

"워낙 밖에서 잠을 자는 것이 익숙하여 편합니다."

봉생은 미안해하는 농부에게 굳이 헛간에서 자게 해달라고 청했다. 농부는 마지못해 허락하면서 부령에 가는 이유를 물었다. 봉생은 이지홀이라는 사람을 찾고 있으며 마을 사람 중에 한양에서 이사 온 집이 없는지 물었다.

"한양에서 온 사람은 없습니다. 흉년이 들면 대처로 떠나는 사람은 있어도 시골로 찾아오는 사람은 거의 없습니다."

봉생은 농부의 말이 옳다고 생각했다. 퇴계원에서 이틀을 머물고 영평으로 걸음을 재촉했다.

마을을 지날 때마다 이지홀이라는 사람이 이사를 왔는지 묻고는 했다. 그러나 이지홀과 비슷한 사람이나 그를 아는 사람은 만날 수 없었다.

영평에 이르자 날이 어두워졌다. 영평 어귀에 충렬사라는 절이 있었다. 주지 스님을 찾아 하룻밤을 묵게 해달라고 청했다.

"어디를 가시오?"

주지 스님이 인자한 모습으로 웃으면서 물었다. 그는 나이가 오순이 넘어 보였다.

"함경도 부령에 갑니다."

봉생이 공손하게 합장을 하고 대답했다

"부령에 누가 있소?"

"여동생이 그곳에 있다는 소식을 듣고 찾아가는 길입니다."

"참 먼 길을 갑니다."

봉생은 대웅전에 들어가서 예불을 드리고 간절하게 기도했다. 이튿날 아침 절밥을 얻어먹고 길을 재촉했다. 마침 영평 장날이어서 사람들이 많이 오가는 장터를 샅샅이 누볐으나 이지흅의 행적을 찾을 길이 없었다.

영평에서 이틀을 보내고 이번에는 철원으로 향했다. 철원에 도착하기 전에 큰 여울이 하나 나타났다. 직탄이라는 이름의 여울이었는데 물살이 거세게 흘러내렸다. 물 쏟아지는 소리가 폭포가 쏟아지듯이 장쾌했다.

'차라리 저 물에 빠져 죽었으면 좋겠구나.'

봉생은 물가에 앉아 서럽게 울기 시작했다. 문득 그녀가 빨래를 하러 냇가에 나가면 따라와 책을 읽던 애격이 떠올랐다. 애격을 생각하자 다시 설움이 복받쳐 목이 메어 울었다. 애격이 그리웠다. 애격이 죽었다는 사실을 믿고 싶지 않았다.

봉생은 한참을 울다가 엉덩이를 털고 일어섰다. 날씨는 볕이 따가웠다. 물이 깊어 보였으나 짚신을 벗어 괴나리봇짐에 매달고 바지를 걷어 올렸다. 조심스럽게 물속으로 걸어 들어갔다. 물살이 바위에 부딪치면서 하얀 포말을 일으켰다. 지팡이로 물의 깊이를 재면서 한 발자국씩 나아갔다. 물이 무릎을 적시고 허벅지까지 빠져 들어갔다.

"물살이 빠르네."

물살은 사납게 밀려왔으나 지팡이에 의지하여 걸음을 떼어놓았다.

'아.'

물이 가장 깊은 곳은 가슴께까지 차올랐다. 몇 번이나 쓸려 떠내려갈 뻔했으나 다행히 물을 건널 수 있었다.

'어차피 물에 젖었으니 씻고 가야겠네.'

봉생은 물가에 이르자 다시 물속으로 들어가 머리까지 담갔다. 물이 차갑지 않아 일각이나 물장구를 치면서 쉬었다.

직탄에서 철원에 도착하여 하룻밤을 보내고 안변을 거쳐 고원에 이르렀다. 고원을 지나 여운애에 이른 것은 한양을 떠난 지 두 달 만의 일이었다. 여운애에서는 바다가 한눈에 내려다보였는데 새벽에 오르자 장엄한 일출을 볼 수 있었다.

첩첩 연봉이 운해처럼 펼쳐져 있었다. 동녘 하늘은 희미한 남빛이었고, 아직도 어둠이 남아 있는 바다는 검푸른 빛이었다. 원산으로 가려면 반드시 여운애를 지나야 했다. 봉생은 날이 채 밝지 않았을 때 주막을 떠났다. 한여름의 푹푹 찌는 날씨가 계속되어 아침 일찍 걷고 한낮에 쉰 뒤에 해 질 녘에 다시 걷고는 했다.

걸음을 서두른 탓에 여운애에 올랐는데도 해가 떠오르지 않은 것이다. 멀리 구름과 바다가 하나의 빛으로 잇닿아 있어 어느 것이 하늘이고 어느 것이 바다인지 알 수 없었다. 시야를 가로막는 것이 아무것도 없고 오로지 첩첩연봉 저 멀리 캄캄한 바다뿐이었다.

'여운애까지 왔네요. 가을에는 부령에 도착할 수 있겠지요.'

봉생은 애격에게 속삭이듯이 낮게 중얼거렸다. 걸음을 걸을 때나 잠을 잘 때도 그녀는 애격과 끊임없이 중얼중얼 이야기를 했다. 사람들은 그런 봉생에게 귀기가 풍긴다고 말했다.

'여기서 일출을 보고 가요. 여운애의 일출이 장관이라고 하잖아요?'

봉생은 여운애 고갯마루에 앉아서 먼바다를 응시했다. 가슴이 뛸 정도로 아름다운 풍경이었다. 그녀가 보고 있는 사이에 바다의 남빛이 엷어지고 흰빛이 나타났다. 문득 흰빛 사이에 붉은빛이 하나 나타나더니 점점 멀리 번졌다. 이윽고 붉은빛이 하늘과 바다에 가득해지면서 둥근 해가 떠올랐다.

'아!'

봉생은 부지중 탄성을 내뱉었다. 둥근 해는 커다란 쟁반 같았고 모든 것을 불태울 듯이 황금빛으로 번쩍거렸다. 해는 그녀가 보고 있는 사이에 순식간에 하늘로 둥실 떠올랐다.

'너무 아름답네요. 서방님도 보고 계세요?'

봉생은 아름다운 일출에 눈물이 흘러내릴 것 같았다.

'너무 지체했으니 가야지요. 그래요, 걸음을 서두를게요. 이지휼을 반드시 찾아낼 거예요.'

봉생은 눈물을 닦으면서 다시 걸음을 떼어놓았다. 이지휼을 생각하면 눈에서 불이 일어나는 것 같았다.

봉생이 부령에 당도한 것은 여운애를 떠난 지 열흘이 지났을 때였다. 여운애에서 원산까지는 첩첩 산길이었다. 산굽이를 돌고 험준한 고개를 오르내리는 일이 끝없이 계속되었다. 그러나 원산이 한눈에 내려다보이는 산에 이르자 그 너머 푸른 바다가 펼쳐졌다. 여운애에서 보고 두 번째로 보는 바다였다. 원산에서부터 함흥까지는 줄곧 바닷가를 통해 걸었다. 봉생은 걸으면서 내내 오른쪽에 짙푸른 바다가 보이자 가슴속이 시원해지는 것 같았다.

'서방님, 참 멀리도 왔네요. 아무리 멀어도 서방님을 죽게 만든 자들을 반드시 찾아서 복수할 거예요.'

봉생은 애격과 이야기를 하면서 계속 걸었다.

김선합의 생모 나 씨는 부령의 안흥리에 산다고 했다. 사람들에게 묻고 또 물어 안흥리에 이르자 나 씨의 친정을 쉽게 찾을 수 있었다. 안흥리 범골 마을에 나씨 집성촌이 있었던 것이다.

"어르신, 따님이 찾아온 적이 있습니까?"

봉생은 선합의 외삼촌이자 나 씨의 오라버니인 나상덕에게 허리를 숙여 인사를 하고 물었다. 나상덕은 칠십 세가 가까운 노인이었으나 아직도 정정하여 밭일을 하고 있었다.

"선합이 말인가? 안 왔어. 그런데 색시는 누구인가?"

"선합이 언니입니다."

"언니라고? 그럼 김 서방 딸인가?"

나상덕은 눈을 끔벅거리고 있다가 깜짝 놀라서 밭에서 허리를 일
으켰다.

"예. 아버님도 돌아가시고…… 선합이가 집을 나갔는데 어디로 갔
는지 알 수 없어서 찾아다니고 있습니다."

"김 서방 딸이군. 김 서방에게 딸이 하나 있다는 이야기는 들었어."

나상덕은 봉생을 집으로 청하여 극진하게 대접했다. 봉생의 아버
지와 선합의 어머니는 오다가다 만난 뜨내기였다. 혼인이라고 하여
정식으로 혼례를 올린 것도 아니고 이웃 사람들을 초청하여 국수를
대접하고 술잔을 돌린 것이 고작이었다. 그래도 아버지는 처가라고
선합의 어머니와 함께 부령을 다녀왔다. 선합도 다녀오지 못한 부령
이었다.

"선합이는 오지 않았나요?"

"오지 않았어."

나상덕의 말에 봉생은 실망했다. 함경도 부령까지 왔는데 선합을
찾을 수 없어서 씁쓸했다.

"한양에서 예까지 오느라고 얼마나 고생이 심했겠나? 며칠 푹 쉬
었다가 가게."

"제가 폐를 끼칠 수가 있나요? 사돈댁인데……."

"폐는 무슨…… 아무 걱정 하지 말고 푹 쉬었다가 가게."

나상덕뿐만 아니라 그의 아들과 며느리까지 봉생에게 쉬어 가라
고 말했다. 그들은 모두 순박하고 인심이 후했다. 봉생은 부령에서

며칠 동안 쉬기로 했다. 한양에서 부령까지 오느라고 온몸이 녹초가 되어 있었다.

'서방님, 이런 곳에서 살아도 좋겠죠?'

봉생은 부령을 병풍처럼 둘러싸고 있는 산을 바라보면서 낮게 읊조렸다.

부령은 산이 높고 골이 깊었다. 집들은 산 밑에 옹기종기 모여 있고 논보다 밭이 많았다. 봉생은 그들의 밭일을 거들어주었다.

"선합이는 외갓집에도 한 번 오지 않고······."

나상덕은 봉생과 이야기하는 것을 좋아했다. 한양 소식을 묻거나 선합의 어머니가 어찌 지내다가 죽었는지 물었다. 봉생은 선합의 어머니에 대해서 이야기를 했다. 그녀와 아버지의 만남, 말년에 위장병 때문에 고생하다가 죽은 이야기를 했다. 선합의 어머니가 자신을 구박했다는 사실은 이야기하지 않았다.

"불쌍한 것······ 그렇게 죽다니······."

나상덕은 자신의 여동생이 병 때문에 고생을 했다고 하자 눈물을 흘렸다.

"그럼 선합이 얼굴도 보신 일이 없나요?"

"없지. 어릴 때 보고······ 선합이는 혼인을 한 뒤에도 오지 않았어. 신랑은 한 번 왔다가 갔는데······."

"신랑이요? 언제요?"

선합의 신랑은 이지흌을 말하는 것이다. 봉생의 가슴이 세차게 뛰기 시작했다. 선합의 신랑이 왔었다는 것은 이지흌이 살아 있다는 뜻인 것이다.

"일 년 전이야."

"이 서방이 왔었나요?"

"왔었어. 여기 와서 살겠다고 땅도 알아보고…… 집도 알아보고…… 그러더니 갑자기 사라져버렸어. 고약한 인사지."

봉생은 자신도 모르게 눈물이 흘러내렸다. 이지흌이 살아 있다고 생각하자 애격의 죽음이 더욱 비통했다. 그러나 나상덕이 눈치채지 못하게 돌아서서 주먹으로 눈물을 닦았다.

'이지흌은 살아 있어. 내가 반드시 그를 찾아낼 거야.'

봉생은 밤이 되자 입술을 깨물면서 맹세했다.


며칠째 계속되는 불볕더위에 숨이 턱턱 막혔다. 선합은 밭을 매다가 손등으로 이마의 땀을 훔쳤다.

"우라질 놈의 날씨. 사람을 쪄 죽이려고 이러나."

선합은 노래를 하듯이 중얼거리면서 산비탈을 내려다보았다. 아이들이 산비탈 아래 냇가에서 뛰어놀고 있는 것이 보였다. 한양을 떠난 지 오 년 만에 사내아이 둘을 낳았다.

'내 팔자에 무슨 놈의 호의호식을 하겠어?'

저절로 한숨이 나왔다. 시간은 벌써 점심때가 가까워지고 있었다. 해는 중천에 떠 있고 바람 한 점 불지 않았다. 모든 것이 거짓말 같았다. 어음 이천 냥 때문에 이지흌이 걸인을 살해한 것도 그렇고, 봉생의 남편 애격을 죽게 만든 것도 그렇고, 다 부질없는 일이었다. 이지흌은 자신이 죽은 것으로 위장하기 위해 지나가는 걸인을 살해해 자신의 옷을 입히고 풀숲에 버렸다. 그리고 시아버지 이승립을 시켜 애격을 포도청에 고발하게 한 것이다.

'어음조차 가짜였다니……'

선합은 마치 한바탕 꿈을 꾼 듯한 기분이었다. 어음은 지급기일이 되어서 육의전 행수를 찾아가자 가짜라고 했다. 이지흌이 눈에 핏발을 세우고 김조일의 집을 찾아갔으나 그 집에 살고 있는 김조일은 그가 만났던 김조일이 아니었고 사헌부 장령을 지낸 일도 없었다.

'그놈이 가짜 김조일이었다니……'

이지흌은 눈이 뒤집혀서 가짜 김조일을 찾아다녔다. 무엇보다 어음이 휴짓조각이라는 사실에 펄펄 뛰었다. 그는 가짜 김조일에게 완벽하게 사기를 당한 것이다. 그러나 가짜 김조일은 찾을 수 없었다. 이지흌은 며칠 동안 술만 퍼마시고 다녔다. 그러나 나라에서 이지흌과 선합을 잡아들이라는 영이 떨어져 부랴부랴 야반도주를 할 수밖에 없었다. 수상한 자들이 그들의 집 주위를 기웃거린 탓이기도 했다. 이지흌의 아버지 이승립은 어음이 가짜라는 사실이 밝혀지자 화병으로 죽었다.

'사람이 죽는 것이 아무것도 아니구나.'

선합은 이승립이 갑자기 죽자 그렇게 생각했다. 그는 어음이 가짜라는 말을 듣고 숨을 못 쉬고 죽었다. 누구에게 칼에 찔린 것도 아니고 병을 앓았던 것도 아니다. 어음이 가짜라는 말을 듣자 가슴을 두드리다가 억 하고 나동그라졌다. 그는 한마디 말도 하지 못하고 가슴만 두드리다가 숨이 끊어졌던 것이다.

'이 인간은 어디 가서 코빼기도 보이지 않는 거야?'

선합은 다시 돌을 고르기 시작했다. 이지흘이 며칠째 집에 돌아오지 않았다. 산비탈이기 때문인가. 자갈이 유난히 많아서 골라내고 골라내도 끝이 없었다. 나무를 베고 풀을 뽑은 뒤에 돌을 골라내기 시작한 지 일 년이 가까워지고 있었다. 돌을 골라낸 뒤에 콩이나 고구마, 옥수수 따위를 심을 작정이었다.

'괜히 형부만 죽게 만들었어.'

이지흘은 자주 악몽을 꾸었다. 눈이 움퍽 들어가고 몸이 바짝 말랐다. 애격을 죽게 만든 것을 후회하면서 악몽에 시달렸다.

'하늘의 벌을 받는 거야.'

선합은 이지흘이 폐인이 되어가고 있다고 생각했다. 그가 죽으면 아이들을 데리고 첩첩산중에서 살아갈 수가 없다. 그렇다고 대처로 나가서 살 수도 없었다. 언제 포졸들이 들이닥쳐 그들을 잡아갈지 알 수 없어서 불안했다. 길도 없는 첩첩산중으로 숨어들어 온 것은 그런 까닭이었다.

'이런 곳에서 어떻게 살아?'

선합은 처음에 이지흘의 등을 때리면서 울었다. 산을 몇 개나 넘고 길도 없는 숲을 엎어지고 넘어지면서 찾아 들어온 움막이었다. 낮에도 산짐승이 움막까지 내려왔다.

"이런 빈집이 있는 것을 보면 누군가 살았던 거야. 대처로 나가면 우리는 금세 포졸들에게 잡혀 목이 잘려 죽을 거야."

이지흌이 한숨을 내쉬면서 말했다. 죽지 않으려면 어쩔 수가 없었다. 움막을 수리하고 산짐승들을 막기 위해 울타리를 쳤다. 그러나 먹고살 길이 막막했다. 패물을 팔아 쌀이며 보리쌀을 사서 지게에 지고 왔다. 그러나 언제까지나 식량을 사서 먹을 수 없었다.

선합은 매일같이 자갈밭에서 돌을 골랐다. 이지흌은 며칠이 지나서야 비로소 비를 흠뻑 맞고 집으로 돌아왔다.

"어딜 갔다가 이제 와요?"

선합은 이지흌을 쏘아보면서 물었다. 그가 없는 며칠 동안 불안하고 무서워 잠도 제대로 자지 못했다. 그런데 이지흌의 입에서 술 냄새가 왈칵 풍겼다.

"대처에 나가서 동정을 살폈어."

이지흌이 우울한 표정으로 비에 젖은 옷을 벗어 던졌다. 선합은 마른 옷을 꺼내서 주었다.

"무슨 일이 있었어요?"

"우리 얼굴이 용모파기로 그려져 벽에 붙어 있더군."

"용모파기요? 그럼 방이 붙었다는 말이에요?"

선합은 가슴이 덜컥 내려앉은 것 같았다.

"이젠 대처에도 못 나가겠어."

선합은 우두망찰하여 밖을 내다보았다. 그들의 얼굴이 방으로 나붙었다면 포졸들에게 잡힐 가능성이 많았다. 아아, 이제 어떻게 해야 하는가. 밖에 비가 세차게 쏟아지고 있어서 방 안이 눅눅했다.

"애들은?"

"자고 있어요."

"우리 여기를 떠나야 할까 봐."

"여기를 떠나요? 자갈밭을 다 일구어가는데 어떻게 떠나요?"

"포졸들이 저 아랫마을을 뒤지는 것을 봤어. 봉생이도 우리를 찾아다니고 있고…… 포졸들은 무섭지 않은데 이상하게 봉생이가 무서워."

이지휼은 공포가 엄습해 오는지 얼굴을 찡그리고 몸을 떠는 시늉을 했다.

"무섭기는 뭐가 무서워요?"

선합은 눈을 표독하게 치뜨고 소리를 질렀다. 이지휼이 두려워하자 공포가 그녀에게 옮겨 오고 있었다.


멀리 만주 벌판이 시야에 들어왔다. 봉생은 시린 눈으로 강 건너 만주 벌판을 바라보았다. 이지휼이 일가를 데리고 강을 건넜을 것이라고는 생각되지 않았다. 강을 건너면 월경越境이 되고, 월경을 하다가 발각되면 참수형을 당한다. 게다가 강을 건너면 나라가 달라져 말이 달라진다. 그가 말이 통하지 않는 곳에서 만주인들과 살고 있지는 않으리라고 생각했다.

애격이 죽은 지 오 년째 되는 해였다. 부령에서 한양으로 곧바로 돌아가지 않고 함경도 일대를 돌았다. 이지흘이 일가를 데리고 국경지역에서 살고 있을지도 모른다고 생각했기 때문이다.

'부령의 나씨들은 사람이 순박한데……'

봉생은 선합의 외가를 생각하자 가슴속으로 찬바람이 불고 지나가는 것 같았다. 함경도 종성을 거쳐 경성으로 돌아오는 길이다. 그동안 마을마다 이지흘의 흔적을 찾아다녔기 때문에 일 년이라는 긴 세월이 걸렸다.

"두 사람이 만난 것이 언제인가?"

종성에서 만난 호랑이 사냥꾼 박 포수가 물었다. 그는 키가 작았으나 단단한 체구를 갖고 있었고 눈이 부리부리했다. 종성에서부터 같은 길을 걸어왔다. 그는 산에서 호랑이를 잡는 동안 집에 있던 부인이 이웃집 머슴과 바람이 나서 달아났기 때문에 부인을 찾아다닌다고 했다.

"운명 같았어요."

봉생은 애격을 처음 만났을 때를 생각하자 자신도 모르게 얼굴이 붉어졌다.

"운명?"

박 포수가 걸음을 떼어놓았다. 그는 활과 화살통을 어깨에 메고 있었다. 삼십 대 후반의 기골이 장대한 사내였다.

"계모에게 매를 맞고 집을 뛰쳐나왔어요. 겨울이었는데 눈이 많이 왔어요. 남의 집 대문 앞에서 쓰러져 잠이 들었는데 어느 순간 몸이 따뜻해지고 있었어요. 눈을 떠보니 남자가 저를 업고 있더라고요."

"몇 살 때인데?"

"저는 여덟 살인가 아홉 살일 때고 우리 서방님은 열일곱 살 정도 되었을 때였어요. 그분이 남산골에 있는 집으로 데리고 가서 방에 눕히고 책을 읽었어요. 저는 추위에 떨다가 오한이 일어났어요. 몸이 춥고 떨리고 아파서 울었어요. 그런데 그분이 저를 안아주셨어요. 그러자 고통이 사라지면서 잠이 들었어요. 며칠 동안 그렇게 지냈는데……."

"밥은 안 먹었나?"

"그분이 밥도 먹여주고 약도 먹여주셨어요. 한번은 잠을 자다가 깨어났는데 그분이 책을 읽고 있었어요. 책을 읽는 모습이 얼마나 아름다운지……."

봉생은 아득한 회상에 잠겼다.


며칠 후 봉생은 몸이 회복되자 애격의 집에서 나왔다. 그리고 그때부터 시간이 있을 때면 그 집을 찾아가서 멀리서 그가 책 읽는 모습을 지켜보았다. 비가 올 때도 있고 눈이 올 때도 있었다. 봉생은 그가 책을 읽는 모습을 하루도 빠지지 않고 바라보면서 자랐다. 하루가 한 달이 되고, 한 달이 일 년이 되고, 일 년이 십 년이 되었다. 그러던 어느 날 선합의 어머니인 계모 나 씨가 부자 홀아비에게 시집을 가라고 악다구니를 퍼부으면서 다그쳤다. 봉생은 무작정 집을 나왔으나 갈 곳이 없어 애격의 집으로 갔다. 그 집에 가서 어떻게 하겠다는 생각은 없었다. 그저 그가 책 읽는 모습을 바라보면 울적한 마음이 가실 것 같았다. 그러나 애격은 집에 없었다. 봉생은 그가 사역원에서 돌아오는 길목인 마른내의 냇가로 갔다. 냇물을 하염없이 보면서 슬픔에 잠겨 있다가 바위 위에 누웠다.

애격이 집으로 돌아온 것은 인정이 가까울 때였다.

애격은 걸음을 멈추고 그녀와 실없는 농을 주고받았다. 봉생은 애격이 자신을 몰라본 것이라고 생각했다.

"내가 왜 몰랐겠나?"

애격은 그때의 일을 꺼내자 피식 웃었다.

"그럼 나를 알고 있었단 말이에요?"

"알고 있었지."

"그럼 왜 모른 체했어요?"

"우리 이쁜이가 미안해할까 봐 그랬지."

애격이 유쾌하게 웃음을 터트렸다.

"이쁜이가 처음에 우리 집에 왔을 때 꽃이 핀 것 같더라. 어찌 이렇게 어여쁜 소녀가 있을까. 저 소녀가 자라서 나의 아내가 되면 얼마나 좋을까. 나는 매일매일 그렇게 생각했어."

봉생은 애격을 생각하면서 얼굴이 붉어지는 것을 느꼈다. 언제나 그때 일을 생각하면 가슴속에서 꽃이 피어나는 것 같았다.

"올해는 함경도를 돌았는데 내년에는 어떻게 할 거야?"

"경상도를 돌아야지요."

"문경새재를 넘겠군."

박포수가 혼잣말로 중얼거렸다. 봉생은 그의 눈에도 수심이 어리는 것을 보았다. 문경새재를 생각하자 봉생은 애격의 죽음이 떠올라 비통했다. 애격은 그녀가 상주로 내려가고 없는 동안 포도청에 체포되어 가혹한 조사를 받았던 것이다.

모닥불이 점점 사그라져갔다. 하늘의 별빛도 사위어가고 있었다. 봉생은 몸을 바짝 웅크렸다. 산 위라 기온이 더욱 떨어져 맹렬한 한기가 엄습해 왔다. 봉생은 눈을 감은 채 만리재의 애격을 생각했다. 애격의 봉분을 마지막으로 찾아간 지 어느덧 이 년이 되고 있었다.

'산 위의 소나무처럼 외롭고 쓸쓸할 거야.'

만리재에 있는 애격을 생각하자 눈물이 맺혀왔다. 만리재에는 바람이 쉬지 않고 분다. 그래도 눈이 오나 비가 오나 소나무는 의연하게 버티고 서 있을 것이다. 봉생은 애격이 만리재의 소나무 같다고 생각했다. 비록 천한 출신이라고 해도 누구보다 고결한 마음을 가지고 있다고 생각했다.

백두산이 가까운 초산의 산속이었다. 원래의 계획은 한양을 거쳐 경상도로 갈 생각이었으나 박 포수가 방향을 바꾸자고 제안했다.

"이지흌이라는 자가 어디로 갔겠나?"

봉생은 박 포수의 말을 알아들을 수 없었다.

"어디로 갔는지 종잡을 수가 없습니다."

이지흌이 간 곳을 알았다면 벌써 잡았을 것이다.

"사람이 말이야, 아주 낯선 고장으로 가서 살 수는 없어. 어쨌거나 아는 사람이 있어야 하거든. 자기가 다녀본 고장이거나 아는 사람이 있는 곳을 찾아가기 쉽지. 짐승도 다니는 길이 있는 법이야."

"이지흌은 전국을 떠돌던 보부상 출신입니다."

이지흌은 장사꾼 출신이었다. 지난 몇 년 동안 봉생은 그의 보부상 행로를 더듬었다.

"보부상이라도 가는 곳이 있겠지. 다녀본 고장 이야기를 하지 않던가?"

"의주 이야기를 많이 했습니다. 만상 출신이라고 하더군요."

이지흌은 술을 한잔 마시면 보부상을 하면서 거덜 낸 과부들 이야기를 했다.

"만상이 어떻게 하여 포교가 되었지?"

"사람이 약아서 도둑을 잘 잡았어요."

이지흌은 처음에 포졸이었으나 도둑을 많이 잡아 포교가 되었다. 애격과 짝패가 되면서 머리 쓰는 일은 애격이 하고 몸을 쓰는 일은 이지흌이 맡았다.

"그럼 의주로 한번 가보는 것이 어때?"

그렇게 하여 회령에서 초산까지 온 길이었다. 오는 동안 겨울을 만나 꼼짝을 할 수 없었다. 눈이 석 자나 쌓여 녹지 않는 바람에 마을이 고립되었다. 봄이 되자 길을 재촉했으나 첩첩 밀림이었다.

봉생은 추위 때문에 잠을 이룰 수 없었다. 엎치락뒤치락하다가 간신히 잠이 들었는데 갑자기 주위가 따뜻해지기 시작했다. 박 포수가 나뭇가지를 주워다가 꺼져가는 모닥불을 다시 일으킨 것이다.

박 포수와 같이 다니는 것은 편리한 점이 있었다. 박 포수로 인해 마을 장정이나 불한당이 집적대는 것을 막을 수 있었고 때때로 사냥을 하여 산짐승 고기를 먹게 해주기도 했다.

날이 부옇게 밝아오기 시작했다.

봉생이 일어나자 박 포수가 불가에 앉아 사슴 고기를 굽고 있었다. 이틀 전에 잡은 것이었다. 가죽을 벗겨서 마을에 팔고 다리 하나만 들고 산길을 재촉했던 것이다.

"잠자기 어려웠지? 산에서 잠을 자는 것은 쉬운 일이 아니야."

박 포수가 봉생을 살피면서 물었다. 봉생은 웃으면서 몸을 일으켰다. 날이 밝고 있었으나 아직도 바람이 쌀쌀했다. 고원이라 더욱 추웠다.

"그래도 불이 있어서 다행이었어요."

봉생은 모닥불로 다가앉으면서 말했다. 박 포수가 모닥불에 구운 고기 한 덩어리를 잘라서 봉생에게 주었다. 봉생은 사슴 고기를 받아서 한입 베어 물었다. 고기에 소금을 뿌렸기 때문에 맛이 좋았다. 봉생은 고기를 먹으면서 산 아래를 내려다보았다. 저 아랫마을 어디에선가 아침을 짓는 연기가 푸르게 피어올랐다.

사슴 고기로 아침을 때우고 다시 길을 출발했다. 하루 종일 걸어야 겨우 산 하나를 넘을 수 있었다. 초산 일대는 높은 산이 계속 이어져 백두산 오르는 길이 쉽지 않았다.

"장백 폭포네."

백두산 아래에 이르자 물줄기가 시원하게 쏟아지는 폭포를 가리키면서 박 포수가 말했다. 장쾌한 물줄기였다. 하얗게 쏟아지는 물줄기를 바라보면서 봉생은 넋을 잃었다.

"정말 아름답군요."

자신도 모르게 탄성을 내뱉었다.

"어떻게 하겠나? 여기까지 왔는데 백두산에 올라가겠어?"

"가겠어요."

"산이 상당히 험하네."

"험해도 올라갈 거예요."

봉생은 장백 폭포 옆길을 살피면서 말했다. 애격은 죽기 전에 꼭 한 번 백두산에 올라가보고 싶다고 말했었다. 애격이 이루지 못한 소원을 봉생이 대신 이뤄주고 싶었다. 백두산 오르는 길은 거의 기어서 올라가야 할 정도로 험준했다. 게다가 산중턱에 이르자 비가 오기 시작했다.

"사람들에게 들으니 백두산은 일 년의 절반 이상 비가 온다고 하더군."

박 포수가 말했다. 봉생은 백두산에 오르면서 몇 번이나 뒹굴고 굴렀다. 비와 땀으로 온몸이 흠뻑 젖었다. 그러나 산 정상에 이르자 자신도 모르게 탄성을 내뱉으면서 눈물이 왈칵 쏟아졌다.

'여기가 백두산 천지구나.'

천지는 끝없이 넓고 자욱한 비안개에 잠겨 있었다. 하늘과 맞닿아 있는 드넓은 천지를 보자 가슴이 뭉클했다.

봉생은 천지에 내려가 물에 발을 담그고 손으로 물을 떠서 마셨다.

"나는 이제 죽어도 여한이 없다."

박 포수가 백두산을 내려오면서 중얼거렸다. 그러나 백두산을 오르는 것 못지않게 내려가는 것도 험난했다. 박 포수가 앞에서 내려가다가 미끄러지면서 까마득한 비탈로 구르다가 절벽에 매달렸다. 봉생이 달려가자 절벽 아래는 세찬 물줄기가 흐르고 있었다.

"의주에서 만나세. 통군정으로 오게."

박 포수가 절벽에 매달려 있다가 소리를 질렀다.

"조심하세요."

봉생은 크게 소리를 질렀다. 박 포수는 절벽을 올라올 수 없어서 거센 물줄기를 향해 뛰어내렸다.

"아."

봉생은 박 포수가 순식간에 물줄기에 휩쓸려 떠내려가는 것을 보고 절망했다. 장백 폭포로 내려갔다면 이런 위험에 처하지 않을 수도 있었으나 박 포수가 다른 길을 잡았던 것이다. 봉생은 박 포수가 급류에 휩쓸려 가더라도 살아 있기를 간절하게 빌었다. 아침 일찍 산에 올라갔는데도 내려오자 해가 기울었다.

'민가를 찾을 수 없구나.'

봉생은 백두산을 내려왔으나 깊은 골짜기였다. 해가 기울고 있었기 때문에 불을 피우고 노숙할 준비를 했다. 그러나 밤이 깊어지면서 빗줄기가 쏟아지기 시작했다. 쏟아지는 빗줄기와 어둠 때문에 불을 피우는 것이 용이하지 않았다.

'아아, 이제 어떻게 해야 한단 말인가.'

봉생은 숲 속에서 우두망찰하여 서 있었다. 그녀는 소낙비를 맞으며 추위와 굶주림에 떨었다. 숲 속이라 도저히 비를 피할 방법이 없었다.

'비 때문에 맹수나 산짐승은 나타나지 않지만 너무 춥구나.'

봉생은 바위에 웅크리고 앉아서 하늘을 쳐다보았다. 신세가 너무나 처량해 저절로 눈물이 흘러내렸다.

'하늘이 우리를 버리지 않으실 것이다.'

봉생은 커다란 상수리나무 밑으로 이동하여 앉았다. 비탈을 타고 흘러내리는 빗물 때문에 엉덩이가 완전히 젖었으나 서 있을 힘이 없었다. 이곳에서 죽으면 흙이 되거나 초목이 될 것이고 영혼은 바람이 되어 외로운 골짜기를 떠돌 것이다. 그렇게 생각하자 갑자기 슬픔이 밀려와 봉생은 꺼이꺼이 목을 놓아 울었다.

"서방님!"

빗속에서 울다가 소리를 지르기도 했다. 그러나 첩첩 산이 끝없이 펼쳐져 있는 장백 산맥이었다. 빗소리 때문에 아무 것도 들리지 않았다.

봉생은 팔배나무에 등을 기댄 채 우두커니 하늘을 바라보았다. 애격의 얼굴이 칠흑의 하늘 저 멀리로 가뭇하게 멀어졌다. 애격이 보고 싶었다. 애격의 따뜻한 품속이 사무치게 그리웠다. 애격의 품속에 머리를 묻고 엉엉 소리 내어 울고 싶었다.

애격과 혼례를 올리고 얼마 되지 않았을 때 봉생은 무서운 병에 걸렸다. 그해 가을에 사흘거리*가 한양까지 휩쓸었다. 봉생은 그때 사흘거리를 앓았는데, 거의 보름 동안을 혼수상태에 빠져 지내다시피 했다. 어느 때는 열이 높아 온몸을 덜덜 떨기도 하고, 어느 때는 이불을 모두 차내기도 했다. 온몸을 떨다가 의식을 잃는 일도 잦았다. 혼수상태에 빠지면 검은 갓을 쓰고 검은 옷을 입은 저승자자가 봉생을 데려가려고 했다. 봉생은 저승사자가 무서워 소리를 지르며 울었다. 그러다가 희미하게 눈을 뜨면 애격이 그녀를 가슴에 안고 있었다.

"이쁜아, 무서워하지 마라. 내가 옆에서 너를 지켜주마."

---

* 학질, 말라리아

애격은 울면서 봉생을 간호했다. 봉생은 고열로 신음하면서도 애격의 품속에 안겨 비로소 안도하곤 했다. 애격의 품속은 더할 수 없이 아늑하고 포근했다.

봉생은 애격 덕분에 살아났다.

비는 새벽녘에야 그쳤다. 물에 젖은 나무로는 불을 피울 수 없어서 봉생은 덜덜 떨어야 했다. 다행히 아침이 되자 비가 그치고 해가 떠올랐다. 골짜기에서 내려와 지친 몸을 이끌고 한나절을 걷자 움막한 채가 나타났다.

"산에서 비를 맞고 밤을 새웠다는 말이오? 허, 참! 고생이 많았소."

사십 대의 집주인이 조밥 한 그릇을 차려주면서 말했다. 봉생은 너무 시장했던 터라 허겁지겁 밥을 먹어치웠다. 좁쌀이 가득한 밥이었지만 꿀처럼 맛있었다.

봉생은 주인에게 사례를 한 뒤에 다시 방향도 모르면서 산속을 걸었다. 밤에는 잠을 자고 낮에만 산을 탔는데, 장맛비가 퍼부을 때는 걸을 수가 없었다. 무엇보다도 계속 먹지 못해 자칫하면 굶어 죽을 것 같았다.

봉생은 배를 움켜쥐고 몇 시간을 헤맨 끝에 간신히 마을을 찾았다. 집이 일고여덟 채밖에 되지 않는 화전 마을이었다. 봉생은 삽짝이 열린 집으로 들어가 주인을 불렀다. 그러자 문이 덜컹 열리고 노인이 맞이했다. 노인은 봉생과 이런저런 이야기를 나누더니 방으로 들어오게 하고 밥상을 차려주었다. 봉생이 돈을 주고 사례하려고 했으나 한사코 받지 않았다. 봉생은 저녁을 먹자 피로하여 곧바로 잠이 들었다. 그런데 밖에서 무슨 소리가 들려 눈을 뜨자 사내들이 웅성거리는 소리였다.

"눈이며 손을 보니 여자가 분명해. 그러니 밤이 깊어지면 방으로 들어가 일을 치러. 여자가 당하면 어떻게 하겠어? 그때는 내외로 같이 살겠지. 며느리가 죽어서 네가 십 년 동안 홀아비로 살았잖아? 눈 딱 감고 네 색시로 만들어라."

노인이 젊은 사내에게 충고하는 소리를 들은 봉생은 가슴이 철렁했다. 봉생은 슬그머니 뒷문을 열어보았다. 다행히 뒷문이 잠겨 있지 않았다. 봉생은 봇짐을 챙겨 들고 뒷문을 조심스럽게 열고 밖으로 나왔다. 뒷문 뒤에는 돌담이 있었다. 봉생이 돌담을 넘는데 무엇인가 떨어져 깨지는 소리가 들리고 개들이 요란하게 짖기 시작했다.

"계집이 달아난다."

"계집을 잡아라."

안마당에서 사내들이 소리를 질러댔다. 봉생은 혼비백산하여 산으로 줄달음을 쳤다. 사내들이 소리를 지르면서 달려왔으나 사방이 캄캄하게 어두웠고 금세 산속으로 숨어버렸기 때문에 잡히지 않았다.

'기가 막힌 일을 다 겪는구나.'

마을에서 멀리 벗어나자 눈물이 흘러내렸다. 봉생은 신발을 챙기지 못해 맨발로 걷고 있었다.

쫓는 자와 쫓기는 자

이지흌은 기운 없이 느릿느릿 걷고 있는 선합을 돌아보았다. 한 아이는 등에 업고 한 아이는 손을 잡고 떨어지지 않는 걸음을 억지로 떼어놓고 있었다. 지난 일 년 동안 선합은 눈만 뜨면 자갈밭에 나가 돌을 골라내어 밭을 일구었다. 그 밭을 버리고 떠나야 하니 기운이 나지 않을 터였다. 머리에는 세간까지 이고 있다. 얼굴은 우거지상이고 눈에서는 금방이라도 눈물을 쏟을 것 같았다. 선합의 남루한 모습을 보자 이지흌은 가슴이 짠해 왔다.

'이렇게 하여 어찌 살겠는가?'

죄를 지으면 발을 뻗고 잘 수 없다는 옛말이 맞았다. 이지흌은 하루도 편하게 잠을 잘 수 없었다. 앞으로 살아갈 일을 생각하자 막막했다.

"기운 내."

이지휼은 선합을 재촉했다. 그도 지게 하나 가득 살림살이를 지고 있어서 걸음을 떼어놓는 일이 쉽지 않았다.

"어디로 가는 거예요?"

선합은 불볕더위와 땀으로 얼굴이 벌겋게 익고 옷이 축축하게 젖어 있었다. 부령에서 산을 타고 남쪽으로 내려오는데 석 달이 걸렸다. 산이 험하기도 했으나 아이들 때문에 걸음이 더욱 느렸다.

"경상도."

"경상도라고 해서 우리가 살 만한 곳이 있겠어요?"

"아무려면 조선 천지에 우리 네 식구 살 만한 곳이 없을까?"

"의주에서 그냥 살자고 했더니……."

"봉생은 의주로 반드시 찾아올 거야."

이지휼은 선합이 가까이 오자 다시 걸음을 떼어놓기 시작했다. 문경새재에서 오십 리는 족히 떨어진 산골짜기였다. 산이 높고 골이 깊어 숯 장수나 옹기 장수도 들어오지 않는 곳이다. 길도 없는 숲을 걷고 또 걸어 무너져가는 움막을 찾아냈다. 그곳으로 선합과 아이들을 데려온 것이다. 방 안에는 먼지가 수북이 쌓여 있고 해골과 뼛조각이 그대로 뒹굴고 있었다.

'사람이 죽었는데도 그냥 둔 것은 일 년 내내 찾아오는 사람이 없기 때문이다.'

이지흅은 그렇게 생각하고 해골과 뼛조각을 수습하여 산에 묻었다. 부엌이며 방에 쌓인 먼지를 털어내고 마당의 잡초를 뽑았다.

"여기서 뭘 먹고 살아요?"

선합은 하루 종일 거적을 간 방 안에 누워 있다가 쓸쓸하게 물었다.

"걱정하지 마. 굶기지는 않을 테니까."

"산에 먹을 게 있어요? 입을 게 있어요?"

"산에는 없어도 산을 넘는 사람들에게는 있어."

"무슨 말이에요?"

"어차피 우리는 살인자야."

이지흅이 허공을 노려보면서 말했다. 그의 눈빛이 섬뜩했다. 이지흅은 이사를 온 뒤에 한 달에 몇 번씩 산을 내려갔다. 그리고 돌아올 때는 옷가지며 먹을거리를 가지고 왔다.

"어디서 구했어요?"

선합이 이지흅이 가지고 온 보따리를 살피면서 물었다. 그가 가지고 온 옷에는 양반가 부인네들이 입는 화사한 치마저고리도 있었다.

"그런 건 알아서 뭘해? 술이나 담가봐."

이지흅이 퉁명스럽게 말했다. 선합은 새 옷을 살피느라고 이지흅이 퉁명스럽게 말하는 것도 상관하지 않았다. 젊은 양반 부인네의 옷이었다. 이지흅은 그 옷을 보다가 한 여자를 떠올렸다. 무슨 사연이 있는지 여자가 종자 하나 거느리지 않고 산을 넘고 있었다. 인적이 없는 것을 확인한 이지흅은 아름드리 상수리나무 뒤에 숨어 있다가 칼을 들고 뛰어나갔다.

"에구머니."

여자가 비명을 지르면서 나동그라졌다.

"소리 지르면 죽인다."

이지흉은 여자의 얼굴에 칼을 들이대고 숲 속으로 끌고 들어갔다. 다짜고짜 여자를 풀숲에 눕힌 뒤에 달려들었다. 여자를 범하는 것은 관에 신고를 못 하게 하기 위해서였다. 그런데 처음에는 저항하는 시늉을 하던 여자가 나중에는 그의 목에 매달려 허우적거렸다.

"보따리를 가져가시고 목숨은 해치지 마세요."

여자가 간절하게 빌었다. 이지흉은 여자의 손가락에 끼여 있는 금반지와 머리의 금비녀 그리고 보따리를 챙겨 돌아온 것이다. 여자를 굳이 살해하지는 않았다. 보따리 안에는 남녀와 아이들의 옷 그리고 엽전까지 오십 냥이 들어 있었다.

"어때요? 나 예뻐요?"

선합이 옷을 갈아입고 태를 뽐냈다. 확실히 청색의 비단 저고리와 남색 치마를 입은 선합은 눈이 부시게 예뻤다.

"예뻐. 과연 옷이 날개네."

"아이, 좋아."

선합이 기분이 좋아 이지흉을 와락 끌어안았다.

'그 여자는 냄새도 좋았는데……'

이지흉은 선합을 방바닥으로 쓰러트리면서 그렇게 생각했다. 새재에서 도적질을 하면서 죽인 사내와 여자도 있었다. 사내는 달려들까 봐 겁이 나서 죽였고, 여자는 반항을 했기 때문에 죽였다. 그런 자들은 새재가 있는 주흘산主屹山의 골짜기에 버렸다.

선합은 술을 담가서 이지휼에게 주었다. 산속에서 살면서 할 일이 없을 때는 가재를 잡고 더덕이며 도라지를 캤다. 그렇게 산에서 몇 달 지냈을 때 이지휼이 피투성이가 되어 돌아왔다.

"무슨 일이에요? 왜 이렇게 다쳤어요?"

선합이 놀라서 물었다.

"놈이 무예를 잘하는 놈이었어. 하마터면 비명에 죽을 뻔했네."

이지휼이 눈에서 살기를 번뜩이면서 말했다. 새재에서 산적 짓을 했구나. 선합은 그 순간 이지휼이 집을 나가서 무엇을 하는지 눈치챘다.

"이젠 혼자 가지 마요."

"어떻게 하게?"

"내가 같이 가서 남자들에게 술을 팔게요. 남자들이 취하면 그때 나서요."

"당신이 할 수 있겠어?"

"당신 혼자서 하다가는 죽을지 몰라요."

이지휼은 선합을 끌어들이고 싶지는 않았다. 그러나 혼자서 산적질을 할 때보다 나았다. 선합이 새재에서 술을 팔고 있으면 산을 넘는 사람들이 힘들기 때문에 술을 사서 마시고는 했다. 이지휼은 그들이 술에 취해 있을 때 칼을 들고 나타나 돈과 재물을 빼앗았다. 그러나 그 짓도 오래 할 수는 없었다. 산을 넘는 사람들이 도적을 당했다고 관에 신고하는 바람에 몇 달 동안 골짜기를 나갈 수가 없었다. 관에서 포졸과 장정 들을 동원하여 새재 일대를 수색한 것이다.

"이젠 어떻게 해요?"

선합이 낙엽이 깔린 숲에 앉아서 물었다. 주흘산 골짜기에는 가을이 깊었고 바람 소리가 음산했다.

"몇 달은 먹을 게 있으니까 천천히 생각해보자구."

"강원도로 갈까요?"

"봄 되면 생각해보자니까. 아기도 낳아야 하잖아?"

선합은 또 임신을 하고 있었다. 겨울에는 해가 짧고 새재를 넘는 사람들도 거의 없으니 겨울을 날 때까지는 산속에서 칩거해야 했다. 오히려 다가오는 겨울을 위해 땔나무를 마련하고 벽에도 추위를 견디기 위해 흙을 쌓아야 했다.

"내년에 아버지 산소에나 갈까?"

이지흘이 선합의 어깨를 안으면서 말했다. 선합이 이지흘의 가슴에 얼굴을 묻으면서 고개를 끄덕거렸다.


봉생은 타박타박 걸음을 떼어놓았다. 의주에서 평양을 거쳐 개경을 지나 제기현에 올랐다. 제기현에 오르자 도성의 성곽이 한눈에 보였다. 그동안 일 년 가까운 시간이 흘러갔다. 의주에서는 박 포수를 만날 수 없었다. 의주에서 두 달 정도 지내면서 만상들을 만나고 박 포수를 기다렸다. 그러나 박 포수는 끝내 오지 않았다.

'설마 급류에 떠내려가 죽은 것은 아니겠지?'

봉생은 박포수를 생각하자 쓸쓸했다. 그 덕분에 종성에서부터 백두산까지 오를 수 있었다. 다행히 만상들을 만나 이지흘의 동선을 확인할 수 있었다. 이지흘은 몇 달 전에 의주에서 살았었다. 그러나 무엇 때문인지 일가를 데리고 야반도주를 했다.

'이지흘은 왜 갑자기 의주를 떠난 것일까?'

봉생은 이지흘의 속내를 짐작할 수 없었다. 그러다가 만상의 여러 상인들에게 물어 이지흘이 보부상을 할 때 경상도 상주, 대구, 충청도 내포, 전라도 강진을 자주 다녔다는 사실을 알게 되었다.

한양으로 가면 경상도 상주 지방을 찾아볼 작정이었다.

'십 년, 이십 년이 걸리더라도 반드시 찾을 것이다.'

봉생은 제기현을 내려오면서 생각에 잠겼다. 부령을 거쳐 의주를 지나 한양으로 오는 데 일 년이 걸렸다. 그동안 애격의 무덤을 돌볼 수 없었다. 멀리 흥인문이 보였다. 봉생은 한참을 걷다가 길섶에 앉았다.

'옥갑에 들어 있는 것이 백지 서약서였다니……'

봉생은 처음에 옥갑 속에 무엇이 들어있는지 알지 못했다. 시구문 밖 수운사로 올라가는 골짜기에서 고문을 당하고 살해당한 여자가 귀덕이라는 것도 나중에야 알았다. 포도청에서 궁녀 귀덕을 그렇게 찾아 헤맸는데 시체로 발견된 여자가 귀덕이었던 것이다.

효종은 액정별감 이철기에게 옥갑을 찾아오라는 명을 내렸다. 이철기는 유광표의 집에 침입하여 옥갑을 훔치는 데 성공했으나 부모가 유광표에게 인질로 잡혀 있는 바람에 효종에게 가져오지 않았다. 이에 효종이 궁녀 귀덕을 대궐 밖으로 내보내 이철기에게 접근하게 했다. 귀덕은 이철기를 조사하면서 그에게 몸까지 허락했고 임신을 하게 되었다. 유광표의 좌당은 이철기를 추격하다가 귀덕을 알게 되었고, 귀덕이 옥갑을 갖고 있다는 사실을 알게 되었다. 그리고 그들은 수운사로 올라가는 골짜기에서 귀덕에게 옥갑의 행방을 추궁하다가 좌포도청 관노 덕보에게 발각되었던 것이다.

봉생은 도성으로 돌아오자 만감이 교차했다. 좌포도청을 지나는데 눈시울이 시큰해왔다. 봉생은 제사 지낼 음식을 사가지고 만리재로 올라갔다. 애격의 무덤에는 잡초가 무성했다. 애격의 제사 음식을 차리고 향을 피웠다. 푸른 연기가 무덤 주위로 자욱하게 피어올랐다. 봉생은 술을 따르고 절을 한 뒤에 무덤 앞에 앉았다.

오랜만에 애격의 무덤을 찾아온 때문인지 편안하고 아늑했다. 애격이 무덤 속에서 나와 그녀를 안아주는 것 같았다.

'내일은 경상도 상주로 간다.'

상주에는 이지흉과 보부상을 힘께 다니던 이근삼이라는 자가 객주를 열고 있었다. 그 객주에 가면 이지흉의 소식을 들을 수 있을 것이었다.

봉생은 무덤에 앉아 멀리 한강을 내려다보았다. 청파동의 들판 너머 서해로 흐르는 한강이 한눈에 내려다보였다.

봉생은 애격의 무덤 앞에서 잠을 잤다. 노숙을 자주 했기 때문에 무덤 앞에서 잠을 자는 것이 어렵지 않았다.

'아.'

새벽이 되자 빗방울이 뿌리기 시작하여 봉생은 잠에서 깨어났다. 아직 날이 밝지 않았으나 봉생은 상주로 가기 위해 만리재를 내려가기 시작했다. 그러나 빗방울이 점점 굵어지고 애격의 무덤을 떠나서 걸음이 떨어지지 않아 민가의 처마 밑에서 비를 피하기 위해 멈추었다. 날이 점점 밝아왔다. 빗발은 점점 굵어져 쏴아 소리를 내고 들판을 하얗게 물들이면서 쏟아지고 있었다.

봉생은 날이 번하게 밝아오기 시작하자 만리재를 바라보았다. 세찬 비바람 속에 소나무가 꿋꿋하게 서 있었다.

빗줄기가 가늘어져 마포 나루를 향해 가려고 할 때 말을 타고 달려오는 사내가 보였다.

"박 포수님."

봉생은 자신의 눈을 의심하면서 앞으로 나갔다. 봉생을 발견한 박 포수가 말을 멈추고 뛰어내렸다.

"어제가 죽은 지아비의 생일이라고 하더니 과연 찾아왔구나."

박 포수가 반색을 하면서 말했다.

"박 포수님께서 그것을 어찌 아십니까?"

"나는 동궁전 호위무사로 이름은 박인수다. 실은 왕세자 저하의 밀명으로 너를 그림자처럼 따라다니면서 보호해왔다. 부득이 백두산에서 헤어지기는 했으나……."

박인수의 말에 봉생은 고개를 절레절레 흔들었다. 봉생은 왕세자 이연의 깊은 마음을 느꼈다. 자신도 모르게 눈물이 핑 돌았다.

"저하를 뵙지 않으려느냐?"

"제가 무슨 자격으로 저하를 뵙겠습니까?"

"상주로 가느냐?"

"예."

"먼저 가거라. 내 곧 뒤따라가마."

"예."

봉생은 박인수에게 공손하게 인사를 하고 마포 나루를 향해 걸음을 떼어놓았다. 마포 나루에서 비가 그치기를 기다려 배를 타고 목계 나루로 간 뒤에 목계 나루에서 수안보로 갔다. 수안보에는 새재를 넘어 상주로 가는 길이 있었다. 그러나 그녀가 수안보에 이르렀을 때 많은 포졸들이 보였다. 사람들에게 묻자 새재에서 시체가 다섯 구나 발견되어 충주와 상주, 문경의 포졸들이 마을 장정들까지 동원하여 그 일대를 샅샅이 수색하는 중이라고 했다.

'새재에 산적이 출몰하는구나.'

봉생은 새재를 넘어 상주로 갔다. 상주의 객주 이근삼을 찾아가 이지흌의 소식을 탐문했다. 이근삼은 처음에 봉생을 경계하면서 이지흌에 대한 이야기를 하려고 하지 않았다. 그러나 봉생이 산적 노릇을 하고 있는 것이 아니냐고 다그치자 얼굴이 하얗게 변해 이지흌이 금반지며 팔찌, 비녀 같은 패물을 가지고 와서 식량과 바꾸어갔다고 했다.

'이지흌이 주흘산에 있다.'

봉생은 가슴이 세차게 뛰는 것을 느꼈다. 충주와 상주, 문경의 포졸 삼백 명, 장정들 일천 명을 동원하여 대대적으로 수색에 나섰다. 수색대가 이지흌의 움막을 찾아낸 것은 닷새 만의 일이었다. 주흘산의 깊은 골짜기에 움막이 하나 있었으나 사람들은 이미 떠나고 빈집이었다.

'옷가지를 버리고 갔구나.'

봉생은 움막의 방에 버려져 있는 헌옷 들 중에서 선합이 입고 간 저고리를 찾을 수 있었다. 옷소매를 살피자 왕세자 이연이 그토록 찾던 서약서가 있었다. 서약서는 옷을 빠는 바람에 꾸깃꾸깃해졌으나 기름을 먹인 종이라 원형이 그대로 보존되어 있었다.

'이것 때문에 얼마나 많은 사람이 죽었는가?'

봉생은 서약서를 보자 통곡을 하고 울었다. 이 서약서 때문에 애격이 죽었다고 생각하자 너무나 원통했다.

요
동
으
로
달
려
가
려
는
사
람
들 ·

이연은 남인의 영수 허적을 가만히 쏘아보았다. 허적은 우당 계열이고 좌당인 유광표와 맞서고 있다. 허적의 학문은 이미 유림에서 널리 알려져 오정창과 함께 장차 남인을 이끌어갈 재목으로 꼽히고 있었다. 인조 11년에 사마시에 급제한 뒤에 순탄한 벼슬길을 계속해 호조판서와 형조판서를 역임했다.

"북벌을 어찌할 것인지 소상하게 고해 올리시오."

이연이 허적에게 영을 내렸다. 너도 북벌을 주장하여 조정을 온통 명분에 휩싸이게 하겠느냐는 뜻이다.

"신은 유광표와는 뜻을 달리하고 있습니다."

유광표는 강경한 북벌론자다. 그와 뜻을 같이하지 않는다는 것은 북벌을 반대한다는 의미다. 이연은 그의 진의를 헤아리기 위해 눈을 살핀다. 최근에 이연은 인조반정을 일으킨 서인들보다 그 이후에 조정에 등장한 대신들을 살피고 있다. 이연이 소상하게 말하라고 했으나 허적은 간략하게 대답을 한 것이다. 이연은 오히려 그런 허적이 믿음직스러웠다.

"좌당이 북벌론을 꺾지 않는데 어떻게 하는 것이 좋겠소?"

"새로운 논쟁을 불러일으키면 될 것입니다."

"새로운 논쟁?"

이연이 의아한 표정으로 허적을 살폈다.

"전하께서 즉위하신 지 어느덧 십 년이 되었습니다. 나라의 치욕을 갚는 것은 수십 년이 지나도 당연히 해야 할 일이나 국력을 신장시키지 않고는 불가합니다. 요동으로 가려는 자들은 명분만 내세우고 있습니다."

"새로운 논쟁이란 무엇을 말하는 것이오?"

"때가 되면 새로운 논쟁을 일으켜 좌당을 몰아내야 합니다. 허나 지금은 때가 아닙니다."

허적에게는 깊은 생각이 있는 것 같았다.

"내가 경의 말을 유념하겠소."

이연의 얼굴이 비로소 밝아졌다. 허적이 얼굴에도 의미심장한 미소가 떠올랐다가 사라졌다.

"신 물러가옵니다."

허적이 절을 올리고 물러갔다. 이연은 허적의 뒷모습을 우두커니 응시하다가 봉생의 얼굴을 떠올렸다.

'봉생은 어떻게 하고 있을까?'

남편을 죽인 살인자를 찾아 전국을 돌아다니고 있을 그녀를 생각하자 가슴이 무거웠다. 그녀는 애격이라는 남자를 그토록 사랑한 것일까. 그 사랑이 자신을 향한 것이 아니라고 생각하자 허전하고 쓸쓸했다.

'용모도 아름답고 절개도 있다.'

이연은 이상하게 봉생이 보고 싶었다. 책을 읽으려고 하면 책장 사이로 그녀의 하얀 얼굴이 떠올랐다.

누이는 동쪽 세상 밖에 살고

나는 서쪽 춘방에 사는데

원하노니 한 쌍의 원앙 되어

좋은 나무 아래 함께 노닐기를 바라네

姐居世外東

我住春坊西

願爲雙鴛鴦

同遊珠樹下

이연이 봉생을 생각하면서 지은 시였다. 그러나 만날 길이 아득하여 부질없는 생각이 되고 있었다.

"전하께서는 어디에 계시느냐?"

이연이 동궁전 내시 조생에게 물었다.

"대조전에 계시옵니다."

"종기는 좀 어떠하시더냐?"

효종은 지난 달 27일 귀밑에 조그만 종기가 하나 생겼는데 며칠 되지 않아 얼굴에 부기까지 있었다.

"대수롭지 않은 듯하나 부기가 가라앉지 않으십니다."

조생이 머리를 조아려 대답했다. 조생은 나이가 서른이 넘었는데 도 목소리가 계집아이들처럼 여리다. 이연은 효종의 종기가 불안했 다. 도제조에 원두표, 제조에 홍명하, 부제조에 조형을 임명하고 내 의들과 함께 종기를 치료하게 했다. 내의들은 대수롭지 않다면서 탕 약을 올리고 축농고促膿膏를 붙였으나 모두 효험이 없었다.

"부기가 날로 심해지는데도 의원들은 대수롭지 않게 여기고 있다. 경들은 대수롭지 않게 여기지 말라."

효종이 약방제조들에게 명을 내렸다. 효종도 종기가 불안했던 것 이다. 5월 초하루에 침을 맞고 3일에 또 눈언저리에 침을 맞고, 4일 에 다시 종기 난 곳에 침을 맞았다. 이때 동지同知 신가귀申可貴를 불러 침을 놓게 했다. 신가귀는 무인이었으나 침술로도 명성을 떨치고 있 었다. 지난해 효종이 말에서 떨어져 볼기에 종기를 앓았을 때 신가 귀에게 침을 놓게 하여서 효과를 본 일이 있었다. 그리하여 병중에 있던 신가귀를 불러 침을 놓게 한 것이다.

'신가귀는 수전증을 앓고 있다고 했는데……'

이연은 신가귀가 침을 놓는다고 하자 안심이 되지 않았다. 무엇인가 불길한 일이 닥쳐오고 있는 듯한 기분이었다. 이연은 동궁전에서 나와 동문을 향해 걷기 시작했다. 호위무사인 김재순이 뒤를 따르고 내시와 궁녀 들이 따랐다.

"너희들은 따르지 말라."

이연은 내시와 궁녀 들에게 지시했다. 내시와 궁녀 들이 머리를 조아리고 물러갔다. 이연은 묵묵히 걸음을 떼어놓았다. 김재순이 그림자처럼 이연의 뒤를 따랐다.

"유광표의 동정은 파악하고 있는가?"

"예. 며칠 전부터 좌당이 부산하게 움직이고 있습니다."

김재순이 머리를 조아렸다. 이연은 가슴이 덜컥 내려앉는 것 같았다. 그들이 움직이고 있다는 것은 음모가 시작되었다는 사실을 의미하는 것이다.

"그들이 움직이는 것은 전하의 신상이 위험해진다는 의미다. 내금위에 명을 내려 호위에 각별히 주의하게 하라."

"예."

김재순이 내금위장에게 이연의 명을 전하기 위해 물러갔다. 이연은 동궁전으로 돌아와 변복을 하고 미행할 준비를 했다.

"저하."

김재순이 놀라서 이연을 쳐다보았다.

"어영대장 이완의 집으로 가자."

"저하, 이완 대장은 북벌론자입니다."

"그가 군권을 장악하고 있다."

이연은 김재순을 거느리고 대궐을 빠져나왔다. 대궐의 문을 나오자 집집마다 불이 켜져 있는 민가들이 보였다. 거리는 지극히 평화롭고 조용했다. 이연은 고래 등 같은 기와집들이 즐비한 안국방을 지나 사직동 이완의 집에 이르렀다. 이완은 밤이 늦어 집에 있었다. 이연이 나타나자 황급히 대문까지 나와서 맞이했다.

"세자 저하, 밤중에 어인 일이십니까?"

이완이 머리를 깊숙이 조아렸다. 이연은 이완을 날카로운 눈빛으로 쏘아보았다. 그는 전형적인 무인답게 체구가 건장하고 눈빛이 강렬했다.

"그대의 충심을 알아보려고 왔다."

"저하, 무슨 말씀이십니까?"

"그대는 나에게 충성을 바칠 것인가?"

"저하는 국본이십니다. 어찌 충성을 바치지 않겠습니까?"

"그렇다면 군사를 소집하여 대기하라."

"그것은 왕명이 있어야……."

이완이 고개를 들고 이연을 쳐다보았다. 이연의 눈빛이 찌르듯이 날카로웠다.

"왕세자는 유사시에 왕명을 대리한다. 역당들을 처단할 것이다."

"저하……."

"무슨 말을 하고자 하는가? 그대가 충신이 되는가 역당이 되는가는 오늘의 선택에 달려 있다."

"신이 어찌 역당이 될 수 있겠습니까? 저하의 명에 복종할 것입니다."

이완이 재빨리 무릎을 꿇고 머리를 조아렸다.


인영대군 한의 얼굴이 딱딱하게 굳어졌다. 그는 재빨리 주위를 둘러보았다. 그러나 삼청동 골짜기에 있는 그의 집이었다. 그의 집은 인적 없이 조용했다. 좌당의 유광표가 승지 장유일을 거느리고 찾아왔을 때 깜짝 놀라기는 했으나 이와 같은 말을 하리라고는 전혀 예상하지 못했다.

이한은 철저한 북벌론자였다. 그는 친청 정책을 추진하던 소현세자가 죽는 것을 보았다. 그에게 첫째 형님인 이왕汪은 온화한 성격이었으나 조선 왕실의 후계자로서 소현세자는 친정 정책을 추진하다가 일가족이 몰살당했다.

"이는 반정이 아니오?"

이한이 몸을 부르르 떨면서 유광표를 쏘아보았다.

"반정이라니요? 선대왕의 유언이시자 주상의 뜻이십니다."

"믿을 수가 없소."

"소인을 믿으셔야 합니다. 유광표는 헛된 말을 하는 자가 아닙니다."

"아무리 북벌이 중요하다고 하더라도……."

"그럼 소인은 물러가겠습니다."

유광표는 이한에게 절을 올리고 사랑에서 나왔다.

이한은 사랑에서 나가자 무거운 한숨을 내쉬었다. 유광표는 선왕
의 유지라는 명목으로 왕세자를 폐위시키고 그를 왕세자로 옹립하
려고 하고 있었다.

'일이 실패하면 가족이 몰살을 당한다.'

이한은 오한이 엄습하는 것처럼 몸이 떨리는 것을 느꼈다. 유광표
는 이미 내금위를 장악하고 있었다. 세자를 폐위시키고 옹립하는 것
은 대궐에서 이루어지니 내금위를 장악하면 대비들을 협박하는 것
도 어려운 일이 아니다. 게다가 선대왕의 유조에 금상의 유지라면
누가 거역을 하겠는가.

서약서를 보았다. 그 서약서에는 너무나 무서운 내용이 담겨 있
었다.

'북벌은 조선인이라면 누구나 추진해야 한다.'

이한은 눈을 부릅떴다. 조선 강토를 짓밟은 청나라였다. 병자호란
때 수십만 명의 사람들이 죽고 포로로 끌려갔다. 대신들이며 백성들
의 아낙네들 중 청나라 군사들에게 짓밟히지 않은 여인네들이 얼마
나 되겠는가.

'우리의 꿈은 요동 정벌이다.'

이한은 허공을 노려보면서 주먹을 움켜쥐었다.

'북벌은 우리가 다 죽어도 추진해야 한다.'

인영대군 이한의 집에서 나온 유광표는 마음속으로 굳게 다짐했다. 사방이 캄캄하게 어두웠으나 종자들이 등롱을 밝혀 들고 앞에 섰다. 하늘에는 별이 총총했다. 유광표는 안국방 방향으로 걸음을 재촉하다가 회현방으로 길을 돌렸다.

"어디로 행차하십니까?"

장유일이 뒤를 따라오면서 낮은 목소리로 물었다.

"의원 신가귀에게 간다."

"신가귀에게요?"

"자세한 내막은 알 필요가 없다. 신가귀의 일가를 모조리 잡아들였느냐?"

"예, 명을 받고 장정들을 시켜 제기현의 외딴집에 감금해놓고 있습니다."

장유일이 머리를 조아렸다. 유광표는 묵묵히 고개를 끄덕거렸다. 효종은 표면적으로 북벌을 추진하고 있을 뿐 실제적으로는 반대하고 있다. 십 년 동안이나 북벌을 기다렸으나 이제는 더 이상 기다릴 수 없었다.

효종은 조귀인의 옥사를 빌미로 친청파를 대대적으로 파직했다. 이어 인조 때부터 친명반청파인 김상헌, 김집, 송시열, 송준길을 등용하여 은밀하게 북벌계획을 추진했다. 그러나 역관들인 정명수와 이형장이 청나라에 밀고해 수포로 돌아갔다.

효종은 섭정왕 다이곤多爾袞이 죽고 조귀인 등을 제거한 뒤에야 북벌파인 이완, 유혁연, 원두표 등을 중용해 군비를 확충하기 시작했다. 그는 어영청 군사를 이만, 훈련도감 군사를 일만으로 확충하려고 했으나 재정이 부족하다는 이유로 포기했다.

'군사를 일으킬 때는 재정이 반드시 필요하다. 그런데 재정이 부족하다고 군사를 대대적으로 확충하지 않는 것은 북벌을 포기한 것이다.'

유광표는 거사를 해야 한다고 생각하자 긴장되었다. 지금쯤은 십만 명의 군사를 이끌고 요동으로 가야 했다. 대고구려의 기상이 없는 효종이 실망스러웠다. 그런 임금에게는 충성을 바칠 필요가 없다고 하루에도 몇 번씩 되뇌고는 했다.

이내 회현방 신가귀의 집에 이르렀다.

"여기서 기다리라."

유광표가 장유일에게 명을 내리고 신가귀의 집으로 들어갔다. 장유일은 보초라도 서듯이 신가귀의 집 앞에 우두커니 서 있었다. 그는 유광표가 추진하는 일이 두려웠다. 북벌을 해야 하는 것은 당연한 일이라고 생각했으나 임금을 배신하는 일이 괴로웠다. 유광표가 신가귀의 집에서 나온 것은 한 식경이 지났을 때였다. 유광표는 하늘을 우두커니 쳐다보다가 집으로 걸음을 떼어놓았다. 장유일은 유광표의 뒤를 따라 걸었다. 멀리서 장사들이 그를 호위했다. 그의 사랑채에는 이미 많은 대신들이 몰려와 웅성거리고 있었다.

"이것을 보시오."

유광표는 자리에 앉자 품속에서 기름종이 한 장을 꺼내서 대신들 앞으로 던졌다.

"이것이 무엇입니까?"

내금위장 김성일이 의아하여 물었다.

"보시오."

유광표가 얼음 가루가 날릴 것 같은 싸늘한 눈빛으로 김성일을 쏘아보았다. 김성일이 떨리는 손으로 종이를 펴서 읽고 대신들이 차례로 보았다.

"대감……."

정치달의 얼굴이 하얗게 변했다. 대신들의 얼굴도 벼락을 맞은 듯이 사색이 되었다. 그들은 유광표가 꺼내놓은 기름종이를 넋을 잃은 듯이 들여다보고 있었다. 왕세자 이연을 폐위하고 왕제인 인영대군 한을 세제로 책봉한다는 교서였다. 아, 언제 임금이 그와 같은 교서를 내렸는가. 교서의 끝에는 효종의 이름인 호자가 선명하게 씌어 있었고 수결까지 찍혀 있었다.

"전하께서 세자로 책봉되기 직전에 쓰신 것이오."

유광표의 눈빛은 얼음이라도 녹일 듯이 강렬했다.

"그럼 선대왕 때?"

정치달이 반신반의하는 표정으로 물었다. 선대왕은 인조를 말하는 것이다.

"그렇소. 전하께서 대군으로 계실 때 선대왕께서 왕세자로 책봉하시면서 받은 서약서요. 전하는 반드시 북벌을 하고 전하의 아드님 또한 북벌을 해야만 세자로 책봉하고, 북벌을 하지 않을 것 같으면 폐세자를 하고 다른 왕자를 세자로 세운다는 내용이오."

"어찌 이런 서약서를 받을 수 있습니까? 납득할 수 없는 일입니다."

"어찌 신하가 대군에게 이런 서약서를 받겠소? 그대들은 내가 역당이라도 되는지 아시오?"

유광표의 눈에서 불이 뿜어졌다.

"이는 선대왕께서 금상에게 받은 것이오."

유광표의 말에 대신들의 눈이 더욱 커졌다. 인조는 삼전도에서 청 태종에게 치욕을 당했으니 북벌이 뼈에 사무쳤을 것이다.

"북벌을 주장하는 자가 역당인가? 북벌을 반대하는 자가 역당인가?"

유광표의 목소리가 방 안을 쩌렁쩌렁 울렸다.

"허면 기어이 폐세자를 할 계획입니까?"

"세자는 북벌을 반대하고 있소."

장유일은 유광표의 말에 전신이 팽팽하게 긴장되는 것을 느꼈다. 유광표가 드디어 칼을 뽑으려고 하는구나. 효종이 위중한데 왕세자를 폐위시키는 것은 국왕을 바꾸려는 것이다. 장유일은 소름이 오싹 끼쳤다.

좌당이 유광표의 사랑에서 폐세자 음모를 꾸민 다음 날. 왕세자 이연은 문안을 드리러 가지 않고 책을 읽었다. 그때 대전 내시가 황급히 달려와 신가귀가 침을 놓았는데 혈맥을 범해 처음에는 농즙이 한 숟가락 정도 나오더니 검붉은 피가 계속해 샘솟듯이 쏟아져 나온다고 고했다. 이연은 깜짝 놀라 황급히 대전으로 달려갔다.

"어찌되었느냐?"

이연은 내의들에게 물었다.

"혈갈血竭과 괴화槐花 등의 약을 썼으나 피가 그치지 않습니다."

내의들이 당황하여 아뢰었다. 이연이 대조전으로 들어가자 효종은 기도가 막혀 인선왕후 장씨가 황망하여 죽력竹瀝과 청심원淸心元을 드리라고 재촉하고 있었다.

'일이 다급하게 되었구나.'

이연은 불길한 예감이 뒤통수를 엄습하는 것을 느꼈다. 효종의 용안을 살피자 낯빛이 핏기가 없이 창백했다.

"아버님, 정신을 차리십시오. 소자의 말이 들리십니까?"

이연은 목이 메어 소리를 질렀다. 효종은 가쁜 숨을 몰아쉬면서 그의 얼굴을 바라보고 있었다. 할 말이 있는 듯했으나 기운이 쇠진하여 입을 열지 못했다.

'아아, 어찌 이리 급하게 기후가 나빠지시는가?'

이연은 정신을 바짝 차려야 한다고 생각했다. 이연의 어머니이자 효종의 왕비인 인선왕후는 눈물을 흘리면서 어쩔 줄을 몰랐다.

내의원과 약방제조를 비롯하여 여러 승지들이 황급히 달려와 대조전 뜰아래 이르렀다. 그들은 다급하게 효종의 환후를 물었다.

"미음과 독삼탕獨參湯을 조금 드셨습니다."

신가귀가 승지들에게 말했다. 이연은 효종의 침상을 지켰다. 그는 효종의 병세가 급격하게 나빠지고 있는 듯해 가슴이 터질 것 같았다. 그때 효종이 희미하게 눈을 떴다.

"아바마마……."

이연이 재빨리 효종의 손을 잡았다.

"놀라지 마라. 나는 아무렇지도 않다."

효종이 억지로 웃으면서 말했다. 효종은 내의와 내시, 궁녀 들을 밖으로 나가게 했다. 효종의 침방에는 왕세자 이연과 인선왕후 장씨만이 남았다.

"아들아."

효종이 이연을 불렀다.

"아바마마……."

"나는 북벌론자다. 내 꿈은 북벌을 하는 것이었다. 군사를 양성하기 위해서는 재정을 확충해야 하는데 대신들은 언제나 이를 반대했다. 재정 없이 어떻게 군대를 양성하느냐? 십 년 동안 준비를 했으면 십만 대군을 양성하고도 남았어야 한다. 십만 대군으로 북벌을 할 수 있을 것 같으냐? 나는 청나라에 인질로 잡혀 있으면서 형님 소현세자를 보호했다. 청나라가 명나라 산해관을 공격할 때 형님을 데리고 가려는 것을 반대하고 내가 따라갔다. 서역을 공격할 때는 형님과 함께 출정했는데 내가 보호하였다. 나는 청나라에서 인질 노릇을 하면서 전쟁터마다 끌려다녔다. 서쪽으로는 몽고, 남쪽으로는 산해관, 금주위, 송산보松山堡까지 가서 명나라가 멸망하는 것을 지켜보았다. 청나라 군대를 십만 군대로 이길 것 같으냐? 어리석은 짓이다. 십만으로는 어림도 없는데 그조차도 양성하지 못하면서 어찌 북벌을 주장한다는 말이냐?"

"아바마마."

"너는 헛된 명분으로 나라를 망하게 하지 마라."

"아바마마의 말씀 명심하겠습니다."

이연은 저절로 눈물이 흘러내렸다. 효종의 기운 없는 눈이 인선왕후에게 향했다.

"중전……."

"전하."

"심양에서 얼마나 많은 고생을 하였소? 내가 전쟁터로 떠날 때마다 눈물을 흘리던 중전의 모습을 잊을 수가 없소."

"망극하신 말씀입니다. 속히 쾌차하소서."

인선왕후가 효종의 손을 잡고 울음을 터트렸다. 효종은 편안한 듯 지그시 눈을 감았다. 그러나 불과 한 시진도 되지 않아 호흡이 가빠지면서 의식을 잃었다. 황급히 내의와 내시 들을 불러들였다. 내의들의 얼굴에 당황한 빛이 역력하게 나타났다.

"상의 환후가 매우 위급하십니다."

내시가 당황하여 내의 제조의 입시를 재촉하여 승지와 사관이 따라 들어갔다. 왕세자 이연이 영의정 정태화, 이조 판서 송시열을 불렀다.

"급히 들라. 장차 고명顧命이 있을 것 같다."

대전은 긴박하게 움직이기 시작했다. 정태화와 송시열이 황급히 대조전으로 들었다. 좌의정 심지원, 우참찬 송준길이 뒤따라 들었다. 그러나 그들이 들었을 때 효종은 침상에 누워 동쪽으로 머리를 두고 흰 명주의 겹옷으로 머리를 덮고 있었으나 이미 말을 하지 못했다. 좌우 협실에서 통곡하는 소리가 밖에까지 들려 금지하려고 하였으나 소용없었다. 왕세자 이연은 침상 아래에서 가슴을 치며 통곡했다. 내시들이 옆에서 부축하여 밖으로 나왔다.

효종이 승하한 것이다. 밖에는 장대 같은 빗줄기가 쏟아지고 있었다.

1659년 5월 4일의 일이었다.


내관이 대조전 용마루에 올라가 고복을 하기 시작했다. 고복은 세상을 떠난 영혼을 부르는 초혼 의식이다. 세 번을 불러 돌아오지 않으면 영혼이 육신을 완전히 떠났다고 생각하고 상례를 시작한다.

내관은 빗속에서 용마루에 올라가 고복을 하고 있다.

'먼 길 가시는데 비까지 오는가?'

유광표는 빗속에서 고복을 하는 내관을 처마 밑에서 우두커니 바라보았다.

효종은 젊은 나이에 승하했다. 당년 사십일 세였고 재위 11년이었다. 소현세자와 함께 심양으로 인질이 되어 끌려갔다가 팔 년 만에 돌아온 뒤에 소현세자가 죽으면서 왕세자가 되었다가 조선의 왕이 되었다.

'십 년을 걸리고도 북벌을 하지 못하다니……'

유광표는 효종에게 실망했다. 십 년 동안 북벌을 추진하겠다고 했으나 아무것도 이루지 못했다. 조선을 개국한 정도전은 십 년 기한으로 요동정벌을 계획했었다. 일 년에 국가 예산 삼 할을 절약하여 삼 년이 되면 일 년 치의 군사비를 준비하고, 십 년이 되면 삼 년 치의 군사비를 준비하여 요동을 정벌한다는 원대한 계획을 세우고 군사훈련에 박차를 가했다. 군사훈련에 태만한 장수는 가차 없이 징벌을 가했으나 이방원이 왕자의 난을 일으키는 바람에 비극적인 죽음을 맞이했다. 북벌을 하려면 정도전과 같은 확실한 계획을 세워야 하는 것이다.

"대감."

승지 장유일이 뒤에 와서 머리를 조아렸다.

"전하께서 승하하셨으니 세자가 즉위를 해야 하지 않습니까?"

"세자를 즉위시킬 수 없다."

"대감……"

"우리에게 서약서가 있지 않느냐?"

장유일은 유광표에게서 광기가 풍기는 것 같다고 생각했다.

"서약서는 찾지 못했지 않습니까?"

"세자도 찾지 못했다. 그러니 우리에게 있다고 해도 믿을 수밖에 없을 것이다."

장유일은 유광표의 완고한 등을 보고 식은땀이 흐르는 기분이었다.

"주상께서 승하하셨는데 어찌 폐세자를 시킬 수 있습니까?"

"유조라고 하면 된다."

유광표가 첫소리를 내면서 대답했다. 유광표도 긴장하고 있구나. 장유일은 그렇게 생각했다.

"우당이 즉위에 대하여 논의하고 있습니다."

"즉위?"

"나라에는 하루라도 임금이 없어서는 안 되니 망극함을 참고 보위에 오르라고 청을 올릴 것 같습니다."

"세자는 바로 즉위하려고 하지 못할 것이다."

"어찌 그런 말씀을 하십니까?"

"좌당은 어디에 있느냐?"

"빈청에 모여 있습니다."

"우당은?"

"양정합에 있습니다."

"빈청으로 가자."

유광표가 성큼성큼 걸음을 떼어놓기 시작했다. 효종이 승하하면서 좌당과 우당이 더욱 치열하게 대립하고 있었다.

"대감, 비를 맞으셨군요."

빈청에 모여 있던 좌당 대신들이 일제히 일어나서 유광표를 맞이했다.

"가신 분을 애도하는 눈물인 것 같습니다."

유광표가 옷에 묻은 빗물을 털면서 대답했다. 장유일이 뒤에서 지우산을 씌워주었기 때문에 흠뻑 젖지는 않았다. 유광표는 의자에 앉아 좌중을 둘러보았다. 지금쯤 우당도 양정합에서 긴박하게 회의를 하고 있을 것이다.

"대감, 보위를 어찌합니까?"

병조참의 안현태가 부리부리한 눈으로 유광표를 쳐다보았다. 대신들도 웅성거리면서 유광표를 쳐다보았다.

"내 이미 결단을 내렸소. 그대들은 나를 따르기만 하시오."

유광표가 차분하게 가라앉은 목소리로 대답했다.

"실패하면 우리는 역당이 되는 것이 아닙니까?"

"북벌을 하는 것이 어찌 역당인가?"

유광표가 벼락을 때리듯이 버럭 소리를 질렀다. 그의 눈이 살기를 띠고 핏빛으로 이글거렸다.

　봉생은 이지휼과 점점 가까워지고 있다고 생각했다. 부령에서도 그랬고 의주에서도 그랬다. 봉생이 도착했을 때는 이지휼이 떠나고 난 뒤였다. 주흘산의 움막을 떠난 것도 한 달이 채 못 된 것 같았다. 이지휼과 선합은 새재에서 산적질을 했다. 그들에게 재물을 빼앗기고 살아서 돌아온 사람들의 진술에 의하면 여자가 술을 팔아 취하게 만들고 남자가 칼을 들고 위협하여 재물을 빼앗은 뒤에 달아나는 수법이었다. 관에 신고를 하지 못하게 여자는 지켜보고 남자는 피해자를 겁탈하기도 했다고 했다.

　'짐승 같은 자들이다.'

　봉생은 이지휼과 선합의 사악한 얼굴을 떠올리고 몸을 떨었다.

움막을 조사한 결과 그들에게는 아이들까지 있었다. 도피 생활을 하면서 아이들을 낳은 모양으로 아이들 헌 옷도 버려져 있었다.

'어느 방향으로 갔을까?'

봉생은 이지휼과 선합이 어느 방향으로 달아났는지 추리하기 시작했다. 이지휼과 선합은 대구로 가야 했으나 충주, 문경, 상주에서 파발을 띄웠기 때문에 대처나 큰길로는 다닐 수 없을 것이라고 생각했다. 그렇다면 산을 타고 이동했을 것이 분명하다.

'내가 먼저 강원도로 가 있어야 한다. 대처로 가면 앞서 갈 수도 있다.'

봉생은 강원도를 향해 방향을 잡았다. 이지휼보다 강원도로 먼저 들어가야 한다고 생각했다.

"국상이다! 비켜라."

그때 말발굽 소리가 요란하게 울리면서 파발마가 빗속을 달려왔다. 봉생이 깜짝 놀라 뒤를 돌아보자 붉은 철릭을 휘날리며 오륙 인의 인마가 붉은 깃발을 등에 꽂고 질풍처럼 달려오고 있었다. 봉생은 재빨리 길옆으로 비켜섰다.

"국상이다."

말을 타고 달려오는 사내가 소리를 질렀다. 국상이라면 효종이 승하한 것이다. 그렇다면 왕세자 이연이 보위에 오르겠구나. 봉생은 말이 달리는 것을 보면서 그렇게 생각했다. 파발마는 임금이 죽었다는 사실을 전국 관아에 알리기 위해 달려가는 것이다.

'좌당과 우당은 어떻게 하고 있을까?'

효종 시대는 좌당과 우당의 첨예한 대립으로 북벌의 시대라고 할 수 있었다. 다만 표면적으로는 북벌을 추진하는 것 같았으나 내면적으로는 은밀하게 북벌을 포기하고 있었다.

"북벌을 포기하는 것은 반역이다."

좌당은 북벌 반대론자들을 맹렬하게 비난했다.

"명나라에는 사대하고 청나라에는 사대를 하지 못하는가? 나라의 치욕을 갚는다는 명분으로 백성들을 전쟁에 동원하려고 하는 것은 죽음의 구렁텅이로 몰아 넣으려는 것이나 다름없다."

우당이 좌당을 비난했다. 그러나 삼전도 치욕을 겪은 지 얼마 되지 않은 시기였기 때문에 좌당의 명분론이 우세했다. 효종은 즉위 초기에 강력하게 북벌을 추진했다. 그러나 몇 개의 군영을 설치하고 몇천의 군사를 양성했을 뿐 정책 추진은 미진했다.

봉생은 왕세자 이연이 보위에 올랐을 것이라고 생각하면서 걸음을 재촉했다. 효종이 승하할 때 내리던 비가 아직도 그치지 않았다. 장마가 다른 때보다 일찍 시작되어 비가 그치는 듯하다가 다시 쏟아지고 있었다. 봉생은 삿갓을 쓰고 도롱이를 어깨에 두른 채 걸음을 서둘렀다.

"김 소사."

봉생이 구학산 박달재를 넘고 있을 때였다. 굽이굽이 아흔아홉 구비를 돌아 정상에 이르렀을 때 말 탄 무사들이 하얗게 쏟아지는 빗방울을 헤치면서 달려왔다. 봉생은 걸음을 멈추고 그들이 다가올 때를 기다렸다. 뜻밖에 왕세자 이연의 호위무사 박인수였다.

"멀리서 보고 김 소사가 아닌가 생각했는데 내 예측이 맞았군."

박인수가 말에서 내렸다. 박인수와 무사들은 비에 흠뻑 젖어 있었다.

"국상이 나서 저하께서 찾으시네."

박인수가 말에서 내려 봉생에게 말했다.

"저하께서 왜 저를 찾으십니까? 이제 즉위하여 보위에 오르시지 않습니까?"

봉생이 의아한 눈빛으로 박인수를 살폈다.

"저하께서 보위에 오르지 못하고 계시네."

"그게 무슨 말씀입니까?"

"좌당이 서약서로 전하를 협박하고 있네. 저하께서는 지푸라기라도 잡는 심정으로 자네에게 가보라고 하셨네."

"어찌 신하가 국본을 협박합니까? 서약서는 저에게 있습니다. 그것은 가짜입니다."

"그것이 정말인가?"

박인수가 경악하여 소리를 질렀다.

"제가 어찌 거짓을 말하겠습니까?"

봉생은 품속에서 서약서를 꺼내 박인수에게 보여주었다. 박인수는 서약서를 보고 의아한 표정이었다. 서약서에는 수결과 이름만이 씌어 있었다. 소위 백지 서약서인 것이다.

"이게 무언가?"

"저하께 가져가시면 알게 될 것입니다."

"그럼 속히 가세."

"제가 가야 합니까?"

"저하의 심정을 잘 알지 않나? 저하께 자네가 가는 것만으로도 큰 힘이 될 걸세."

박인수가 봉생을 간절하게 설득했다. 봉생은 박인수와 함께 말을 타고 한양으로 달리기 시작했다. 밤에도 쉬지 않고 말을 달렸기 때문에 한양에는 이틀 만에 당도할 수 있었다. 그러나 곧바로 대궐로 들어가지는 못했다. 효종이 승하하면서 내금위 군사들이 대궐의 각 문을 삼엄하게 경비하고 있었던 것이다.

"왜 대궐로 들어가지 못합니까?"

"외인 출입금지령이 내렸네. 나는 들어갈 수 있어도 자네는 들어가지 못해."

"세자 저하의 영이 있어도 들어가지 못합니까?"

봉생은 상황이 심각하다고 생각했다.

"대궐은 좌당이 장악하고 있네. 믿을 곳은 어영청밖에 없네."

"그럼 저하를 어떻게 알현합니까?"

"담을 넘어야 하네."

박인수가 주위를 살피면서 말했다. 그는 창경궁 담을 따라 걷다가 종묘 쪽에 이르렀다. 그곳은 담이 높고 숲이 울창했다. 게다가 비까지 세차게 내리고 있어서 오가는 행인이 없었다. 봉생은 박인수와 함께 창경궁 대궐 북쪽의 담을 넘었다.

이연은 동궁전으로 들어오는 봉생을 조심스럽게 살폈다. 가슴이 뛰고 얼굴이 화끈거렸다. 아아, 그동안 봉생은 어떻게 변했을까. 문이 열리고 조용한 걸음걸이로 봉생이 들어왔다. 머리를 바짝 숙이고 있었다. 흰 저고리에 남색의 치마 차림이었다. 무수리의 옷이라도 빌려 입은 것일까. 옷은 남루했으나 단정했다. 비를 흠뻑 맞은 머리카락을 수건으로 닦기는 했으나 입술이 파랗고 얼굴이 창백했다. 봉생이 힐끗 고개를 들어 그를 살핀 뒤에 엎드려 절을 올렸다.

"때마침 한양으로 들어왔구나."

이연이 젖은 목소리로 말했다. 목소리가 가늘게 떨렸다.

"망극하옵니다. 얼마나 상심이 크십니까?"

봉생이 상주인 이연을 위로했다.

"고맙다."

이연은 가슴이 뛰는 것을 느꼈다. 잠시 어색한 침묵이 흘렀다.

"이지흉을 찾았느냐?"

"아직 찾지 못하였사옵니다."

"낭패로구나."

"어찌 낭패라고 하시옵니까?"

"저들이 서약서로 나를 폐세자 시키려고 하고 있다."

"저들의 서약서는 가짜입니다. 신이 주흘산에서 서약서를 찾았습니다."

봉생은 품속에서 서약서를 꺼내 이연에게 바쳤다.

"서약서를 찾았느냐?"

이연이 크게 기뻐하면서 봉생으로부터 서약서를 받았다. 서약서에는 글이 없고 오로지 효종의 이름과 날짜만이 기록되어 있었다. 백지 서약서인 것이다. 서약서를 쥔 이연의 손이 감동으로 떨렸다.

"참으로 오랜 세월이 걸렸구나."

이연은 만감이 교차하는 눈빛으로 봉생을 살폈다. 비를 맞은 봉생의 얼굴은 봄비에 젖은 초목처럼 싱그러워 보였다. 이연은 궁녀들에게 따뜻한 차를 들이라고 하여 봉생에게 마시게 했다. 봉생은 차를 마시면서 서약서를 찾게 된 이야기를 자세하게 했다.

"이지휼이 결국 산적이 되었구나."

이연은 봉생의 이야기를 들으면서 탄식했다. 그는 봉생과 밤을 새워서라도 이야기를 하고 싶었다. 그러나 효종이 승하했기 때문에 왕세자인 이연은 바빴다. 봉생과 이야기를 하는 동안에도 승지들이 잇달아 알현을 청하고 내시들이 들락거렸다. 게다가 상복을 준비하고 무수한 장례 절차를 처리해야 했다. 그는 봉생을 동궁전에서 기다리게 한 뒤에 빈전으로 나갔다. 그리고 호위무사 김재순에게 밀명을 내려 어영대장 이완에게 밀지를 전하게 했다.

혼전魂殿*에는 대신들이 모여 있었다. 이연은 모여 있는 좌당과 우당의 대신들을 한눈에 쓸어 보았다. 좌당의 유광표는 바짝 긴장한 표정으로 신위를 보고 있었다.

이연은 향을 피우고 술을 따른 뒤에 절을 올렸다. 백관들이 이연을 따라 절을 올렸다.

이연은 한차례 곡을 한 뒤에 악차幄次**로 물러 나왔다. 흰 상복을 입은 대신들이 악차로 들어왔다.

"신 유광표 독대를 청하옵니다."

유광표가 찌르듯이 날카로운 눈으로 이연을 쏘아보았다. 혼전과 악차 주위에는 내금위 군사들이 삼엄하게 배치되어 있었다.

"독대를 청할 일이 무엇인가?"

"하오면……."

"만조백관이 모였을 때 할 말이 있으면 하라."

이연이 싸늘하게 내뱉었다. 대신들이 숨조차 죽이고 유광표를 쏘아보았다.

"저하의 안위에 관계된 일이옵니다."

"사직이 중요하니 백관이 있어야 한다. 기다리라."

이연의 눈에서 푸른 광채가 뿜어졌다. 그때 밖에서 군사들의 요란한 고함 소리가 들렸다. 대신들이 그 소리를 듣고 웅성거렸다. 동궁

* 대궐에서 장례를 치르기 전까지 신위를 모시는 곳
** 상주가 임시로 거처하는 집, 또는 천막

전 내시 조생이 황급히 달려왔다.

"어영군이 대궐로 들어오고 있다고 합니다. 어찌해야 할지 명을 내려주십시오."

조생이 이연에게 아뢰었다.

"어영군이 어찌 대궐에 난입하는가? 그자들을 모두 죽여라."

유광표가 언성을 높여 소리를 외쳤다.

"멈춰라."

이연이 악차의 의자에서 벌떡 일어나면서 소리를 질렀다.

"어영군은 내가 불렀다."

이연의 말에 유광표의 얼굴이 해쓱하게 변했다.

"어영군으로 악차를 호위하게 하라."

이연이 내시 상선에게 영을 내렸다. 동궁전 내시 조생이 황급히 물러갔다. 백관들은 웅성거리면서 어찌할 바를 모르고 있었다. 이내 병장기 소리와 군화 소리가 들리면서 어영군이 악차 앞에 도열하고 어영대장 이완이 들어와 군례를 바쳤다.

"신, 이완 명령을 받고 대령했습니다."

"기다리라."

이연이 명을 내렸다. 그때 밖에서 군사들이 움직이는 소리가 들리고 내금위 갑사들이 몰려와 악차 앞에 도열했다. 유광표의 얼굴이 한결 밝아졌다. 장내는 팽팽한 긴장감이 감돌았다. 그러나 내금위장 김성일이 보이지 않았다.

"대왕대비께서 나오셔야 합니다."

유광표가 이연을 쏘아보면서 말했다.

"대왕대비는 어찌 모시라는 것인가?"

이연이 비웃음기를 담아 차갑게 내뱉었다.

"선왕 전하의 유지를 공개하기 위해서입니다."

"먼저 유지를 본 뒤에 대왕대비마마를 모시겠다."

"그렇다면 신이 읽겠습니다."

유광표는 좌중을 둘러본 뒤에 유지가 적혔다는 종이를 꺼내 읽기 시작했다.

"지난 날 삼전도의 치욕을 생각하니 모골이 송연하였다. 밤이나 낮이나 어찌 설욕할 생각이 없겠는가. 북벌을 단행하여 선대왕의 굴욕을 갚는 것이 후손된 자의 대업이다. 만약에 나의 후손이 모름지기 사직을 이어받을 때 선대왕 앞에서 서약하고 이 유지를 받들지 않으면 마땅히 폐하고 새로운 왕손으로 세자를 삼아 보위에 오르게 할 것이다. 왕세자 이연은 과인과 선대왕의 대업을 반대하니 어찌 세자의 자리에 그대로 두겠는가. 이에 이연을 폐하고 왕제 인영대군 이한을 세제로 책봉하여 후사를 잇게 한다."

이연의 얼굴이 창백해지고 좌당 대신들의 얼굴에 화색이 돌았다. 선왕 효종의 유지다. 우당 대신들의 얼굴이 창백하게 변했다. 이연을 폐세자 시키고 인영대군 한을 세제로 책봉한다는 내용이었다. 백관들이 웅성거리면서 이연을 보았다.

"황당하다."

이연이 몸을 떨면서 버럭 소리를 질렀다.

"역당이 궁지에 몰리니 유조까지 위조를 하느냐? 선왕의 유조는 여기에 있다."

이연이 소매에서 서약서를 꺼내 내던졌다. 서약서에는 뜻밖에 아무것도 씌어 있지 않았다. 유광표의 얼굴이 하얗게 변했다.

"경들은 들으라. 선대왕 인묘께서 삼전도의 치욕을 당해 이를 설치할 생각을 가슴에 품은 것은 사실이다. 유광표를 입시하게 하여 선왕을 세자로 책봉하면서 백지 서약서를 남겼다. 이는 선왕께서 북벌을 하라는 뜻이었지 선왕의 장자인 나를 폐세자 시키라는 뜻은 아니었다. 그런데도 좌당의 유광표는 유조가 행방불명이 된 것을 빌미로 새로운 세자를 세워 보위를 잇게 하려고 했으니 역당이 아닐 수 없다. 어영군은 즉시 역당을 끌어내라."

이연의 명은 추상처럼 냉기가 풍겼다.

"역당들을 끌어내라."

어영대장 이완이 군사들에게 명을 내렸다.

"예."

군사들이 일제히 좌당 대신들에게 달려가 모조리 체포했다.

"김, 김성일은 어디 있느냐?"

유광표가 눈을 부릅뜨고 소리를 질렀다.

"내금위장 김성일은 이미 창경궁의 정문인 홍화문에서 어영청 군사들에게 제압되었소."

이완이 냉랭하게 말했다.

"너, 너는 북벌론자가 아니냐?"

"북벌론자이기는 하나 임금을 배신하지는 않소."

이완은 단호하게 내뱉었다. 왕세자 이연은 좌당을 대대적으로 소탕했다. 조정에 한바탕 숙정의 바람이 불고 지나갔다. 북벌 때문에 어영군이 정예화되어 있어서 금군은 상대가 되지 않았다.

'이 모든 것이 봉생의 공로다.'

이연은 유광표와 좌당에 대한 체포가 끝이 나자 동궁전으로 돌아왔다. 그러나 봉생은 이미 대궐을 떠나고 없었다.

'봉생은 끝내 나를 받아주지 않는구나.'

이연은 봉생을 생각하자 살점이 떨어져 나가는 것처럼 고통스러웠다.


비가 오고 있었다. 봉생은 주막의 처마에서 빗발이 날리는 하늘을 쳐다보았다. 서약서 파동으로 일어난 조정의 분란은 마무리되었다. 유광표는 교수형에 처해지고 그를 따르던 많은 대신들이 유배를 갔다. 왕세자 이연은 효종이 승하한 지 나흘 만에 즉위하여 제 이십 대 조선의 국왕이 되었다.

봉생은 서약서를 이연에게 바친 뒤에 대궐에서 나왔다. 거리는 임금이 죽었기 때문에 침통한 분위기에 휩싸여 있었다. 사대부들은 소복을 입고 육의전은 철시했다. 그러나 사람들을 놀라게 한 것은 조정에 몰아친 숙정 바람이었다. 좌당의 대신들이 줄줄이 파직되어 유배를 갔다. 그러나 좌당에 대한 숙정만 있는 것이 아니었다.

어의 신가귀, 유후성, 조징규 등이 의금부에 하옥되어 조사를 받았다. 의금부는 신가귀를 조사한 뒤에 수전증으로 침을 잘못 놓아 혈맥을 건드린 것이라고 보고서를 올렸다.

사헌부에서 신가귀를 탄핵했다.

"유후성은 이미 신가귀가 수전증이 있는 줄 알면서도 특명으로 침을 놓게 할 때 자신이 수의首醫가 되어 끝내 한마디 말도 하지 않았으며, 조징규는 방관만 하고 있다가 신가귀가 잘못 혈맥을 범하고 나서야 비로소 말하기를 '내가 이미 이럴 줄 알았다.'고 하였으니, 오직 이 말 한마디만으로 그 죄가 죽어도 남음이 있습니다."

의금부는 의원들과 약방제조를 맡은 대신들도 죄를 물어야 한다고 아뢰었다.

"의원들이 무슨 죄가 있는가?"

현종은 의원들을 처벌하려고 하지 않았다. 그러나 사헌부는 신가귀를 용서할 수 없다고 말했다.

"신가귀의 지난해 공로를 잊을 수 없다. 참형과 교형이 그 죽는 것은 동일하니 교형에 처하도록 하는 것이 어떠한가?"

현종이 대신들에게 하문했다.

"성상께서 만약 이전의 공을 생각하신다면 비록 교살한다 하더라도 무방할 것입니다."

영의정 정태화가 아뢰었다. 현종은 신가귀를 교수형에 처하라는
영을 내렸다.

'잘못 혈맥을 범한 것이 아니라, 종독腫毒이 심하여 흉부胸部에까지
만연되고 혈도血道가 종기 난 곳에 집중되었는데, 함부로 침을 놓아
터뜨렸다.'

시중에 흉흉한 소문이 나돌았다. 그러나 신가귀가 교수형을 당해
죽으면서 효종의 돌연사에 대한 의문은 가라앉게 되었다.

봉생은 걸음을 빨리하기 시작했다. 비가 오고 날이 저물고 있었
다. 제기현을 지나 송파 나루에서 배를 타면 단양으로 가는 길이 빠
를 것이었다. 단양에서 영월로 가서 이지훌의 행적을 추적할 작정이
었다.

왕은 이른다. 하늘이 큰 상사를 내려 바야흐로 혹독한 벌을 입고 있는
데, 나는 군하의 청에 못 이겨 억지로 왕위를 계승하였다. 애통하기 그지
없으니 울부짖은들 어찌 미치랴. 우리 대행대왕은 높은 덕업이 상제上帝
를 짝하고, 억조창생이 추대를 원함으로써 지극한 은택이 널리 하민下民
에 흡족하였다. 어찌 작은 신병이 더욱 심하여 마침 영원히 서거하심에
이를 줄 알았으랴. 소자가 불행하고 우리 백성이 복이 없어 갑자기 아비
를 잃은 슬픔에 잠기었다. 사모하는 마음이 더욱 깊고, 왕위를 오랫동안
비울 수 없거니와 신민이 버리지 아니함에 어찌하랴. 이에 자전慈殿의 뜻

을 받들고 옛 법도에 따라 금년 5월 9일 인정문에서 왕위에 올랐다. 나는 선대왕과 대행대왕의 유업을 받들어 맹세코 삼전도의 치욕을 설욕하리라. 금년 5월 9일 이전의 잡범 사죄 이하는 모두 사면하라.

현종이 즉위 교서를 발표하자 봉생은 깜짝 놀랐다. 현종은 선대왕의 유업을 받들겠다고 하여 북벌을 추진할 것을 명백하게 선언한 것이다.

'효종은 북벌론자들에게 죽음을 당한 것이다.'

봉생은 그렇게 생각했다. 종기 때문에 침을 맞고 죽었다는 것은 납득할 수 없는 일이었다. 현종은 그런 북벌론자들을 안심시키기 위해 선대왕의 유업을 받들겠다고 선포한 것이다.

"나라고 왜 북벌을 하고 싶지 않겠는가? 북벌을 하려면 우리 백성 모두 죽을 각오를 해야 한다."

언젠가 현종은 그렇게 말했었다.

"백성들도 북벌을 원하고 있습니다."

"그것은 공허한 말이다. 유림도 겉으로는 북벌을 주장하고 있으나 조선을 개국한 정도전과 같은 책략을 세우지도 않고 군사들을 훈련하는 데도 태만하다."

조선의 민서들도 모두 북벌을 바라는 것은 사실이었다. 그러나 아무도 고통을 분담하려고 하지 않고 헛되이 주장만 하고 있을 뿐이었다.

'우리 인연은 이것으로 끝인가?'

제기현 고갯마루였다. 변복을 한 현종이 빗속에서 점점 멀어지는 봉생을 보고 있었다. 아직 국상 중이었다. 좌당을 숙청하는 일로 조정과 대궐이 어수선한 틈을 타서 현종이 잠시 대궐을 나와 제기현에 오른 것이다.

"전하, 이제 그만 환궁하십시오."

호위무사 김재순이 아뢰었다.

"조금만 더 있다가 돌아가자. 이제 다시 만날 일이 없지 않겠느냐?"

현종의 목소리가 축축하게 젖어 있었다. 현종의 눈에 눈물이라도 맺힌 것일까. 부연 시야로 봉생의 모습이 하나의 점처럼 작아지고 있었다.


현종이 보위에 오른 지 십 년이 되었을 때 경기도관찰사 민유중이 올린 한 장의 계사가 현종의 시선을 끌었다.


　　김애격의 아내 봉생의 마을에 정문旌門을 세우도록 청하옵니다. 애격이 남의 무함을 입어 살인죄로 사형을 당했는데 살해되었다는 그 사람은 실제로 죽지 않았습니다. 봉생이 자기 남편이 억울하게 죽은 것을 슬퍼하여 기어이 복수하려고 남자의 옷차림을 하고 산사山寺와 들과 마을을 찾아다닌 지 14년 만에 끝내 원수를 찾아내어 관아에 고발하여 죽이게 함으로써 남편의 원한을 깨끗이 씻었습니다. 원근에서 이 소문을 들은 사람들이 모두 감탄하면서 전고에 드문 일이라고 하였습니다.

현종은 가슴이 세차게 뛰었다. 10년 만에 처음으로 봉생의 소식을 들은 것이다. 그는 끝내 봉생이 이지흌과 선합을 찾아냈다는 사실에 크게 감동했다. 십사 년 동안 그들을 찾아 헤맸으니 얼마나 긴 세월이었는가. 눈이 오나 비가 오나 전국을 발이 닳도록 돌아다닌 봉생을 생각하자 자신도 모르게 눈시울이 뜨거워져왔다. 현종은 민유중에게 명을 내려 봉생을 한양으로 보내라고 했다. 그러나 봉생은 이미 어디론가 떠나 종적을 알 수 없다는 보고가 올라왔다.

'나를 보지 않으려는 것이구나.'

현종은 봉생이 한없이 서운했다.

해가 바뀌었다. 하루는 현종이 삼복三覆을 하는데 낯익은 이름이 형조의 문안에 있었다.

그의 아비 이승립이 '애격이 재리財利를 가지고 서로 다투다가 몰래 나의 아들을 죽인 것이다.'는 말로 관에 고발하여 소송을 걸었습니다. 지흌의 숙부인 이호림과 지흌의 아내 선합이 또 그것을 증언하였습니다. 애격이 해명하지 못하고 마침내 곤장을 맞다가 죽었습니다. 애격의 아내 봉생이 비명에 간 남편을 애통해 하여 원수를 갚고자 이리저리 종적을 찾기를 14년이나 하다가 비로소 지흌을 찾아내어 관가에 고소하였습니다. 지흌과 그의 아내 선합은 모두 살인 음모죄로 조율하여 결단할 것입니다.

"살인 음모죄는 사형인가?"

현종은 아득한 꿈속에서 깨어난 것 같은 목소리로 물었다.

"음모죄는 사형보다 한 등급이 낮습니다."

현종은 허공을 우두커니 쳐다보았다. 이지휼과 선합은 문경새재에서 산적질을 하면서 행인 여러 사람을 죽였다고 봉생에게 들은 일이 있었다. 그 사실은 문안에 기록되어 있지 않았다.

"지휼이 무단 도주한 것이 이미 매우 의심스럽고 그 한 사람 때문에 무고하게 죽은 사람이 다섯 명이나 됩니다. 그리고 선합은 애격의 아내와 친동기간인데 다른 사람의 시신을 남편의 시신이라고 증언하였는가 하면 온갖 방법으로 술수를 부려 마침내 언니의 남편이 곤장을 맞다가 죽게 하였습니다. 선합의 속셈은 재물을 차지하려는 것으로서, 인정과 법으로 논해 보건대 절대로 용서할 만한 단서가 없습니다."

좌의정 허적이 아뢰었다. 허적은 옥갑의 비밀에 대해서 모르고 있었다. 현종은 이지휼과 선합에게 사형을 선고하여 형조로 내려보냈다.

'봉생은 이제 어디로 가고 있을까?'

현종은 봉생이 무엇을 하고 있을지 알 수 없었다. 머릿속으로 멀고 먼 들이며 산속을 걸어가는 봉생의 모습이 희미하게 떠올랐다.

여러 해가 지났다.

현종이 하루는 갑자기 어떤 생각이 들어 변복을 하고 미행을 나섰다. 그날따라 비바람이 사납게 불고 있었으나 상관하지 않고 말을 달려 만리재에 이르렀다. 봉분은 깨끗하게 손질이 되어 있었고 뒤에 두 그루의 소나무가 비바람을 맞고 우뚝 서 있었다.

현종은 인근 마을에 살고 있는 노인을 불러 물었다.

"전에는 소나무가 한 그루였는데 어떻게 두 그루가 되었는가?"

"열녀 무덤입니다. 자세한 내막은 모르겠으나 남편을 죽인 범인을 십사 년 동안이나 추적하여 원수를 갚아 나라에서 상을 받았다고 합니다. 그 뒤에 여기 와서 꼼짝을 하지 않고 앉아 있다가 죽었습니다. 그래서 동네 사람들이 합장을 해주었습니다. 참 불쌍한 여자입니다. 소나무는 여자가 심었다고 합니다."

노인이 몇 번이나 허리를 굽실대면서 아뢰었다.

그랬던가. 봉생은 애격에게 절개를 지키면서 죽은 것인가. 내가 그토록 보고 싶어 하고 그리워했는데도 가슴에 담아줄 수 없었는가.

'끝내 내 여자가 될 사람이 아니었구나.'

현종은 가슴이 먹먹해져오는 기분이었다. 자신도 모르게 두 줄기 눈물이 볼을 타고 흘러내렸다.

# 드라마보다 더 흥미진진하고
# 감동적인 이야기

이 이야기는 효종 시대부터 현종 시대에 발생한 한 살인 사건에 대한 이야기다. 사건의 주인공은 김봉생, 남편 김애격이 억울하게 죽음을 당하자 그를 모함하여 죽게 만든 범인을 십사 년 동안 추적하여 마침내 검거하는 데 성공하여 법의 심판을 받게 만든 여인이다. 십사 년 동안 범인을 추적한 봉생의 순애보는 사관들까지 감동시켜 『조선왕조실록』에 두 차례나 기록되었다.

이 사건은 전 세계에서 라스트신이 가장 아름다운 10대 영화에 꼽히는 〈제3의 사나이〉와 비슷한 얼개를 가지고 있어서 더욱 놀라게 된다. 그러나 실록에 기록된 내용은 기승전결이 없고 드라마적 요소가 약하다. 그래서 효종 시대 최대 현안이었던 북벌을 추가하여 스토리를 구성했다.

효종은 소현세자가 심양에서 돌아온 지 불과 몇 달 만에 죽는 바람에 왕세자에 책봉되었다.

소현세자와 봉림대군은 약 팔 년 동안 심양에 볼모로 끌려가 있었다. 소현세자는 심양에서 청나라 귀족들과 사귀면서 친청 정책을 추진하려고 했다. 이에 삼전도의 치욕을 갚기 위해 절치부심하던 인조와 마찰이 잦았던 청나라는 인조를 폐위시키고 소현세자를 즉위하게 하려고 했다. 이러한 사실이 조선에 알려지면서 인조는 소현세자를 경계하기 시작했고 소현세자는 심양에서 돌아오고 얼마 되지 않아 죽어 독살설이 파다하게 나돌았다.

> 세자는 본국에 돌아온 지 얼마 안 되어 병을 얻었고 병이 난 지 수일 만에 죽었는데, 온몸이 전부 검은빛이었고 이목구비의 일곱 구멍에서는 모두 선혈이 흘러나오므로, 검은 멱목幎目으로 그 얼굴 반쪽만 덮어 놓았으나 곁에 있는 사람도 그 얼굴빛을 분변할 수 없어서 마치 약물에 중독되어 죽은 사람과 같았다.

인조실록의 기록이다. 소현세자가 죽으면서 봉림대군은 왕세자가 되었고 인조가 죽자 즉위하여 효종이 되었다. 그는 즉위하자 강력한 북벌 정책을 실시했다. 그것은 친청론자인 소현세자가 죽음을 당하고 그의 부인 세자빈 강씨가 사약을 받고 어린 두 아들이 제주도로 유배를 갔다가 죽음을 당하는 것을 옆에서 보았기 때문일 것이고 친명반청 세력의 강압에 의한 것일 수도 있다.

효종은 표면적으로 북벌을 추진했으나 실제로 추진한 북벌 정책은 크게 드러나지 않는다. 우선 김자점과 반역자들인 역관譯官 정명수鄭命壽, 이형장李馨長 등의 방해로 청나라의 견제를 심하게 받았다. 금군을 기병화시키고 중앙군인 어영군을 이만, 훈련도감군을 일만 명으로 증원하려고 했으나 재정이 부족하여 실천에 옮기지 못했다. 이는 북벌이 가져올 폐해를 걱정했기 때문일 수도 있고 실제로 청나라 정벌 의지가 없었을 수도 있다.

효종의 죽음에는 조선의 역대 어느 임금보다도 의문이 많다.

효종은 신가귀라는 의원으로 인해 죽었다. 그의 종기는 불과 며칠 전에 발병했고 그는 죽기 직전까지 정신이 멀쩡했다. 그러나 신가귀가 사혈死血에 침을 놓아 죽게 만든 것이다.

효종은 1619년에 태어났고 1649년에 보위에 올라 십 년 동안 재위에 있다가 죽었다. 그의 나이 사십일 세였다.

현종은 1641년 심양에서 태어났고 1659년 불과 십구 세에 보위에 올랐다. 효종은 대외적으로 북벌 정책을 실시했으나 현종은 예송 논쟁에 휘말려 북벌을 추진하지 못했다. 어쩌면 예송 논쟁은 북벌 정책을 폐기하기 위한 방편이었을 수도 있다.

김애격에게 캐릭터를 부여하기 위하여 조선의 천재 역관인 우상 이언진에게서 스토리를 빌려 왔다. 이언진은 조선의 불우한 천재였다. 연암 박지원이 『우상전』을 남겨 그의 이름이 널리 알려지게 되었다. 이언진의 많은 시들은 한국고전번역원의 『연암집』 번역본에서 참조했고 소설에 맞게 수정한 부분도 있다.

역사는 도도하게 흐른다.

소설의 좌당과 우당은 명분과 실리에서 무엇이 중요한지 역사를 통해 살펴보고자 하는 소설적 장치다.

독자들의 양해를 바란다.

2012년 6월

이수광

# 조선 여형사 봉생

© 이수광, 2012

초판 1쇄 인쇄 2012년 5월 25일
초판 1쇄 발행 2012년 6월  8일

지은이      이수광
펴낸이      강병철
주간        정은영
책임편집    장지희
편집        신주식 박소이
제작        고성은 김우진
마케팅      조광진 장성준 박제연 이도은
홍보        전소연
E-사업부    정의범 조미숙 이혜미

펴낸곳      (주)자음과모음
출판등록    2001년 11월 28일 제313-2001-259호
주소        121-840 서울시 마포구 서교동 396-33번지
전화        편집부 02) 324-2347  경영지원부 02) 325-6047
팩스        편집부 02) 324-2348  경영지원부 02) 2648-1311
이메일      neofiction@jamobook.com
홈페이지    www.jamo21.net

ISBN  978-89-544-2730-2 (03810)